‘हमरंग’ बारह क़िस्से टन्न-3

(कहानी संग्रह)

'हमरंग'
बारह क़िस्से टन्न-3

संपादक

हनीफ़ मदार

प्रलेक प्रकाशन प्राइवेट लिमिटेड
*in association with JVP Publication Pvt. Ltd.

ISBN : 978-81-90410-12-5

पहला पेपरबैक संस्करण : 2021

प्रकाशक :
प्रलेक प्रकाशन प्राइवेट लिमिटेड
PRALEK PRAKASHAN PVT. LTD.

वितरक :
जेवीपी पब्लिकेशन प्राइवेट लिमिटेड
JVP PUBLICATION PVT. LTD.
602, आई-3, ग्लोबल सिटी
विरार (वेस्ट), मुम्बई, महाराष्ट्र-401303
दूरभाष : 9833402902 / 7021263557
Email : pralek.prakashan@gmail.com
Website : www.pralekprakashan.com

'हमरंग' बारह क़िस्से टन्न-3 : संपादक : हनीफ़ मदार
'Humrang' barah kisse tann-3 : (*Stories*) Edited by Hanif Madaar

आवरण : जेवीपी पब्लिकेशन प्रा.लि.

पुस्तक सज्जा : जेवीपी पब्लिकेशन प्रा.लि.

प्रिय अम्मा और भैया (पिताजी) की
स्मृतियों को सादर

क्रम

कुहासे के वक़्त में साहित्य की रोशनी

कोरोना महामारी ने यूँ तो अभी तक देश दुनिया को अपनी जकड़न से मुक्त नहीं किया है बल्कि समय बीतते-बीतते मरीज़ों की संख्या में इज़ाफ़ा फिर से नज़र आने लगा है। ऐसे में दुनिया, समाज को पूर्ववत होते देखने की उम्मीद के इर्द गिर्द एक धुंधला किन्तु गाढ़ा कोहरा मडराने लगा है जिसके पार मानव जीवन की वही चहल-पहल, छोटी-बड़ी ख़ुशियाँ, रंज़ो-ग़म में इंसानी एक जुटता को देख पाना मुश्किल हो रहा है तब इंसानी मन में पिछले छः महीनों से कुंडली मारे बैठा एक अजनबी और अनचाहे डर का आकार फिर से बढ़ने लगा है। इस महामारी से बचकर ज़िंदा रहने और रखने की चिन्ताएँ भी उसी अनुपात में बढ़ी हैं। अब जब देश भर की आर्थिक धुरी का संतुलन बनाने के लिए पाबंदियाँ हटाई जा रहीं हैं तब लाखों की संख्या में लोगों का इस महामारी के क्रूर पंजों की गिरफ़्त में प्रतिदिन आना निश्चित ही इंसानों के लिए बड़ी फ़िक्र का सबब बन रहा है।

इस संकलन की भूमिका लिखते हुए प्रथम दृष्टया मैं यह सोच रहा हूँ कि कहानियों पर बात ना करके इस महामारी से उत्पन्न स्थितियों की चर्चा क्यों कर रहा हूँ। शायद आप भी ऐसा ही सोचें किन्तु हमारे समय ने पूरे मानव जीवन को उन हालात में ला खड़ा किया है जहाँ इसके प्रभाव ने इंसानी मन मस्तिष्क को इतना कुंद कर दिया है कि जैसे कुछ और सोचने समझने की क्षमता ही जाती रही हो। जीवन में एक रिक्तता ने जैसे स्थाई जगह ले ली हो और यह शांत रूप में नहीं बल्कि एक विचलन के साथ उपस्थित है। यह ख़ालीपन इंसान के उस मानवीय पहलू पर क़ाबिज़ है जो स्पर्शीय ऊष्मा के साथ एक दूसरे से खुद को बाँट लेने की हमेशा चाहत रखता है। इस चाहने में ही समस्त जैविक ऊर्जा समाहित है।

आज जिस दौर में हम जी रहे हैं वहाँ साहित्य-संस्कृति की भूमिका पर सोचते हुए इस आशंका से इनकार नहीं किया जा सकता कि हालिया वक़्त की इस रिक्तता के मध्य समाचार चैनल परोसी जा रही सूचनाओं को ही वर्तमान

का पूरा सच और ज़रूरी मुद्दा बताकर रचनात्मक साहित्यिक स्पेस को पलीता लगाने में जुटे हैं। देश का बड़ा मध्य वर्ग कोरोना महामारी की भयावहता, आर्थिक मुश्किलों, तबाह होते छोटे व्यापारी और एक आबेग की तरह बड़ी बेरोज़गारी से पूरा ध्यान हटाकर आंखें मूंदे किसी आलौकिक चमत्कार की कामना में तल्लीन है। ठीक उसी समय सांप्रदायिक खेल, बाज़ारबाद, निजीकरण और सबसे ऊपर विकास का नाम देकर सार्वजनिक संसाधनों की, कॉर्पोरेट को जमकर लूटने की खुली छूट देने के उभार बेचैन करते हैं।

हालाँकि मैं निर्विकल्प होकर किसी निराशावाद से घिरे होने की बात नहीं कर रहा लेकिन, प्रेमचन्द, मुक्तिबोध, कैफी आज़मी, भीष्म साहनी, यशपाल, साहिर लुधियानवी, नागार्जुन, अली सरदार जाफरी, फ़ैज़, मज़ाज़ जैसे नामों की रोशनी में खड़ा हुआ साहित्य, सांस्कृतिक क्षेत्र की सबसे बड़ी सांस्कृतिक मुहिम थी, जैसी किसी मुहिम के बिना कोरे आशावाद से सहमत होना भी आज के दौर में कम-अज-कम तर्क संगत नहीं लगता।

हमेशा से ही साहित्य की सबसे बड़ी भूमिका जनमानस को एक दिशा देने की रही है। हालाँकि आज इसका कई स्तरों पर फैलाव भी हुआ है लेकिन आपसी बिखराव ने भी इसे कम नुकसान नहीं पहुँचाया। आज हमारे भीतर की उलझन एक और एक ग्यारह के बजाय तीन तेरह के सिद्धांत की होने लगी है। हमारी इस सामाजिक स्थिति की पड़ताल क्या महज़ कोरोना महामारी ही है या राजनैतिक दृष्टि का धुँधलापन?

सांस्कृतिक रूप से राजनैतिक चेतना को, लोक जनमानस की समझ के स्तर पर, रचनात्मक तरीक़े से सही दिशा में ले जाने के महत्त्वपूर्ण सवाल, सामाजिक, आर्थिक दृष्टिकोण से बदलाव के इस दौर में हमें, हमारे सांस्कृतिक मुहिम से भरे अतीत से सबक लेने को विवश करते हैं। अचम्भा नहीं कि उन्नीस सौ तीस-चालीस के दशक में समूची भारतीय सृजनात्मकता में इन्हीं चिन्ताओं और समतामूलक समाज की गूँज स्पष्ट सुनाई देती है। जिसे उस समय के साहित्य, कला और संस्कृति के लोग मिलकर सूत्रबद्ध तरीके मुखरित कर रहे थे। कहानी, कविता, नाटक और फिल्मों के रूप में, लेकिन एकीकृत रूप में वे स्थानीय आम व लोक जीवन तक नहीं पहुँच पाये थे। ऐसे में लोक जीवन तथा देहातों तक सामाजिक और राजनैतिक समझ को रचनात्मक रूप में पहुँचाने में क़िस्साग़ोई की जो भूमिका उस समय नजर आती है, आज इस महामारी से उत्पन्न विद्रूप समय में ऐसे सांस्कृतिक लगन और सामाजिक प्रतिबद्धता की ऊर्जा समेटे आयोजनों की ज़रूरत नजर आती है। यह समझ हमरंग के बारह

क़िस्से टन्न आयोजन के बीज रूप में है।

यूँ भी ऐतिहासिक दस्तावेजों की रोशनाई में यह बात स्पष्ट रूप से सामने आती है कि उन सांस्कृतिक क्रिया-कलापों का ही असर था कि आम जन की चेतना तक यह बात पहुँच पा रही थी कि स्थानीय जातीयता की बातें करने के बजाय, हमें अपनी स्थानीय संस्कृतियों व सामाजिक मूल्यों के बचाव के लिए, एक बड़ा वैश्विक दृष्टिकोण चाहिए। चूंकि बीती सदी का तीस-चालीस का दशक भी सांस्कृतिक, सामाजिक, और आर्थिक रूप से बड़े ऊहा-पोह का समय था। सत्ता परिवर्तन की शंका-आशंका और सामन्ती व्यवस्था से जकड़े ऐसे दूभर समय में, रचनात्मकता का ही नतीजा था कि लेखकों, कलाकारों, पत्रकारों, बुद्धिजीवियों ने उसी वैश्विक जनदृष्टि से पश्चिमी पूंजीवाद तथा भीतरी सामन्तवाद का डटकर मुकाबला करने का स्वर प्रखर किया था। यहाँ एक मज़ेदार बात यह थी कि जो लेखक कलाकार पश्चिमी आधुनिकता के दबाव में बिखरकर अपनी संस्कृति से भटक रहे थे उन्होंने भी सांस्कृतिक रूप से ग्रामीण भारत तथा लोक जन जीवन की ओर रुख किया। कहना न होगा कि हिन्दी, उर्दू के अलावा भारत की भिन्न भाषाओं में लोक जीवन से जुड़ी कहानियां, नाटक, कविताएँ तथा गीत, लोकगीत उसी सांस्कृतिक मुहिम के ताप का परिणाम था।

बात आज की करें तो वर्तमान युवा पीढ़ी रचनात्मक प्रतिरोध से अनभिज्ञ है। तकनीकी डिवाइसों पर उसकी निर्भरता और उसके लिए नई खुलती चकाचौंध और परोक्ष हिंसक और संवेदनहीन अनजान दुनिया के प्रभाव में कथा साहित्य से उसकी विमुखता नज़र अंदाज़ नहीं की जा सकती। और यह बात भूमण्डलीकरण की शुरुआत, विदेशी कम्पनियों के आगमन और तकनीकी विकास की तेज होती गति से साफ़ होने लगी थी हिन्दी साहित्य को भी माध्यम बदलने की ज़रूरत थी। उसके बाद ही निज़ी ब्लॉग्स, वेब पेज़, वेबसाइट्स पर हिंदी साहित्य का आना एक नए अनुभव की तरह तो आया किन्तु युवा लेखकों के लिए नई सम्भावनाओं की दिशा में रास्ता खुलने जैसा था। एक सुखद ऐहसास भी कि डिवाइसों पर निर्भर हो रही नई पीढ़ी के सामने उसी माध्यम पर हम साहित्य को भी रख पा रहे थे। इसी सोच के तहत 2014 में 'हमरंग डॉट कॉम' की शुरुआत हुई।

इधर आते-आते वक़्त अचानक से अनचाही परिस्थितियों में से घिर गया मानो दुनिया को जाम कर दिया हो सब क़लम एकसाथ जैसे थम गई हों। क्योंकि विपरीत परिस्थितियों में ही नए रास्ते निकलते हैं नई खोज सम्भव हुई हैं हमेशा और बस ऐसा ही कुछ इस कोरोना महामारी के दौरान जब सोशल मीडिया का एक सार्थक काम के लिए इस्तेमाल भी हुआ। जब सरकारों ने प्राइवेट कम्पनियों

ने ऑनलाइन काम कराने का आदेश जारी किया तो कहानी, कविता, नाटक, फ़िल्म, अन्य समसामयिक चर्चाएँ फ़ेसबुक लाइव से होने लगीं। यह आयोजन में यक़ीनन कुछ समय है तो कुछ बातें कर लेते हैं की तर्ज़ पर हुए किंतु कुछ आयोजन साहित्य के सामाजिक सरोकारों के साथ सउद्देश्य मुहिम की तरह शुरू हुए। हमरंग का आयोजन 'बारह क़िस्से टन्न' भी एक ऐसी ही मुहिम बनती गई। भले ही शुरू करते वक़्त यह समझ न भी रही हो किंतु समय निकलते देशभर के लेखकों और पाठकों के अलावा प्रकाशकों का का स्नेह और हौसला भी मिला तब यह खुद व खुद एक मुहिम बनने लगी।

इसी मुहिम के तहत इस आयोजन में अब तक 100 से ऊपर कहानी पढ़ी जा रही हैं। कई बार सवाल यह भी सामने थे कि महज़ कहानी ही क्यों कविता या अन्य विधाओं पर भी काम किया जाय। लेकिन तब वह सिर्फ़ इस समय के रोमांटिज़्म के साथ एक खेल की तरह ही रह जाता। इस वक़्त के लिए उन आयोजनों की सामाजिक सार्थकता कितनी होती यदि उसे आम जन या पाठकों की चेतना के स्तर पर मापा जाता। क़िस्सा भारतीय समाज का एक ऐसा शब्द जो हमारी सांस्कृतिक विरासत का आभास कराता हम सब के भीतर मौजूद है इस शब्द का किसी को अर्थ या व्याख्या कर कुछ नहीं समझाना। क़िस्सा सहज रवानी के साथ एकदम गाँव देहात के किसी भी जन के भीतर उतर कर अपना असर करता है। इसीलिए क़िस्साग़ोई भारतीय समझ का एक समृद्ध सांस्कृतिक और प्रभावी पहलू रहा है।

गोया इस आयोजन में जीवन के प्राकृतिक जज़्बात हृदय स्पंदन की तरह समय और समाज का गहन विश्लेषण करते क़िस्से सामने आए हैं। वे क़िस्से जो आज शायद पुनर्पाठ की माँग करते हैं। जो सहजता से गतिमान जीवन में हल्के बड़े उतार चढ़ाव को व्याख्यायित करते हुए राजसत्ता, उसके तंत्र की मंशाओं की प्रतिपूर्ति का औज़ार बनता समाज और अपनी ही भाषा और शैली में खुद की हालात को देखते गाँव और नगर इन क़िस्सों में नज़र आते हैं।

पुरुषोत्तम अग्रवाल 'पैरघंटी' कहानी में अपने भाषा ज्ञान का बहुत सुन्दर उपयोग करते हैं और उनकी राजनितिक तीक्ष्णता के साथ मुहावरेदार, कहावतों से पटी हिंदी, हिन्दुस्तानी और उसमें इधर-उधर बिखरे अंग्रेजी के कुछ बोल, भाषा के परिवर्तन से युग परिवर्तन का निरूपण, यह सब केवल एक कुशाग्र बुद्धि लेखक ही कर सकता है। हास्य, व्यंग्य, के साथ चापलूसी के लिए उपयोग किये जाने वाले निकृष्टतम भाषा तक, किसी से पुरुषोत्तम अगग्रवल परहेज़ नहीं करते। इस चाटुकारिता से आपको उबकाई आती हो तो आये, आनी चाहिये,

इसी में कहानी का बल है।

मुद्दा समसामयिक। चरित्रों की मानसिकता महाराजाओं और श्रीमंतों के युग का है। इतना ही काफी होता कहानी में तनाव और जिज्ञासा जगाने के लिए। पर यह पुरुषोत्तम अग्रवाल हैं, तो इसमें उन्होंने इतना रस भर दिया है कि आप कहानी को भाषा के चटखारे और स्वाद के लिए धीरे-धीरे पढ़ना चाहेंगे।

मुंबई में 'सोसाइटी' कहलाने वाली (जिनका अब कई नगरों में उदय हो चुका है) रिहाइशी इमारतों के एक गार्ड की ज़िन्दगी का धीरेन्द्र अस्थाना ने अपनी कहानी, 'बहादुर को नींद नहीं आती" में प्रामाणिक वर्णन किया है। अतिरंजना और अति भावुकता से मुक्त कहानी एक रिहाइशी इमारत के प्रवेश गेट पर रात भर जाग कर पहरा देने वाले के तनावों और सुविधाओं का संतुलित सा चित्र है। वह नेपाल से है तो नेपालियों के लिए प्रयुक्त उपनाम बहादुर का ही प्रयोग किया गया है।

कितनी भी भीषण गर्मी हो वह अपने लिए बने केबिन में पंखा चला कर बैठ नहीं सकता कि कहीं झपकी आ गयी तो? उस पर हर समय किसी की नज़र रहती है। जब भी सोया पकड़ा गया। शहर के केंद्र से कई किलोमीटर दूर हरे भरे उपनगर में बने सूर्यकिरण बिल्डिंग के रहवासियों को लगता है न उस हरियाली का सुख रास आ रहा है न शहर से दूरी। इमारत में सब हैं, अकेले रहने को विवश बुज़ुर्ग, कुछ सहृदय फ्लैट मालिक, हुडदंगी नौजवान, जवान प्रेमी जिनसे बहादुर घिरा है। उनकी आदतों को अतिरिक्त कमाई का जरिया भी बना लेता है। सिक्यूरिटी एजेंसी से ठेके पर रखे गए अन्य गार्डों के मुकाबले बहादुर की स्थिति की बेहतरी और बदतरी, कुछ भी लेखक की नज़र से नहीं बचा है। इन सबका धीरेन्द्र अस्थाना काफी विश्वसनीय विवरण देते हैं।

'उतरती हुई धूप' रजनी गुप्त की कहानी का ताना-बाना उम्र की उतरती धूप से परे जाकर प्रेम को चाहने, पाने और स्वीकार करने की चिर इच्छा को केन्द्र में रख कर बुना गया है। कहानी की नायिकाएँ प्रेमा और सिया दो सखियां हैं जो उम्र की ढलान पर जा पहुँची हैं लेकिन प्रेम के लिए उनका आकर्षण और इंतज़ार खत्म नहीं हुआ है। विवाह जैसे संबंध में रहकर भी किसी स्त्री के जीवन का एक खास कोना कितना खाली रहता है, प्रेमा इसकी मिसाल है। पति योगेश की नीरसता, बेरुखी और एक हद तक बेवफ़ाई से उकताई प्रेमा अपने अस्तित्व एवं औचित्य की लड़ाई अपने आप ही से लड़ती रहती है। बच्चों और दाम्पत्य जीवन की तमाम ज़िम्मेदारियों के बीच भी बरसों पहले जीवन में कुछ क्षण के लिए आया प्यार 'बृजमोहन' को वो भुला नहीं पाती और उसके बुलावे

पर अंततः उसकी ही ओर चल देने का निर्णय कर देती है।

कहानी के शिल्प में एक फ़लसफ़ा साथ-साथ चलता है। एक ख़ास पल में प्रेमा सोचती है, 'दुख की बारंबारता हमारी खाल को मोटी ढीठ क्यों नहीं बनाती जैसे एक ही जगह इंजेक्शन लगने से गांठ पड़ जाती है। नया दुख हर बार नए प्रश्न लेकर आता है और नई अंतर्दृष्टि भी दे जाता है।'

एक जगह सिया प्रेमा से कहती है, 'जुगनू पकड़ने के चक्कर में ऐसे ही गिरती रहेंगी। कहीं जुगनू भी पकड़ में आते हैं?' ये कहानी सिया की ज़िन्दगी को प्रेमा की तरह नहीं खोलती मगर इतना इशारा ज़रूर देती है कि वो भी कहीं ना कहीं प्रेम की तलाश में है और 'कोई' है जो उसके जीवन में दोबारा प्रेम लाने के लिए आतुर है।

'आओ माँ, हम परी हो जायें' का। माहवारी शुरू होते ही झूलों, घुंघरुओं का छिन जाना, परिधान का बदलना, पिता के बदले तेवर और माँ की कठोर अनुशासन लागू करने की विवशता में से फूटता कभी कभी प्यार और उदासी का सोता... रोहिणी अग्रवाल ने कहानी में एक बच्ची को औरत बनाने की प्रक्रिया में उसके उलझन, उसके जीवन में एकाएक आये तरह तरह के परिवर्तन का आख्यान है।

मीना को समय ही नहीं मिला समझने के लिए कि हुआ क्या है और उसमे उसका कसूर क्या है कि अब वह वैसे खेल कूद नहीं सकती जैसे कल ही खेल रही थी? मीना को तो लगता है कि वह एक ही दिन तो बड़ी हुई है। फिर इस एक ही दिन में इतना कुछ कैसे बदल गया कि बचने छिपने, जीने के लिए सिर्फ अपने सपनों का आसरा बचा है? एक परी चाहिए कायापलट करने के लिए।

रोहिणी अग्रवाल, वर्णन में महारत रखती हैं। उनकी फ्रॉक, उनका शीशा, घुंघरू, सब बोलते हैं। मीना से बातें करते हैं और उसे ही उनको अब धकियाना है।

कहानी बाहर की दुनिया के अजनबी हो जाने पर अपने अंतर्मन में मनभावन दुनिया रच कर उसकी शरण लेने के मनोविज्ञान का खूबसूरत विश्लेषण करती है जो किसी भाषण की तरह नहीं मनोभावों के रूप में प्रकट होती रहती है। कहानी रिदम बदलती रहती है। माँ की, पिता की झिडकियों के बीच हमजोलियों की प्रतिक्रिया, परियों के ख्वाब, झूलों की पींगें...कहानी आपको मीना के उस संसार में खींच ले जाती है जिसमें सब होकर भी नहीं है।

'इस शहर में मनोहर' में प्रियदर्शन अपने नायक को रेणु के हिरामन से जोड़ कर बदलती और बदल चुकी दुनिया में भी गरीब मजदूर की नियति की निरंतरता का प्रभावकारी ब्यौरा देते हैं। मनोहर एक मीडिया कम्पनी में गार्ड है,

तनख्वाह बस ठीक ही है, शाम को ऊँचे नीचे ओहदे वालों को, सबको एक जैसा नाश्ता भी मिलता है, लोग भी तमीज से ही बात करते हैं, पर यह बराबरी एक छलावा है। मीडिया के बड़े अधिकारी, एंकर, उनकी अधिकारियों और मंत्रियों तक पहुँच और कभी कभी कामगारों को इस पहुँच का फायदा पहुँचा देने की दयानतदारी, सबका ऐसा प्रामाणिक और रोचक आख्यान है कि कहानी खुद को पढवा ले जाती है। मालिक के गौरव में गौरान्वित होने की नौकर की मानसिकता की गहन समझ कहानी को और भी विश्वसनीय बनती है। कंपनी और उनके रसूखदार लोगों के बलबूते डींगें हाँक कर अतिरिक्त इज्ज़त कमाने का लोभ ऐसे स्थानों पर काम करने वालों में अक्सर दिखता है।

चेखोव का कथन याद आ जाता है कि कहानी में पर्यवेक्षक की तरह हर बारीकी का वर्णन करो, भावुकता से बचो। प्रियदर्शन हुबहू यही करते हैं। गार्ड की नौकरी के डिटेल्स, उसकी जगह खड़े होकर कंपनी को देखते हैं और एक बार जब वह पत्नी और बच्चे को साथ लेकर आता है तो लेखक उनकी भी नज़रों में प्रवेश कर जाता है। ख्यातिप्राप्त लोगों से इतनी नजदीकी है कि आप रोज़ एक दूसरे को देखते हैं पर कौन किसको कितना देखता है? किसको किसकी शक्ल याद रहती है? कहीं भी प्रियदर्शन अलग से इन पहलुओं पर बल नहीं देते। उनका गहन अवलोकन ही कहानी को गहराई देता है।

कभी कभी कोई विचार ऐसे चकाचौंध कर जाता है कि उसके प्रभाव में या उससे छुटकारा पाने के लिए ही लेखक कुछ लिख बैठता है। हृषिकेश सुलभ की 'हवि' कुछ ऐसे ही विचार की पैदाइश लगती है। थिएटर इसके केंद्र में होकर ऐसी पूर्ण प्रतिबद्धता की मांग करता है कि वह महज़ बलिदान नहीं कहला सकता वह तो 'हवि' ही होगा। अति पवित्र। उपासना करने के लिए अग्नि को अर्पित।

कहानी के 'मैं' में कहीं आत्म मुग्धता का भाव नहीं है, थिएटर में होकर भी पीछे रहता है और नायिका गज़ाला को प्रमुखता देता रहता है। यह इस कहानी का असाधारण पहलु है। आम तौर से 'मैं' की जुबानी सुनाई जाने वाली कहानियां, मैं के भावों और विचारों के ब्योरों से कहानी को बोझिल बना डालते हैं।

'हवि' का 'मैं' अपने बारे में कुछ नहीं बताता। जितनी शिद्दत से वह नायिका का वर्णन करता है, उसके जीवन की स्थितियों का वर्णन करता है,। इतना संकोची 'मैं' कि आपको यह भी यूँ ही चलते चलते पता चलता है कि नायिका उसकी प्रेमिका बन चुकी है। 'मैं' की कोई विशेष जानकारी नहीं मिलती, जब थोड़ी सी मिलती भी है तो उसके विनोदी स्वाभाव का पता चलता है जो नायिका के वर्णन में कहीं नहीं झलकता। गजब का आख्यान है।

कश्मीर इतना जटिल विषय है कि साहित्य में उसे जगह देना भी बड़ी चुनौती है। सईद अय्यूब की 'पूरे पूरे आधे अधूरे' शीर्षक में ही इसके मसले को बयान कर देता है। यह राज्य, इसका दर्द, इसके मसले, इसकी संस्कृति, कभी पूरे मानचित्र से दिखते हैं तो कभी अधूरे। अक्सर अधूरी ही तस्वीर उभरती है।

सईद अय्यूब की कहानी एक पत्रकार के ज़रिये इस आतंक प्रभावित हिस्से की खोज खबर लेती है जिसे न ज़्यादा जानने की फुर्सत है न इच्छा। वह अपने पूर्वाग्रहों से ग्रस्त जैसी जानकारी दी गयी वैसी रिपोर्टिंग कर रहा है पर एक घटना उसको बेचैन कर देती है और वह उनसे मिलने चला जाता है जिनकी उसने ऐसी ही लापरवाही से रिपोर्टिंग की थी।

रिपोर्टर की कहानी के अन्दर जुड़वां भाई गुलाम और परवेज़ की, उनकी आठ साल की बहन रुकैया और उनके माता पिता की कहानी है। आठ साल की रुकैया को दी गयी यातनाओं का बयान कहानी का सबसे प्रबल पक्ष है। जो देखा उसको जस का तस बता देना इसकी खासियत है और जो देखा वह इतना भयावह है कि उसे किसी विशेषण की ज़रुरत नहीं। कहानी किसी निश्चित बिंदु से शुरू होकर किसी अंत तक नहीं पहुँचती। पत्रकारिता की सतही प्रकृति बनी रहती है, गुलाम और परवेज़ की बसती उजड़ती जिंदगियां वहीं रहती हैं जहाँ हैं पर सब कुछ बदस्तूर चलता भी रहता है।

प्रतिमा सिन्हा की छोटी सी कहानी 'एडजस्टमेंट' दस वर्षीय बेटे को हॉस्टल भेजने से पहले उसकी माँ जो तैयारियां करती है और जिन आशंकाओं से घिर जाती है उनकी परतें खोलती है। यह मौका उसके जीवन में फिर से पति से अपने रिश्ते को खंगालने का अवसर प्रस्तुत कर देता है। वह सहमत होकर भी असहमत तो है पर उसकी आवाज़ में कोई दम क्यों नहीं है?

पूरी कहानी उसकी दुःख भरी, और कुछ हद तक जबरिया, हासिल की गयी सहमति के इर्द-गिर्द घूमती है। पति कोई निर्मम व्यक्ति नहीं हैं। अक्सर जो वह चाहती है उसके कहने से पहले ही ला देते हैं जैसे पुराने टीवी के बदले एलईडी टीवी। पर उसके मन के भीतर उथल पुथल मची है। भारतीय माएं यूँ भी बच्चों को अपने पर कुछ ज्यादा ही आश्रित कर लेती हैं। खाने पीने, कमरा साफ़ रखने, होम वर्क करने, हर तरह के काम जो बच्चों को एक उम्र के बाद सिखा देने चाहिए वे खुद करती चली जाती हैं। इसका अच्छा वर्णन कहानी में है।

यहाँ एडजस्टमेंट कई स्तरों पर होना है। शुरू में सिर्फ बेटे के हॉस्टल में एडजस्टमेंट की बात हो रही है पर अंत तक आते आते पता चलता है कि पूरे परिवार को कई तरह के परिवर्तनों से एडजस्ट करना पड़ेगा। पत्नी ने पति के

अधिकारों के क्षेत्र में कुछ कमज़ोर कोशिश के बावजूद उसमें घुसपैठ न करने का एडजस्टमेंट कर लिया है वह तो बरकरार रहेगा ही।

शक्ति प्रकाश उन इने गिने व्यंग्यकारों में हैं जिन्हें हास्य और व्यंग्य का अंतर मालूम है और जो मजाक करने और मज़ाक़ उड़ाने के फ़र्क़ को भी खूब समझते हैं। उनके व्यंग्य अमूमन व्यवस्था के किसी बदनुमा पहलू पर कड़ा प्रहार करते हैं। हिंदी की साहित्यिक पत्रिकाओं में सरकारी पत्रिकाओं का स्थान, उनके संपादकत्व के लिए होड़, साहित्यकारों की गरीबी और अच्छी तनख्वाह की लालसा, हिंदी की साहित्यिक दुनिया पर करारा व्यंग्य है। शक्ति प्रकाश जितनी महत्व की बात करते हैं उतनी ही हँसी आती रहती है जो एक असरदार व्यंग्य की पहचान है।

कविता पर उनके नायक की टिप्पणी तो सबको खुश कर देगी ख़ास तौर से उन पाठकों को जो पत्रिकाओं में और सोशल मीडिया पर रोज़ चस्पां की जा रही कविताओं के बोझ तले ऐसे दबे हैं कि आँख नहीं उठा सकते। इसमें शक्ति प्रकाश ने एक कथित कविता भी डाल दी है जो बकौल उनके नायक की कविता नहीं पर आज की राजनीति के स्तर पर सीधा प्रहार करती है। यह कविता पढने योग्य है।

सपना सिंह की कहानी, 'बहुत से कुछ ज़्यादा' शुरू में ही जब एक अति सुन्दर स्त्री के गोरे रंग के वर्णन में लग जाती है तो लगता है, काश हिंदी के साहित्यकार इस गोरे रंग के स्तुतिगान से पिंड छुड़ा पाते। जल्दी ही पता चल जाता है कि इस यशोगान को प्रश्नांकित करना ही तो उनका ध्येय है। सपना सिंह तो सौन्दर्य की सीमित संकुचित परिभाषा की क्रूरता से त्रस्त स्त्री की जीवन कथा कह रही हैं। एकदम स्वाभाविक आख्यान। एक अधेड़ 'असुंदर' प्राध्यापिका और अपने जीवन पर उसके नियन्त्रण की यह कहानी आज की आत्मनिर्भर, आत्मविश्वासी पर कुछ अतृप्त सी, असंतुष्ट सी औसत औरत का वजूद जिंदा कर देती है।

कहानी अधेड़ उम्र की नायिका की तरह बीच में ही कहीं शुरू होती है। बहुत कुछ हो चुका है। बहुत कुछ होना है। होगा? नहीं होगा? उहापोह है, अपनी तरह से जीना सीखने के बाद किसी और को झेल पायेंगे या नहीं, यह सब जैसे दिनचर्या की तरह उभरता रहता है। मन में क्या संवाद है और प्रकट में क्या कहते हैं इसका अंतर तक आपको कहीं कहीं बरबस हंसा देगा। इस जीवन की उलझनों को सपना सिंह ने खूब पकड़ा है और हौले हौले बताये जाती हैं मानो अचानक कुछ बड़ा महत्व का कह दिया या मनस्थिति का कोई रहस्योद्‌घाटन

कर दिया तो कहीं पाठक चौंक कर बिदक ही न ले।

क्या बदसूरत औरत को प्यार नहीं मिल सकता? इसका कोई भी जवाब कैसे मिले? सपना सिंह भी यह जवाब न खोजती हैं न देती हैं। कहानी अंत तक आते आते औरत को व्यक्ति बना देती है।

तसनीम खान की 'बड़े भाईसाब' में गुलाब की पत्तियों की सुगंध में रचे बसे चूरमा का स्वाद है। मारवाड़ के रीत रिवाज, हिन्दू मुसलमानों का अपनापा, किसी को बड़ा भाई मान लेने पर हर घरेलू मसले में उनकी राय लेना, उनकी डाँट खा लेना ही नहीं, उस डांट की भूख रखना, यह बिसरा सा जीवन अभी तक बहुतों को याद होगा। इसी तरह के कस्बाई जीवन के रंगों में रंगी यह मारवाड़ के जीवन की जीवंत तस्वीर है। इसमें मारवाड़ी बोली नगीनों की तरह जड़ी हुई है। 'आवाज़ तक का पर्दा' जहाँ हो वहाँ के लोगों के उठने बैठने, बोलने बतियाने का ढंग ही नहीं, लहज़ा तक इतना विश्वसनीय है कि आप संवादों की ध्वनि सुन सकते हैं।

जैसा कि तसनीम खान कहती हैं, यह "मारवाड़ी, हिंदी, उर्दू तहजीब थी" जिसे अन्यत्र गंगा जमुनी कह लेते हैं। यहाँ की बोली में एक ठसक सी है जो तसनीम खान की इस रचना में चमक, दमक जाती है। "यहाँ की बोलियां ऐसी ही हैं, जैसे एक ही राग पर कई सारे गीत गाए जा रहे हों।"

ऐसी कहानियों में किसी गुज़र गए युग में जी लेने के एहसास का सुख तो मिलता है पर आज के पाठक के लिए अपनी चेतना को भुला देना थोड़ा मुश्किल है। ऐसे पारंपरिक ढाँचे में निहित बड़े छोटे, स्त्री पुरुष के बीच विषमता की अनदेखी करना और उसके विरोध में फुसफुसाहट तक का न होना कुछ देर बाद अखरने लगता है क्योंकि नई पीढ़ी में भी, परिवार और सामाजिक स्तर पर कुछ बदला नहीं दिखता सिवाय इसके कि कुछ बेरुखी आ जाती है। तसनीम खान इस भाव को हावी नहीं होने देतीं और कहानी आपसे निर्विरोध पढ़वा ले जाती हैं यह उनके कहानी कहने के हुनर का कमाल है।

सीमा शर्मा सिर्फ क़लम को ही नहीं पूरी मानसिता और दृष्टिकोण को मध्यम वर्गीय सीमाओं के पार ले जाकर इस कहानी को रचा है और इसमें कहीं भी लेखकीय परिश्रम की छाप अलग से दिखाई नहीं पड़ती, हालाँकि ऐसी कहानियां बिना अन्वेषण के लिखी नहीं जा सकतीं। मध्यम वर्गीय करुणा, दया, आदि को तिलांजलि देकर ठेठ यथार्थ की भूमि पर रची 'चरित्र प्रमाण पत्र' मजदूर वर्ग की दैनंदिन त्रासद की कहानी है। भावोत्तेजना से दूर। यथार्थ की निर्मम की पहचान के कारण ही कहानी विशिष्ट हो जाती है।

सीमा शर्मा अपढ़ मीना की जद्दोजहद का बहुत ही सत्यनिष्ठ से चित्रण करती हैं। उसके मन में उठ रहे सवालों से कहानी को अतिरिक्त आयाम मिलता है। सिर्फ दिहाड़ी मजदूरी के लिए चरित्र प्रमाण पत्र और पहचान पत्र की मांग, उनको हासिल करने के लिए आवशयक खर्च और कई कई दिनों की भागदौड़, खुद मजदूरों में एक दूसरे से आगे निकलने की बेचैनी, एक दूसरे की मदद के जज्बे को लगा गरीबी का ग्रहण, सब कुछ स्वाभाविकता से उभरता है।

हमरंग बारह क़िस्से टन्न के इस तीसरे संकलन में अपनी कहानियों को शामिल करने की अनुमति देने के लिए सभी कथाकरों को शुक्रिया। किन्तु यहाँ इस किताब के के लिए 'अंज़ली देशपांडे' का विशेष आभार न कहना खुद को धोखा देने जैसा होगा। यकीनन इस भूमिका में प्रयुक्त कहानियों पर सारगर्भित टिप्पणियों के लिए अंज़ली जी के लिए आभार शब्द छोटा है। इसके अलावा हमरंग टीम, अनीता जी, अयान मदार के सहयोग के बिना इस बड़े काम का मूर्त रूप में आना सम्भव नहीं है।

हमरंग के साथ मैं खुद भाई जितेंद्र पात्रो और प्रलेक प्रकाशन का हृदय से आभारी हूँ इस आयोजन को दस्तावेज़ी रूप में परिवर्तित करने के लिए। किताब आप सब को सौंपते हुए ख़ुशी है और तैयार हूँ आपकी आलोचनाओं के लिए।

साभार

हनीफ़ मदार

पैरघंटी

*

पुरुषोत्तम अग्रवाल

सत्यजित जी का स्वरूप बड़ी तेजी से बदल रहा था। अधीनस्थों, खासकर निचले तबकों से संबंधित अधीनस्थों की चमड़ी कोड़े की तरह उधेड़ने वाली उनकी जबान पुचकार पाने को व्याकुल, लप-लप करती जीभ में बदलती जा रही थी। जिस कंठ-स्वर को सिंह-गर्जना का मानव-संस्करण मान, वे अपनी वंशावली पर गर्व करते थे, वह स्वर कूँ-कूँ की निरीहता पहले ही ओढ़ चुका था। देह दो पैरों की मुद्रा त्याग कर चारों पैरों पर आ चुकी थी। शरीर के पार्श्व भाग में, बढ़िया कपड़े के पैंट में से दुम धीरे-धीरे निकल रही थी, और तेज-तेज हिल रही थी।

उच्चकुलोद्भव, उच्चाधिकारी श्री सत्यजित इस समय मंत्रीजी के गुस्से को पुचकार में बदलने की साधना कर रहे थे। इस गुह्य साधना का साक्षी कोई नहीं था, सिवा साधक और साध्य के। हाँ, गगनविहारी देवता अवश्य यह दृश्य देख रहे थे। देख रहे थे, और बोर हो रहे थे। वे ऐसे दृश्य अनादि काल से देखते आ रहे थे, और चट चले थे। जिन्हें देवयोनि प्राप्त किये बहुत समय हो गया था, ऐसे देवताओं की बोरियत तो अब फटीग में बदलती जा रही थी। वे सब कुछ दिखाने वाली दिव्य-दृष्टि को कोसने लगे थे, मनुष्यों से ईर्ष्या करने लगे थे जो दिव्य-दृष्टि से वंचित होने के कारण, सब कुछ देखने से तो बचे ही रहते हैं, और जो देख सकते हैं, वह भी आम तौर से या तो देखते ही नहीं, या देख कर भी अनदेखा कर देते हैं।

इस समय श्वान-आसन साध रहे सत्यजितजी को उनके वैकुंठवासी पिताश्री प्यार से 'राजन' कहा करते थे। सत्यजितजी से जिनका वास्ता पड़ता था, वे सब जानते थे कि उनकी कृपा-दृष्टि उपलब्ध कराने वाला जंतर यही संबोधन था—'राजन'। उधर, मंत्रीजी के कैलासवासी पिताश्री उन कोई साढ़े-पाँच सौ

श्रेष्ठ जनों में से थे, जिन्हें हर मैजेस्टी की कृपावंत हुकूमत ने 'आलीजाह-बहादुर', 'दरबार', 'श्रीमंत' आदि बनाए रखा था, और जिन्हें अपने जीवन-काल में कलि-काल का यह पातक देखना पड़ा कि देखते-देखते ही वे सल्तनते-बरतानिया के फर्जन्द-ए-खवास से भारत माता की संतान बनने को बाध्य हुए।

मंत्रीजी के कैलासवासी उनकी कुर्सी के ठीक सामने एक शानदार तस्वीर में मौजूद रहते थे। आबनूस के रोबीले फ्रेम में मढ़ी इस तस्वीर में स्वर्गवासी महाराजा के साथ स्वयं हिज एक्सीलेंसी वायसराय मौजूद थे। कुछ दरबारी मौजूद थे, पृष्ठभूमि में चंद जी-हजूरे भी मौजूद थे, हिज एक्सीलेंसी, महाराजा और दरबारियों के हाथों में राइफलें मौजूद थीं, जी-हजूरों के हाथों में तोड़ेदार बंदूकें मौजूद थीं, और नीचे की तरफ...

नीचे की तरफ वह शेर मौजूद था, जिसे सौ-पचास हाँके वालों की मेहनत के जरिए, पेशेवर शिकारियों की दक्षता के जरिए मारकर हिज एक्सीलेंसी और महाराजा ने 'लाजबाव' बहादुरी से शिकार करने का गौरव प्राप्त किया था। अपनी मौत में भी रोबीले दिख रहे शेर के सिरहाने हिज एक्सीलेंसी दि वायसराय खड़े थे, पाँव उसके सर पर और राइफल जमीन पर टिकाए। सल्तनत-ए-बर्तानिया के फर्जन्द-ए-खास महाराजा की भी राइफल जमीन पर टिकी थी, लेकिन पाँव शेर के सर पर नहीं दुम पर था।

कहाँ वह ज़माना कहाँ यह गया-गुजरा वक्त कि एक दिन तो यह शानदार तस्वीर कुछ देर के लिए ही सही, दीवार से हटानी पड़ गयी थी। मंत्रीजी नोट करते थे कि उनके कमरे में आने वालों में से कई लोगों को यह तस्वीर विभिन्न कारणों से खटकती थी...खटकती रहे...ब्लू ब्लड जिनकी शिराओं में बह रहा था, रायल खानदान के रोशन चिराग़ वे मंत्रीजी नसों में लाल खून लिए घूमने वाले ऐं-वें टाइप्स की परवाह क्यों करें? बल्कि इन लाल खून वाले हकीर इंसानों में से कुछ का तो खून लाल से सफेद हो गया था, इतने गुस्ताख़ हो गयेथे ये बेहूदे कि मंत्री जी को 'महाराजा', 'श्रीमंत' जैसे उचित संबोधनों की बजाय बस श्री या जी लगा कर या सर या महोदय कह कर संबोधित करते थे...ब्लडी इडियट्स, डर्टी फिल्द...

ऐसे मूर्खों की तो उपेक्षा ही उचित थी, लेकिन जब वर्ल्ड वाइल्ड-लाइफ फंड का एक शिष्ट-मंडल प्रोजेक्ट टाइगर की फंडिंग की डिटेल्स डिसकस करने के लिए आया था, तो इसी सत्यजित ने जान हथेली पर रख कर श्रीमंत को सलाह दी थी कि कुछ देर के लिए शेर के शानदार शिकार की यह जानदार तस्वीर कमरे से हटा दी जाए। सलाह सही थी, यह तब जाहिर हो गया जबकि

शिष्ट-मंडल के एक सदस्य ने यह सुझाव दे डाला कि निजी संग्रहों से नहीं, तो कम से कम सरकारी और अर्द्ध-सरकारी संग्रहालयों से ऐसी सभी 'ऑब्सीन' तस्वीरें, पेंटिंग्स आदि हटा दी जाएँ जिनमें अंग्रेज अफसर और उनके 'नेटिव' चापलूस शिकार किये हुए शेरों के साथ 'वल्गर' पोज दे रहे हैं। सुझाव देने वाला गोरी चमड़ी में न मढ़ा होता, तो अपने स्वर्गीय पिताश्री का अप्रत्यक्ष ही सही, ऐसा घोर अपमान करने वाले की चमड़ी खींच कर उसमें,भुस भले न भर पाएँ, इस गये गुजरे जमाने की वजह से, श्रीमंत किसी और ढंग से हरामजादे को ठीक तो कर ही देते। लेकिन, एक तो गोरा, ऊपर से फंड का मामला, मंत्रीजी अपने ब्लू बल्ड का घूँट पी कर रह गये थे। मन ही मन सत्यजित की दूरंदेशी की तारीफ भी की।

उस दिन के बाद से,मंत्रीजी सत्यजित को अपना खास मुसाहिब मानने लगे थे, इस मान्यता के कारण सत्यजितजी का आलम सातों दिन चौबीसों घंटे यह रहने लगा कि 'आजकल पाँव जमीं पर नहीं पड़ते मेरे...'

यह तस्वीर मंत्रीजी की मेज के ठीक सामने थी, और उसी मेज के नीचे थी वह पैरघंटी—फुटबेल—जिसके कारण सत्यजित जी इस समय श्वान-नृत्य कर मंत्रीजी को रिझाने की साधना कर रहे थे।

बात यह थी कि मंत्रीजी चपरासी को बुलाने के लिए हाथघंटी और पीए को बुलाने के लिए इंटरकाम का उपयोग नहीं करते थे। उन्हें अपनी मेज पर घंटी रखना सुहाता नहीं था, और इंटरकाम पर वे केवल अपने जूनियर मिनिस्टर से बात करते थे, सो भी बेमन से। घंटियों को मंत्रीजी मेज के ऊपर नहीं, मेज के नीचे, पाँव की पहुँच में रखते थे, एक चपरासी के लिए, एक पीए के लिए...

यहाँ तक तो सत्यजितजी के हिसाब से भी बात ठीक ही थी। चपरासी हो याक्लर्क ग्रेड का पीए, ये सब इसी लायक हैं कि इन्हें हाथ के इशारे पर नहीं, पैर की ठोकर पर रखा जाए...लेकिन अब यह तो ठीक नहीं ना कि...क्या कहें, कैसे कहें...

मंत्रीजी अपने पीए को ही नहीं, पीएस याने श्री सत्यजित आईएएस को भी पैरघंटी से ही बुलाते थे। चपरासी और आईएएस को बुलाने का ढंग एक ही हो, यह तो प्रथम दृष्ट्या ही गलत था, ऊपर से घंटी भी हाथ से बजने वाली नहीं, पैरघंटी...इजंट इट टू मच, यार...

सत्यजितजी को बेहद बुरा लगता था, मंत्री महाराजा का यह अविवेक, लेकिन आईएएस ट्रेनिंग की औपचारिक शिक्षा याद रही हो न रही हो, सार की बात अन्य बंधु-बाँधवों की तरह उन्होंने भी मन में गोया फेविकोल से चिपका ली

थी—निचले पायदान वाले के सर पर पाँव, और उपरले पायदान वाले के पाँव पर सर रखे रहना ही तरक्की की सीढ़ियाँ चढ़ते चले जाने का असली मंतर है। सो, पैरघंटी से बुलाए जाने को लेकर अपनी असुविधा उन्होंने मंत्रीजी के सामने जाहिर कभी नहीं होने दी थी। फायदा क्या था? कितनी भी खिसिया ले, बिल्ली खंभे का नोच क्या सकती है, उखाड़ क्या सकती है?

गुस्सा तो आता ही था, सो उसेझेलने के लिए थे ना बहुतेरे तुच्छ प्राणी, जिनके अस्तित्व पर सत्यजित की जबान गुलामों के मालिक के हंटर की तरह चलती थी, जिनके कानों की तरफ सत्यजित के शब्द ताजा फटे ज्वालामुखी के खौलते लावे की तरह लपकते थे। इन्हीं तुच्छ प्राणियों में से एक इस वक्त सूली चढ़ी बैठी थी सत्यजितजी के कमरे में जबकि पैरघंटी की बुलाहट सुन कर उन्हें मंत्रीजी के चैंबर की ओर लपकना पड़ा था, उस हरामजादी काली-कलूटी ओबीसी को वार्न करके ही निकले थे सत्यजितजी कि जब तक वापस ना आएँ, खबरदार, हिलना मत, यहाँ से। मंत्रीजी के कमरे की ओर लपकते हुए सत्यजित की भुनभुनाहट जारी थी...'सर ही चढ़ते चले जा रहे हैं, यार ये लोग तो, इस को तो यह गुमान भीहै ना कि बिना रिजर्वेशन के सर्विस में आई है, आई होगी, रहेगी तो ओबीसी ही ना, रिजर्वेशन नो रिजर्वेशन...खानदान थोड़े ही बदल जाएगा, औकात थोड़े ही बदल जाएगी...बैठी रहना, अभी वापस आकर बताता हूँ तेरी औकात, बेहूदी चिरकुट, जबसे दफ्तर में आई है, मेरे बनाए नोट में गलतियाँ निकालती रही...और अब चली है स्टडी लीव माँगने...'

खिसियाहट इस वजह से कई गुनी हो गयी थी कि पैरघंटी उस कलूटी के सामने ही बज उठी और सत्यजितजी का तन-मन बेकाबू होकर रिफ्लेक्स एक्शन करने लगा था। घंटी बजते ही वे उछले, दरवाजे की ओर लपके, हड़बड़ाए शरीर का धक्का खा कर कुछ फाइलें मेज से धराशायी हुईं, सँभलने के चक्कर में खुद गिरते-गिरते बचे। अपने आपको बचपन में सुने मुहावरे-लजवन पचाने—पर अमल करते पाया, कलूटी को सुनाते हुए बोले, "काम करना पड़ता है, इंपोर्टेंट पोजीशन पर...आपकी तरह नहीं..."

हिम्मत...हिम्मत देखो नालायक की, चट से बोली, 'काम सब करते हैं...'

दरवाजे तक पहुँच चुके सत्यजित पलटे थे, 'सब पता है, सूरत देख कर ही जान गया था कि जिन्दगी भर हराम की खाई है, कभी काम नहीं किया है... मस्ती की है बस...और अब मस्ती के लिए ही यह स्टडी लीव का नाटक...'

'भगवान से डरिए, सर...'

हद है, यार कितनी चलती है जबान इस हेहर की। ठीक है कि इस ऑफिस

में नयी आई है, मेरे रोब-दाब से वाकिफ नहीं, लेकिन यह तो हद ही है, ऐसी की तैसी इसकी...

'स्टडी लीव तो आप भूल ही जाइए, मैडम...और अगर किसी तरह ले भी ली, तो लौट कर तो यहीं आना है, देखना कैरियर की ऐसी-तैसी न कर दी तो मैं भी राजन...आई मीन सत्यजित नहीं...'

उठ खड़ी हुई थी, वह,सो भी लुंज-पुंज नहीं, आँखों में आँसू भर कर नहीं। सीधी रीढ़ के साथ, सचाई भरी, सहज ही चमकती आँखों के साथ...इसे तो ठीक करके ही रहूँगा...एकाएक सत्यजितजी ने मन ही मन अरसा पहले वैकुंठवासी हुए पिताश्री के साथ-साथ कुछ ही महीने पहले ब्रह्मलीन हुए मुखियाजी की भी कसम खाई, और साथ ही वे अपनी धरती से भी जुड़ गये, यह बदतमीज औरत भी तो उसी धरती की थी...'चलतानी कहुँवा, बइठल रहीं, रउआ से त अभी ठीक से बात करि के बा.., रिमैन सीटेड, मिनिस्टर साहब से मिल कर आता हूँ फिर बताता हूँ तुम्हें कि कैसे बात की जाती है, सीनियर अफसर से...भगवान से डरिए...यू एंड यौर भगवान...माई फुट...'

कहते कहते सत्यजितजी अपने भगवान के मंदिर की ओर लपक लिए थे। प्रवेश करते ही पाया कि उनके भगवान इस समय वरदहस्त मुद्रा में नहीं, खड्गहस्त मुद्रा में थे। छूटते ही बोले—'सुना है आपको पैरघंटी से कुछ परेशानी है, यू आर वेरी अपसेट विद दि एरैंजमेंट...'

फुटबेल का जिक्र अपने भगवान के मुख से इस प्रकार सुनते ही, तुच्छ प्राणियों के वे ही भगवान जिनकी शान में अभी-अभी 'माई फुट' की घोषणा करके आए थे, सत्यजितजी को याद आने लगे।

'नो सर, नो सर...आई मीन...' मन ही मन बूझ रहे थे कि चुगलखोर कौन है, चुगलखोर भी क्या साला आदत से मजबूर...यह सिंह कमीना...खाने में तो हरामजादा पत्थर भी पचा जाए लेकिन बात जरा सी नहीं पचा सकता...मैं भी तो चूतिया हूँ, उसके सामने मुँह से निकल कैसे गयी इस साली फुटबेल की बात...

मंत्री भगवान जारी थे, 'सुना है कि आपको इतनी बुरी लगती है हमारी फुट-बेल कि केब-सेक से बात करने जा रहे हैं...सीधे पीएम से ही मिल लीजिए ना...हमीं एपाइंटमेंट फिक्स करवा देते हैं आपका, फिर आराम से शिकायत कीजिएगा, हमारी नौकरी ही ले लेंगे आप तो, भई हम लोग तो वैसे ही आने-जाने, कौन सा चुनाव हार जाएँ क्या पता, आप ठहरे परमानेंट सरकार, गवर्नमेंट के स्टील-फ्रेम...चुनाव हार गये तो आप लोगों कीइस बिल्डिंग में हम तो घुस भी न पाएँ...'

मंत्रीजी की आवाज जरा भी ऊँची नहीं थी, एकदम संतुलित स्वर में बात कर रहे थे।

सत्यजित के पाँवों तले चिकना वुडेन फ्लोर नहीं था, हड्डियों से भरी ऊबड़-खाबड़ जमीन थी। दीवारों पर उम्दा लकड़ी की चमकीली मढ़ावट नहीं थी, जंगल की पहाड़िया का चितकबरापन था। आँखों की पुतलियों पर खुद निगाहों से ओझल रह कर, दूधिया रोशनी फैलातीं बत्तियों की चमक नहीं थी, घनघोर अंधेरा था। उनके आस-पास रूम-फ्रेशनर की भीनी-भीनी सुगंध नहीं थी, मृत देहों की आदिम दुर्गंध थी...

शिकार वाली तस्वीर का शेर जैसे जिन्दा हो गया था...सत्यजित को इतमीनान से निहार रहा था, खिला-खिला कर चबाने के मूड में लग रहा था।

'जाहिर है कि...' मंत्रीजी जारी थे, 'आपके जैसे कंपीटेंट ऑफिसर की जरूरत तो आपके होम-काडर को भी होगी ही...'

हे भगवान, अब दिल्ली से रवानगी...वापस महाराष्ट्र...चलो ग़नीमत है...

लेकिन शेर ने अभी तो अंगड़ाई ही ली थी...'हम खास रिक्वेस्ट करेंगे सीएम से कि आपकी कंपीटेंस और तजुर्बे का, आपकी इंटिग्रिटी का सही इस्तेमाल करें, गड़चिरोली में नक्सल चैलेंज के सामने आपके जैसा बहादुर और खानदानी अफसर ही टिक सकता है...'

पहली बार शेर हल्के से दहाड़ा, पहली बार मंत्रीजी के मुँह से आप की जगह तुम निकला 'आई विल पर्सनली एन्स्योर कि तुम्हें गडचिरोली में ही पोस्ट किया जाए...'

आवाज में फिर वही स्थिरता...'ऑफ कोर्स सीनियरिटी तो कंसीडर होगी ही, देयरफोर यू ऑट बी देयर इन ए सुपरवाइजरी कैपेसिटी में, स्पेशल पोस्टिंग पर...बट गडचिरोली टु बी श्योर...'

इस भयानक दशा में भी सत्यजित को वह चुटकुला याद आ गया, 'पिताजी शेर के सामने पड़ गये थे...अच्छा तो फिर क्या किया उन्होंने...उन्हें क्या करना था...जो कुछ किया शेर ने ही किया...'

लेकिन यहाँ तो कुछ करना ही पड़ेगा...वरना गड़चिरोली...नक्सल...

लेकिन, कैसे? क्या?

शेर खिलकौटी के मूड में ही बना हुआ था, 'होम-काडर वापस भेज रहे हैं आपको...थैंक्यू सर भी नहीं कहेंगे क्या आप मिस्टर सत्यजित आईएएस?'

मिल गया, डूबते को जिस तिनके की तलाश थी, मिल गया, चुटकुले वाले पिताजी की नियति से निकलने का जरिया मिल गया...

'गलती तो सेवक से हुई है, श्रीमंत, लेकिन इतना अनसिविल तो आपका यह सर्वेंट सपने में भी नहीं हो सकता कि महाराज को सर कहे, आप जो कहें मंजूर है, लेकिन यह गुस्ताखी तो मुझसे मरते दम तक नहीं होगी कि श्रीमंत या महाराज के अलावा कोई संबोधन दूँ, आपके पीठ-पीछे भी ध्यान रहता है मुझे...'

मंत्रीजी जरा सा मुस्कराए, सेवक की हिम्मत बढ़ी, 'मैं तोसपने में भी आपको हिज हाइनेस कह कर ही याद करता हूँ, यौर हाइनेस...'

मंत्रीजी की मुस्कान थोड़ी और चौड़ी हुई, सर्वेंट की सिविलिटी कुछ और मुखर हुई, 'प्लीज पनिश मी इन वाटएवर वे...लेकिन श्रीमंत अपने श्रीचरणों से दूर न करें मुझे...गुस्ताखी तो हुई है, लेकिन बस एक लास्ट चाँस...'

मंत्रीजी के मुस्कराते मौन के संकेत ग्रहण कर, सत्यजितजी का स्वरूप परिवर्तित हो रहा था। उनकी जबान पुचकार पाने को व्याकुल, लप-लप करती जीभ में बदलती जा रही थी, कंठ-स्वर कूँ-कूँ की निरीहताओढ़ चुका था। देह दो पैरों की मुद्रा त्याग कर चारों पैरों पर आ चुकी थी। शरीर के पार्श्व भाग में, बढ़िया कपड़े के पैंट में से दुम धीरे-धीरे निकल रही थी, और तेज-तेज हिल रही थी।

अब उनके पाँवों के नीचे हड्डियों से भरी ऊबड़-खाबड़ जमीन नहीं, चिकना वुडेन फ्लोर था। जंगल की पहाड़िया के चितकबरेपन की जगह दीवारों पर उम्दा लकड़ी की चमकीली मढ़ावट थी। आँखों की पुतलियों पर घनघोर अंधेरी की जगह, खुद निगाहों से ओझल रह कर, दूधिया रोशनी फैलातीं बत्तियों की चमक थी। आस-पास मृत देहों की आदिम दुर्गंध की जगह रूम-फ्रेशनर की भीनी-भीनी सुगंध थी।

मंत्रीजी देख रहे थे, सुन रहे थे। सत्यजित दुम हिलाते हुए अगली दोनों टाँगें उठाए, नृत्य कर उन्हें रिझा रहे थे, उनकी वंश-विरुदावली गाने में पेशेवर चारणों को पीछे छोड़ रहे थे। स्वयं मंत्रीजी का ऐसा गुणानुवाद कर रहे थे कि उनका क्रोध लाड़ में बदलता जा रहा था, वे मन ही मन कुछ अनौपचारिक भी हो रहे थे, उसी अनौपचारिक मुद्रा में उनके मुँह से लाड़ भरे शब्द निकले, 'क्यों ऐसी चापलूसी कर रहे हो, यार कि मेरे पेशाब की गंध को मलयानिल बनाए दे रहे हो, और कुछ नहीं तो अपने नाम का ही लिहाज करो...सत्यजित...'

इन लाड़ भरे शब्दों ने सत्यजितजी को आश्वस्त भी कर दिया और प्रगल्भ भी, उसी तरंग में उनके मुँह से जो शब्द निकले, उन्होंने यह दृश्य, बोरियत या दिलचस्पी से देख रहे देवताओं को भी उलझन में डाल दिया कि सत्यजित की स्पष्टोक्ति पर पुष्प-वर्षा करें या उनकी निर्लज्जता पर प्रस्तर-वर्षा। सत्यजित उच्चारे थे,

'नाम के इन एकार्डेस ही तो चल रहा हूँ, यौर हाइनेस, मेरा नाम न तो सत्यकाम है कि सत्य की कामना करूँ, न सत्यप्रिय कि इसे प्यार करूँ। मैं तो सत्यजित हूँ। जीत लिया है मैंने सत्य को, ऐसा जीता है कि इसका जो चाहूँ मैं, यार करूँ, प्राण ले लूँ या बलात्कार करूँ...आपका पेशाब क्या, शिट भी साफ करवाऊँ...मजाल है सत्य की कि चूँ भी कर जाए...सत्य को जीते लेना काम है मेरा, सत्यजित नाम है मेरा...सत्यजित रा...'

वक्त रहते सँभल गये, सत्यजित। 'राजन' कहने वाले स्वर्गीय पिताश्री का लाड़ इस पल याद करना अभी-अभी, मुश्किल से कमाए गये महाराजश्री के लाड़ का कबाड़ कर सकता था। बात फौरन पटरी पर लाए, 'सत्यजित...रा... मतलब, आप का, राजकुलदीपक आपश्री का चाकर...आपका सदा वफादार सेवक हूँ मैं श्रीमंत, सत्यजित हूँ मैं...विजेता सत्य का, अब इसका जो चाहे मैं यार करूँ, प्राण ले लूँ या बलात्कार करूँ...'

मंत्री-महाराज का लाड़ और उमड़ा, पैरों पड़े सत्यजित का सर सहलाया, बोले, 'उठो, ठीक है, बहुत हुआ, दुम अंदर करो, आगे से ख्याल रखना, जाओ अब...'

'जो हुकुम दरबार का..' कहते कहते सत्यजितजी ने दुम पैंट के अंदर की, और लटकती जीभ मुँह के अंदर...कमरे से निकले, और जंगल में टहलते शेर की अदा से अपनी गुफा की ओर चले, जहाँ उस हेहर औरत को छोड़ आए थे, अब उसे चींथ कर खा जाने का समय था।

'ऐसा सबक सिखाऊँगा, कुतिया को कि सारी हैन-तैन सदा के लिए भूल जाएगी...' कमरे में घुसते ही गुर्राए, 'यस, वेल...मैडम सिंसियर...'

लेकिन कुर्सी तो खाली थी, गुर्राहट मन ही मन दहाड़ में बदल गयी, यह मजाल, यह गुस्ताखी...अब तो साली को सस्पेंड करके ही दम लूँगा, ऐसा इनसबार्डिनेशन...यह हुकुम-उदूली...कह कर गया था कि यहीं मरी रहना... और उठ कर चल दी...'

अपनी कुर्सी पर बैठ, पीए को बुलाने के लिए इंटर-काम उठाया सत्यजितजी ने कि सस्पेंशन लेटर डिक्टेट करें कि सामने रखे कागज पर निगाह गयी...अरे यह तो वही है...इस कागज में मुँह चिढ़ाती, नाक पर अंगूठा रख कर लिल्ली-टिल्ली करती...यह तो मेरी मेज पर, बल्कि मुँह पर इस्तीफा मार कर चल दी...चल कहाँ दी...इस्तीफे के इस सड़े से कागज में से झाँक तो रही है...उन्हीं चमकीली, साफ आँखों से...टिल्ली-लिल्ली कर रही है, उसी काली-कलूटी रंगत में चमक रही है, चिढ़ा रही है मुझे...लिल्लली—टिल्लली...

गगनविहारी देवताओं को मजा आ गया। ऐसे दृश्य कहाँ रोज-रोज देखने को मिलते थे। ऊब और फटीग के शिकार बुजुर्ग देवता पुष्प-वर्षा की तैयारी में लग गये। युवतर देवगण तो उस काली-कलूटी की जय-जयकार करते हुए उसकी चिढ़ोक्ति में अपना भी योगदान करने लगे...लिल्लली-टिल्लली...

शिकार जिसके पंजे से निकल गया, उस शेर की दहाड़ से गूँज उठा कमरा...लेकिन जिसे सत्यजित दहाड़ समझ रहे थे, वह देवताओं को भौं-भौं सुनाई दे रही थी...बेबस भौं-भौं जो बीच-बीच में तो कूँ-कूँ की तरफ भी बढ़ उठती थी...

कि एकाएक मेज पर रखी पैरघंटी बज उठी और अभी-अभी सबक सीख कर आए श्री सत्यजित तेजी से स्वरूपांतरण की प्रक्रिया में लग गये...भौं-भौं को उन्होंने तुरंत ही उचित स्वर-ताल वाली कूँ-कूँ में बदला। कुछ ही देर पहले जो अंदर की थी, वह दुम फिर से पैंट के बाहर की और श्रीमंत के कमरे की ओर लपक लिये।

बहादुर को नींद नहीं आती

*

धीरेन्द्र अस्थाना

बिजली के खंभे के नीचे प्लास्टिक की कुर्सी पर बैठा बहादुर खंभे सा जाग रहा है। दूर निर्माणाधीन बिल्डिंग के मैदान में दिन भर हुड़दंग मचाने वाले चारों कुत्ते भी सो गए हैं। सड़कों पर लगे खंभे अपने कमज़ोर, पीले उजास के साथ ऊँघ रहे हैं। पत्तों में सरसराहट तक नहीं है। वे ख़ामोश पेड़ों पर लटके स्तब्ध हैं। हर समय जागते रहने वाला मायावी शहर चालीस डिग्री टेंप्रेचर में अपने शरीर के छाले गिन रहा है। सूर्यकिरण बिल्डिंग के लगभग हर फ्लैट से एसी के चलने की आवाज़ बहादुर के कानों में पानी की समवेत बूंदों की तरह टपक रही है। शहर ने आज सुबह ही पंद्रह अप्रैल की संख्या के बाहर छलाँग लगाई है। दस साल से तो बहादुर इसी बिल्डिंग के बाहर खड़ा पूरी रात जागता है। उसे याद नहीं पड़ता कि इतनी जानलेवा गर्मी से कभी उसका पाला पड़ा हो। बहादुर के केबिन में पंखा है लेकिन केबिन में बैठते ही नींद पंजे मारने लगती है। वह भूले से भी नींद के आगोश में नहीं जाना चाहता। बिल्डिंग के लोग बोलते हैं वाचमैन को सोने की पगार नहीं मिलती। वाचमैन जागता रहेगा तभी न बिल्डिंग के लोग भी चैन से सो पाएँगे। बिल्डिंग के चेयरमैन सतीश बहादुर के अलावा बहादुर को यहाँ का कोई सदस्य कभी नहीं भाया. अकेले सतीश साहब हैं जो उसे बहादुर कहकर बुलाते हैं वर्ना तो सब साले उसे वाचमैन-वाचमैन कहकर पुकारते, गरियाते और दुरदुराते रहते हैं। बहादुर दस साल से इस बिल्डिंग में कदमताल कर रहा है। इन दस सालों में उसके हालात में कोई बदलाव नहीं आया। हाँ, एक राहत ज़रूर है कि सोसाइटी ने उसे रहने के लिए कमरा, टॉयलेट और किचन दिया हुआ है। बिजली पानी भी मुफ्त है। इस कारण बहादुर का काम चल जाता है। पगार के पूरे सात हज़ार रूपये वह गाँव भेज देता है। नेपाल के

पोखरा शहर के गाँव, जहाँ उसकी पत्नी, उसकी माँ और दो बच्चे रहा करते हैं। दोनों बच्चे कॉलेज की पढ़ाई कर रहे हैं। बहादुर का अपना खर्चा बिल्डिंग के दुपहियों और कारों को धोने से निकल जाता है। बहादुर के जीवन में हरदम बस एक ही आस टिमटिमाती है कि किसी तरह उसका बड़ा लड़का जंग बहादुर पढ़ाई पूरी करने के बाद किसी दफ्तर में काम पर लग जाए। वह दिन आया नहीं कि बहादुर तुरंत यह रात को जागने वाली लीचड़ नौकरी छोड़कर वापस गाँव चला जाएगा। कितने-कितने अरमान लेकर आया था बहादुर इस हर समय जागने वाले शहर में। सारे अरमान यहाँ की गर्मी, सर्दी और बरसात में जल गए, ठिठुर गए, बह गए। शहर तो बड़ी बात है बहादुर ने तो सूर्यकिरण बिल्डिंग के बाहर का भी पूरा इलाका इन दस सालों में नहीं देखा है। सहसा बहादुर को लगा कि पेशाब का आवेग नसों को झनझनाता हुआ पूरे बदन को कंपकंपा रहा है लेकिन टॉयलेट जाने के नाम पर वह डर गया। पता नहीं क्यों होता है ऐसा कि जब भी वह टॉयलेट जाता है, या चाय पीने जाता है तभी कोई न कोई सोसाइटी का मेंबर बिल्डिंग के बंद गेट के बाहर बाइक या कार का हॉर्न बजाने लगता है। थोड़ी भी देर होने पर मेंबर तड़ाक से बहादुर को गरिया देते हैं। हर चौथे रविवार सोसाइटी कमेटी की मीटिंग में बहादुर की पेशी होती है कि वह ड्यूटी के समय गेट पर नहीं था, अगर बिल्डिंग में चोरी हो गई तो कौन ज़िम्मेदार होगा। दो बार बिल्डिंग में चोरी हो भी चुकी है लेकिन दोपहर के समय इसलिए बहादुर दोनों बार बच गया। दिन के समय सिक्योरिटी एजेंसी का गार्ड तैनात रहता है बल्डिंग में, जिसका खाना रहना सब एजेंसी वाले देखते हैं। लेकिन ये गार्ड न तो कार वगैरह धोते हैं और न ही किसी मेंबर का कोई निजी काम करते हैं। ये सुबह आठ बजे से लेकर रात आठ बजे तक बल्डिंग के गेट पर सिर्फ खड़े रहते हैं। बहादुर रात की ड्यूटी करने के बाद गाड़ियाँ साफ करता है। सोसाइटी के बिजली पानी के बिल भरता है और सबसे खतरनाक बात यह कि वह कमेटी के चेयरमैन, सेक्रेटरी, ट्रेजरर और कमेटी मेंबर्स की हथेली पर अनवरत नाचता है। चेयरमैन सतीश बहादुर खाने पीने के शौकीन हैं इसलिए उनका कोई काम बहादुर को नहीं कचोटता। सतीश साहब अगर अपने लिए व्हिस्की की बॉटल मँगवाते हैं तो बहादुर को भी देसी जीएम के लिए पचास रूपये अलग से देते हैं। रात का बचा मुर्गा, मटन, पनीर, कीमा, आलू गोभी, पालक पनीर, कढ़ी, रोटी, पराठे बहादुर को सुबह सुबह सौगात की तरह मिल जाते हैं। इससे बहादुर की नाश्ते-खाने की समस्या किसी हद तक दूर हो जाती है। बहादुर को इसीलिए सतीश साहब का काम करने में कोई उलझन नहीं लगती। लेकिन बाकी लोग

तो ऐसा बर्ताव करते हैं कि बाप रे बाप। सब बहादुर को अपना गुलाम जैसा समझते हैं। इन लोगों पर बहादुर को हरदम गुस्सा आया रहता है। बहादुर अपने जीवन और बिल्डिंग के मकड़जाल में उलझा झूल रहा था कि तभी गेट पर एक टैक्सी आती दिखी। बहादुर अलर्ट हो गया। चेयरमैन सतीश बहादुर उतर रहे थे। बहादुर चौंक गया। रात दस बजे सो जाने वाले सतीश साहब रात डेढ़ बजे कहाँ से आ रहे हैं! बहादुर अदब से खड़ा हो गया।

'क्या बहादुर, कैसे हो?' सतीश बहादुर ने लड़खड़ाती आवाज़ में पूछा। बहादुर समझ गया साहेब किसी पार्टी-शार्टी से लौटे हैं।

'ठीक हूँ साहेब।' बहादुर तत्परता से बोला 'मालिक अगर दो मिनट गेट पर रुकें तो भाग कर पेशाब कर आऊँ।'

'जाओ।' सतीश साहब बहादुर के केबिन से टेक लगाकर खड़े हो गए। लौटने पर बहादुर उन्हें लिफ्ट के अंदर तक छोड़ आया। इस ग्यारह माले की बिल्डिंग में सतीश बहादुर छठे माले के पहले फ्लैट यानी 601 में रहते थे। फ्लैट में घुसकर सतीश साहब जूते मोजे और कपड़े उतार बैडरूम के बिस्तर पर ढह गये। उनकी पत्नी को जंगल, पहाड़, खंडहर घूमने का बड़ा शौक था। सो वह हर गर्मियों की छुट्टियों में कहीं घूमने निकल जाती थीं। इस बार वह एक पैकेज टूर के तहत कान्हा के जंगल में शेर से मिलने गई हुई थीं। सतीश जी विपरीत सोच के थे। वह सोचते थे कि उन्हें क्या पागल कुत्ते ने काटा है जो वह पच्चीस हज़ार रूपये खर्च करके शेर देखने जाएँगे। बोरीवली के नेशनल पार्क में शेरों को उन्होंने दसियों बार देखा था। लेकिन जनतांत्रिक सोच के तहत पति पत्नी ने जो जीवन जीना चुना था वहाँ एक दूसरे की रुचियों के आगे किसी का अवरोध नहीं था। पत्नी को घूमने का शौक था सतीश जी को खाने-पीने का।

नींद में जाने से पहले सतीश जी ने सोचा—बच्चों की परवरिश में उनसे कोई चूक हो गई क्या? अगर नहीं तो ऐसा क्यों है कि उम्र के बासठवें पायदान पर वह इतने तन्हा हैं। अड़तीस और चौंतीस साल के दो बेटों के पिता हैं वह। उपर से समृद्ध भीतर से दरिद्र। यह कैसा समाज हमने बना दिया है। दोनों बेटे खुद से कभी फोन नहीं करते। सतीश बहादुर करुणासिक्त होकर कभी फोन लगाते हैं तो घंटी बजकर कट जाती है। इसके बाद संदेश आता है—'मीटिंग में हूँ, फ्री होकर फोन करता हूँ। लेकिन दोनों बेटों की तरफ से फ्री होने के बाद वाला फोन कभी नहीं आता। सतीश साहब के दोस्त बताते हैं—'वी ऑल आर इन सेम बोट। जमाना बदल गया है सतीश बाबू।' सोच की किसी दूसरी उपकथा के द्वार में नहीं घुस पाते सतीश साहब। वह लाईट बंद कर, एसी ऑन

कर, चादर ओढ़ पलके बंद कर लेते हैं।

गेट पर खुद को जगाये रखने के प्रयत्न में बहादुर हलकान हुए जा रहा था। आज उसके पास कहीं से रात के खाने का पैकेट भी नहीं आया था। सो वह भूखे पेट हमाली कर रहा था। सतीश साहब को टैक्सी से उतरते देख सुबह मिलने वाले नाश्ते की उम्मीद भी दम तोड़ बैठी थी। आने वाली सुबह महीने के अंतिम रविवार की होगी। बहादुर की पेशी का स्थाई भाव। क्या मैं इस बिल्डिंग की नौकरी छोड़ नहीं सकता, बहादुर सोच रहा है। वाचमैन की ज़िन्दगी में सुख नहीं होते क्या? बहादुर सोचता है और खुद से पूछता है—सुख क्या होता है? दो बच्चे पढ़ रहे हैं क्या यही सुख है। वह खुद एक कमरे में बिना किराया दिये रहता है, सोता है, क्या यही सुख है। बहादुर को नींद नहीं आती। उसकी नींद की कुर्बानी पर गाँव में माँ और बीवी बच्चे चैन से सोते हैं शायद यही सुख है। क्या किसी ने सुख को देखा है, बहादुर जानना चाहता है। क्या दो तीन और चार कमरों के घरों में रहने वाले सूर्य किरण बिल्डिंग के लोगों ने सुख को अपना चाकर बना रखा है। अगर हाँ तो इस बिल्डिंग के किसी फ्लैट से कोई महिला, कोई पुरुष या युवक-युवती कभी कभार छत से कूद कर क्यों मर जाता है? हर दो चार महीने में इस बिल्डिंग में पूछताछ करने पुलिस क्यों आती रहती है? बहादुर को कुछ समझ नहीं आता। यह तो बिल्कुल नहीं कि रात के अँधेरे में कारों के पीछे खड़े-पड़े लड़के-लड़की किस सुख की तलाश में एक दूसरे पर हिलते-डुलते रहते हैं? ये अलग बात है कि ऐसी हरकतों से बहादुर को ज्यादा कमाई हो जाती है। ये लड़के-लड़की उसे सौ का नोट देकर अपने कारनामों की पहरेदारी में खड़ा कर देते हैं। बहादुर पहरेदार ही तो है न। तभी इंटरकॉम की घंटी बजी। बहादुर भागकर केबिन में गया। सातवें माले के तीसरे फ्लैट से फोन था—'एंबुलेंस को बुला, बीवी को सिर में चोट लग गई है।'

बहादुर घबरा गया, बोला—'सर मेरे पास न तो नंबर है और न ही फोन में बैलेंस।'

'फोन रख।' 703 ने फोन पटक दिया। कुछ ही देर में बहादुर ने देखा एक एँबुलेंस गेट के पास आ रही है। उसी समय 703 की घायल औरत और उसके परिजन भी नीचे आ गए। बहादुर ने दरवाजा खोल दिया। एँबुलेंस घायल औरत और उसके परिजनों को लेकर निकल गई। बहादुर ने दरवाजा लॉक कर दिया और फिर से खंभे की तरह जागता खड़ा हो गया।

बिल्डिंग के सबसे खतरनाक लड़के ने गेट के खंभे से दारू का खाली

खंबा टकराकर तोड़ दिया और अट्‌ठाहस लगाने लगा। बहादुर दहशत से घिर गया। उस लड़के टिल्लू की विकराल हँसी देख बहादुर ने सोचा क्या यही सुख है? लेकिन दारू के खंबे से टूटे काँच की किरचें कल सुबह किसी के पांव में गड़ गईं और पांव में जख्म हुआ तो वह भी क्या कोई सुख होगा? बहादुर उलझ गया। टिल्लू के लिए गेट खोल वह विनम्रता से झुक गया।

'देखा।' टिल्लू बोला, 'हम अच्छे अच्छों की मरोड़ देते हैं।'

गेट का खंभा? इसकी मरोड़ दी! बहादुर फिर उलझ गया।

बहादुर को नींद नहीं आती। सबसे ज्यादा डर उसे नींद के चले आने से लगता है। इस अचानक चली आने वाली नींद ने उसे सोसाइटी के सदस्यों के सामने बहुत बेइज्जत किया है। उसके तीन मोबाइल इस नींद की ही भेंट चढ़े हैं। इन भेंटों के बाद तो उसने मोबाइल को जेब में रखना ही बंद कर दिया। गाँव में फोन करना होता है तो कमरे पर जाकर फोन लाता है और बात करके वापस कमरे में रख आता है। गाढ़ी कमाई से खरीदे इस चौथे फोन की सुरक्षा को लेकर कुछ ज्यादा ही सतर्क रहता है बहादुर।

बहादुर की चेतना में पहले मोबाइल के गुम हो जाने की याद खट्ट से जल गई। शायद सुबह चार बजे का वक्त होगा। गेट पर मच्छर काट रहे थे इसलिए बहादुर ने केबिन में कछुआ छाप अगरबत्ती जलाई और केबिन में बैठकर नेपाल समाचार पढ़ने लगा। बिल्डिंग में आने वाली तमाम गाड़ियाँ आ चुकी थीं। सड़कों पर सन्नाटा था। दो घंटे बाद उठकर बहादुर को फ्लैट नंबर 206, 304 और 703 की कारें साफ करनी थीं क्योंकि ये लोग सुबह सात बजे ड्यूटी पर निकल जाते थे। इस बिल्डिंग के सब लोग आपस में एक दूसरे को ज्यादा नहीं जानते थे। लेकिन बहादुर सबको नाम और चेहरे से पहचानता है। इस कारण भी वह बिल्डिंग के लिए ज़रूरी बना हुआ है। दिन की ड्यूटी में तो कंपनी के गार्ड बदलते रहते हैं। कभी राम प्रसाद आता है, कभी भोले राम तो कभी शंकर सेठ पर रात की ड्यूटी का बहादुर कभी नहीं बदलता। पता नहीं कैसे बहादुर को झपकी लग गई। झपकी में वह पोखरा पहुँच गया। जहाँ उसका बड़ा बेटा जंग बहादुर बता रहा था कि 'पढाई पूरी करते ही एक नामी कंपनी में उसे एरिया मैनेजर की पोस्ट पर काम मिल जाएगा। रहने के लिए वन बीएचके वाला फ्लैट भी मिलेगा। जंग बहादुर सपने में कह रहा था नौकरी मिलने के बाद आप वाचमैनी की नौकरी छोड़कर मेरे पास आ जाना बापू। मैं कोशिश करूँगा कि आपको भी अपनी कंपनी में कहीं फिट करा सूँ। दस हजार तो महीने भर का आपको मिल ही जाएगा।'

इस सपने का सीना फाड़कर एक झन्नाटेदार झापड़ बहादुर के गाल पर बजा। चौंककर और घबराकर बहादुर की आँख खुली तो सामने टिल्लू खड़ा था। बहादुर की आँख में आँसू उतर आये। इतना कमज़ोर उसने खुद को कभी नहीं पाया था। गाल पर हाथ फिराते हुए वह रिरियाया—'चाँटा मार दिये साहेब?'

'अबे हम तो चाँटा ही मारे हैं ससुर, कोई डकैत आ जाता तो गर्दन ही उड़ा ले जाता। तुमको सोने की पगार मिलती है क्या?' नशे में धुत्त टिल्लू बहादुर को ज्ञान दे रहा था। बहादुर ने कमीज़ की जेब में हाथ डाला, मोबाइल गायब था। बहादुर चीखा—'साहेब हमारा मोबाइल?'

'हमको क्या पता बे, कोई चुरा ले गया होगा।' टिल्लू ने इतराकर कहा और लिफ्ट के भीतर घुस गया। बहादुर का चेहरा और दिल दोनों बुझ गये। वह उठा और बिल्डिंग की कुछ बत्तियाँ बुझाने चला गया। सुबह के पाँच बज रहे थे। बिल्डिंग में आमदरफ्त बढ़ने वाली थी। फूल वाले, दूध वाले, पेपर वाले आने वाले थे। जिम वाले बिल्डिंग के लोग जाने वाले थे। एक छोटी सी झपकी ने बहादुर को दो हज़ार के मोबाइल की चपत लगवा दी थी। उसका दिल उससे छूटकर रोने को उतावला था। बाद में टिल्लू के विरोधी लड़के श्याम ने बताया कि बहादुर का मोबाइल टिल्लू ने ही बहादुर की जेब से निकाल लिया था और गली के अंत में मौजूद मोबाइल रिचार्ज की दुकान पर पाँच सौ रुपये में बेच दिया था। सुनकर कैसा तो मन हो गया था बहादुर का। थू अमीर लोग। बहादुर ने हलक का सारा कड़वापन सड़क पर उलट दिया था। ऐसा नीच जीवन तुम्हारा। तुमसे तो लाख गुना हम अच्छे। तुम्हारे खोए हुए सड़क पर पड़े पर्स और मोबाइल हम लौटा देने वाले ठहरे।

चाँटे की चमक के बाद बिल्डिंग की चाकरी से मन उचट गया बहादुर का। उसने दिन वाले गार्ड से पूछा—'तुम्हारी कंपनी हमको नहीं रख सकती क्या?'

दिन के गार्ड ठाकुर ने ज्ञान दिया, कंपनी केवल उन लोगों को रखती है जिनका पर्मानेंट पता ठिकाना, आधार कार्ड पैन कार्ड वगैरह सब होता है। बहादुर तुम ज्यादा आराम से हो, हम कंपनी के लोग एक कमरे में दस के हिसाब से रहते हैं। हमारे टिफिन में सिर्फ दाल चावल होता है। तुम तो मुर्गा मटन भी खा लेते हो कभी कभी। हमें जो पगार के सात हज़ार मिलते हैं उसमें से खाने रहने के दो हज़ार कंपनी काट लेती है। तुम पूरे सात हज़ार पाते हो, उपर से रहना मुफ्त, गाड़ियों की सफाई से कमाई अलग। हाँ इतना जरूर है कि हम पर कोई हाथ नहीं उठा सकता। तुम ठहरे गरीब की लुगाई, कोई भी तुम्हें लतिया देता है। तुम अनाथ हो बहादुर।

इस ज्ञान से बहादुर डर गया। दो जवान होते बेटों, माँ और पत्नी के बावजूद बहादुर अनाथ है। उसे कोई भी लतिया सकता है। अपमान की इस सुबह बहादुर रुआँसा था। टिल्लू सूर्यकिरण बिल्डिंग के सेक्रेटरी परमानंद यादव का आवारा लड़का था। वह बिल्डिंग के बाकी आवारा लड़कों का नेता टाइप भी था। खुद परमानंद यादव एक उभरते हुए नेता और बिल्डर थे। वह बात-बात में लोगों को गालियों से नवाज़ा करते थे। वह बिल्डिंग के लोगों से भी टेढ़ी भाषा में ही बात करते थे—'ऐ चार महीने का मेनटेनेंस बाकी है। पैसा देना है या पानी का कनेक्शन काट सूँ।'

बहादुर पानी छोड़ने चला गया। बिल्डिंग में हर माले पर उसकी सीटियाँ गूंजने लगीं। उसकी सीटी सुनकर बाकी लोगों के साथ चेयरमैन सतीश बहादुर भी जागे। मुँह धोकर उन्होंने पानी की टंकी के नलों और आरओ मशीन को चालू कर दिया। दो गिलास पानी पिया और हॉल में टहलने लगे। आठ दस राउंड के बाद ही उन्हें हमेशा की तरह प्रेशर आ गया तो वे टॉयलेट में चले गए। जब तक वह फ्रेश होकर बाहर निकले दरवाजे पर दूध की थैली, फूलों का पैकेट और अख़बार टँग चुके थे। सतीश साहब चाय नाश्ता तैयार करने के लिए किचन में घुस गये। पूरे पाँच दिन उनकी यही दिनचर्या रहने वाली थी। पाँच दिन कान्हाँ के जंगलों में बिताकर श्रीमती सतीश बहादुर वापस आयेंगी तब तक सतीश साहब को यही दिनचर्या जीनी थी। श्रीमती सतीश बहादुर उर्फ सपना मैम सूर्यकिरण बिल्डिंग ही नहीं आसपास के तमाम इलाके की प्रख्यात शख्सियत थीं। वह पाँचवीं से दसवीं तक के बच्चों को व्यक्तिगत ट्यूशन पढ़ाती थीं। ट्यूशन पढ़ाना उनका प्रोफेशन नहीं जुनून था। सतीश साहब कभी-कभी कहते थे—'सौ साल बाद जब इस बिल्डिंग की खुदाई होगी तो अपनी मेज पर तू ट्यूशन पढ़ाती मिलेगी।'

मुँबई के सुदूर उपनगर मीरा रोड के कनकिया रोड कहे जाने वाले लंबे रास्ते पर दायें किनारे खड़ी सूर्यकिरण बिल्डिंग में जब सतीश साहब फ्लैट बुक कराने आये थे तो पत्रकार बिरादरी के उनके दोस्तों ने कहा था—'कहाँ जंगल में रहने जा रहे हो?' मगर सतीश साहब की तंग जेब को इस बिल्डिंग का वन बीएचके फ्लैट सात लाख में खरीदना ही रास आया था। आज सतीश साहब सत्तर लाख के फ्लैट में बैठे हैं। मैक्डोनाल्ड के कॉर्नर से शुरू होकर उनका कनकिया वाला लंबा रास्ता मीरारोड की खाड़ी पर समाप्त होता है। बीच में हैं कैफे कॉफी डे, सिनेमैक्स मल्टीप्लैक्स थिएटर, दसियों बैंकों के एटीएम, पाँच बैंकों की शाखाएँ, डेढ़ दर्जन बीयर बार एण्ड रेस्त्रा, बरिस्ता, रेमण्ड, बाटा,

पैंटालून, पेपे जीन्स, करीम, दिल्ली दरबार, दो महंगे स्कूल और एक बड़ा सा पुलिस मुख्यालय। सतीश साहब एक राष्ट्रीय हिन्दी दैनिक के मुँबई ब्यूरो चीफ रहे दस बरस। रिटायर हुए तो बिल्डिंग के लोग बोले अब आप सँभालो यह झंझटिया राजकाज।

सतीश साहब ने भी सोचा पूरा दिन कहाँ व्यस्त रहेंगे तो सपना मैम के विरोध के बावजूद सँभाल ली सूर्यकिरण बिल्डिंग की चेयरमैनशिप।

सतीश बहादुर इस जागते रहने वाले शहर में सन 1990 की 15 जून को दाखिल हुए थे। वह देश की राजधानी दिल्ली से देश की आर्थिक राजधानी मुँबई आये थे, यह सोचकर कि दो-चार साल गुजारकर वापस दिल्ली लौट जाएँगे, लेकिन रोजगार ने उन्हें यह मोहलत ही नहीं दी कि वे दिल्ली लौट पाते। सो थोड़ा सुभीता हुआ तो मीरा रोड की सूर्यकिरण बिल्डिंग में ठिकाना जमा लिया।

याद आता है सतीश साहब को। इसी बिल्डिंग से दोनों बेटों का विवाह कराया। शादी के बाद एक अपनी पत्नी के साथ गया कांदिवली के चारकोप इलाके में दूसरा गया अंधेरी में कि उसकी पत्नी का दफ्तर था अंधेरी के डीएन नगर में। बेटा था सिनेमेटोग्राफर तो उसका ज्यादातर कामकाज अंधेरी से ही ताल्लुक रखता था। बड़े की बीवी टीसीएस में मैनेजर, छोटे की बीवी जीटीवी में एचआर परसन। छोटा बेटा क्राइम रिपोर्टर। इस तरह सतीश बहादुर और उनकी पत्नी अपने सीनियर सिटीजन दिनों को स्पर्श करने के साथ ही अकेले छूट गये।

सहसा सतीश साहब का मुँह कसैला हो आया। एक अकेला, उजाड़ और कमजोर जीवन बिताने के लिए ही चुना था उन्होंने इस मायावी शहर का बनैला एकांत। इस शहर में बिना किसी कारण कोई किसी को फोन तक नहीं करता। एक दूसरे के घर आने जाने की रवायत तो दूर की बात है। रिटायर होने के पौने दो साल होने को आये सतीश साहब को याद नहीं आता कि दो चार साहित्यिक समारोहों के आमंत्रण के अलावा कोई फोन आया हो। इसी कारण उन्होंने अपने पोस्टपेड मोबाइल को प्रीपेड में बदलवा दिया है और एमटीएनएल का लैंडलाइन कटवा दिया है। चाय नाश्ता करके सतीश बहादुर टहलने के लिए उतरे तो वाचमैन बहादुर ने रास्ता रोक लिया।

'बोलो बहादुर।' सतीश बहादुर बोले।

'कैसे बोलें साहेब, कल रात हमारा चौथा मोबाइल किसी ने चुरा लिया।'

'सो रहे थे क्या?' सतीश बहादुर ने पूछा।

'साहेब झपकी लगना इतना बड़ा गुनाह है क्या कि चार चार मोबाइल बिल्डिंग वाले चुरा लें?'

'बहादुर क्या बोल रहे हो, बिल्डिंग वाले तुम्हारा मोबाइल क्यों चुरायेंगे भला।'

'हमको सजा देने की खातिर साहेब।'बहादुर रुष्ट था, 'नींद आ जाना कोई गुनाह थोड़े ही है साहेब, हमारा मोबाइल दिलवा दो, टिल्लू भैया ने उठाया है।'

टिल्लू! सतीश साहब सहम गए। सेक्रेटरी का बदतमीज़, बदजुबान, नशेड़ी बेटा।

'बात करता हूँ।' सतीश साहब ने कहा और निकट के पार्क की तरफ रवाना हो गये। वहाँ से उन्हें ग्यारह बजे तक लौट आना था क्योंकि साढ़े ग्यारह बजे खाना बनाने वाली सुप्रिया आ जायेगी।

महीने का अंतिम रविवार था। बहादुर की पेशी का दिन।

सूर्यकिरण बिल्डिंग हाउसिंग सोसाइटी की मैनेजमेंट कमेटी के पूरे पंद्रह सदस्य गार्डन में कुर्सियों पर जम गये थे। कुर्सियाँ बहादुर ने ही लगाई थीं। बीच में एक बड़ी सी मेज रख दी गई थी। दिन का गार्ड चाय समोसे लेने गेट के बाहर वाली दुकान सुमन स्वीट्स पर गया हुआ था।

'बोलो बहादुर।' बिल्डिंग के सेक्रेटरी परमानंद यादव बोले और पेंट की जेब से बहादुर का कुछ रोज पहले गुम हुआ चौथा मोबाइल मेज पर रख दिया।

'साहेब यह आपके पास?' बहादुर चौक गया।

'इसे तुम्हारे केबिन की मेज की दराज से तब निकाला गया था जब तुम सो रहे थे।' यादव जी ने दो टूक आरोप मढ़ा।

'इसका मतलब रात के समय कभी भी कोई हादसा बिल्डिंग में हो सकता है।' यह ट्रेज़रर गंगेश तिवारी थे।

'यह तो गलत बात है बहादुर।' यादव जी बोले, 'बार बार सोते पकड़े जाओगे तो कैसे चलेगा? सोसाइटी ने तुम्हें कितनी सारी सुविधायें दे रखी हैं, बाहर किराये से घर लेकर रहोगे तो पूरी पगार उसी में खप जायेगी।'

बहादुर सिर झुकाये खड़ा था। क्या कहता।

आखिर चाय समोसे के नाश्ते के बाद सभा इस फैसले के साथ बर्खास्त हुई कि आइंदा से बहादुर का सोता हुआ फोटो निकाला जाये और सजा के तौर पर हर बार दो सौ रुपये काट लिये जायें। मतलब महीने में 5 बार सोता पकड़ा गया तो पगार में से हज़ार रुपये गुल।

बहादुर ने सोना छोड़ दिया।

उसके चेहरे पर एक स्थाई उदासी ने घर बना लिया। वह अपनी आत्मा के अंतिम कोनों अंतरों तक बुझता चला गया। उसका कभी कभी चहक कर मटन चावल पकाने का उत्साह भी जाता रहा। गाड़ियाँ धोने में पहले वह अपना दिल लगा देता था। बड़े जतन से इस तरह कारों को धोता मानों वह खुद उन कारों का मालिक हो। अब साफ पता चलता कि कोई रोबोट है जो कारों को पोंछा मार रहा है। वह सारे ही काम यंत्रवत करने लगा। गुम हुआ चौथा मोबाइल उसे वापस मिल गया था जिसे उसने अपने टीन के बक्से में बंद कर दिया। गाँव बात करनी होती तो चेयरमैन साहब के घर चला जाता। साहब होते तो साहब के फोन से, न होते तो सपना मैम साहब के फोन से बात कर लेता। इन दोनों के ही नंबर उसने गाँव में छोड़ दिये थे। सूर्यकिरण बिल्डिंग में अब थोड़ा बहुत रागात्मक संबंध बहादुर को सतीश और सपना परिवार के बीच ही जलता बुझता समझ आता। सतीश साहब का काम वह अब भी राजी खुशी करता।

बिल्डिंग में रात जाती रही। सुबह आती रही। पुराने किरायेदार जाते रहे, नए किरायेदार आते रहे। फूल उगते रहे, पत्ते झरते रहे। आम के पेड़ों में कच्चे आम लगते रहे, बहादुर उन्हें तोड़कर घर-घर पहुँचाता रहा। कभी कभी अपने लिए भी चटनी पीस लेता और दाल चावल के साथ चटखारे लेकर खाता।

लंबे समय बाद फिर किसी महीने का अंतिम रविवार आया। धीरे-धीरे कमेटी के सभी सदस्य कुर्सियों पर आकर बैठ गये। बहादुर हमेशा की तरह एक कोने में खड़ा रहा। दिन का गार्ड गेट पर ड्यूटी दे रहा था।

'क्या बहादुर?' सेक्रेटरी यादव ने परिहास किया—'कई महीने से तुम सोते हुए नहीं पकड़े गये!'

'जी साहेब।'

चाय समोसे का नाश्ता समाप्त हुआ तो सहसा बहादुर मुस्कुराने लगा। सब चौंक कर बहादुर की मुस्कुराहट को समझने का प्रयत्न करने लगे। बहादुर की मुस्कान हँसी में और फिर कातरता में ढलने लगी।

उसने जेब से चाभी का एक गुच्छा निकाला और मेज पर रख दिया—'यह रही मेन गेट और टैरेस की चाभी।' फिर उसने एक और गुच्छा निकाला—'यह रही चैक-बॉक्स की चाभियाँ।' फिर आखिरी दो चाभियाँ मेज पर रखता हुआ वह बोला—'और यह मेरे रूम की दोनों चाभियाँ।'

'क्या हुआ?' दो तीन सदस्यों ने समवेत स्वर में पूछा। वैसे पूरी कमेटी ही अचंभे में थी।

'मैं आपका काम छोड़ रहा हूँ साहेब।' बहादुर हँस हँस कर रो रहा था।

‘क्यों?’ सेक्रेटरी परमानंद यादव ने गहरा आश्चर्य जताया।

बहादुर हाथ जोड़कर सबके सामने आधा झुक गया और गंभीर, पथरीली आवाज़ में बोला—‘क्योंकि वाचमैन को भी नींद आती है साहेब।’

चेयरमैन सतीश बहादुर को छोड़कर बाकी सब अपने क्रोध और बेचारगी में सन्निपात के रोगी की तरह कांपने लगे थे।

ठीक इसी समय वेस्टर्न एक्सप्रेस हाइवे से सटी कांदिवली पूर्व की एक बिल्डिंग ‘अंतरिक्ष’ के सामने एक टैम्पो से बहादुर का सपना उतर रहा था।

जंग बहादुर का सामान।

उतरती हुई धूप

*

रजनी गुप्त

साल पर पैर रखे अगला साल और फिर कई साल एक दूसरे की पीठ पर हौले से पैर रखे गुजरते रहे। उम्र की काईंनुमा परतें तन पर तो अपनी गति से जमती रहीं मगर मन तो आज भी उतना ही अछूता या कोरा रह गया, किसी जिज्ञासु लड़की की तरह कहीं भी छलाँग लगाकर उछलती लँगड़ी खेलने को बेताब। अरसे बाद प्रेमा को खुद के साथ अकेले रहने का मौका हाथ लग पाया मगर ये क्या, वे तो दिन रात किसी न किसी उधेड़बुन में डूबी, खोयी, बात बेबात पर हँसती खिलखिलाती, गुनगुनाती या फिर लेटे लेटे मुस्कराती मिलतीं। प्रेमा को इस रूप में देखना सिया के लिए अनहोनी बात थी। दोनों सुबह शाम की वाकिंग पार्टनर। सचमुच, आँधी पानी तूफान या ओले पड़ रहे हों या तेज धूप भरी चटख दुपहरी हो मगर वे दोनों हमेशा—'हम साथ साथ हैं' का तख्ती लगाए कहीं किसी मोड़ पर हर हाल में टकरा ही जातीं। सड़कों की खाक तो सिया को भी छाननी पड़ती गोकि वह किसी बीमा कंपनी में कार्यरत थीं।

'सिया, तुम्हारे उस एनजीओ के जरिए क्या वाकई हाशिए पर फिकी औरतों का भला हो पाता होगा?...अपने धारदार तर्कों से वे सिया को चुप कराने की नई युक्तियाँ निकाला करतीं।

'पिछले महीने अपने गाँव गई, जहाँ तमाम सधवाएँ अपने जीते पतियों को कब्र में दफना कर विधवाओं का फर्जी सर्टिफिकेट देकर पेंशन पा रही हैं। पूरे देश का यही हाल है। हम चाहे जितनी बड़ी बड़ी बातें क्यों न कर लें मगर कुछ भी तो नहीं बदलता दिख रहा। हमारे आसपास हर रोज एक नया घोटाला, हर दिन दर्जनों बलात्कार, और...और...

'ये सब बातें छोड़ो, आज एक निजी सवाल पूछूँ, आपको अपने जीवन

में किसी से प्रेम हुआ कभी लगा कि बस इसके वगैर जीना जीना नहीं रहा। प्रेमा, साफ साफ बताना और हाँ, इसमें पतिनुमा जीव शुमार नही...; हँसते हुए सिया ने उन्हें छेड़ा।

'अब क्या बताएँ सिया, कॉलेज के समय में होते ही हैं पसंद करने वाले, खैर छोड़ो, पुरानी बातें...'

'हाँ, हुआ है ये अहसास और यही है ऐसा अनूठा रस जिसके चलते होठों पर मुस्कान की नदी बहती रहती। मुझे सार्थक कामों की तरफ ले जाता वो अहसास। सच बताएँ तो अगर एक बार ये अहसास जग जाए तो ताजिंदगी आपके जीवन के अँधेरे पक्षों को रोशनी से भर देगा। मन की गाँठों को पूर्वग्रहों को या कड़ुवाहट को मिठास में तब्दील कर देती। ऐसा हजार बाट का बल्व जिसकी रोशनी से घुप्प अँधेरे कोने उजाले से दीप्त हो जाए जिसके जरिए आती ताजी हवा, रोशनी या कुदरती धूप की आँच में हम पल भर में कुछ के कुछ हो जाते वशर्ते कि ऐसा निश्छल प्रेम अपनी गहराई लिए हो...भावावेश में डूबी आवाज किसी प्रवचन देते संत में बदलती जा रही थी। वे अपलक उसे चौंककर देखती फिर उसकी बातों को घूँट घूँट गले से उतारने की कोशिश करतीं रहीं।

'मगर मैं ऐसा नहीं मानती, जरूर दोनों में से किसी का स्वार्थ टकराता होगा, फिर वे रहस्यमय ढंग से कुरेदने लगी—'कौन है वो, बताओगी नहीं?'

'हम जो बात कर रहे थे, उसे लेकर क्या सोचती हो प्रेमा?'

'सिया, हर कोई चाहता है कि उसे वैसा साथ मिले मगर बदले में मिलता है छलावा या प्रेम के नाम पर दैहिक स्वैराचार या एक दूसरे को इस्तेमाल करने की चालें, अवसरवादी रवैया यहाँ भी काम करता है।'

'खुद को थोड़ा ऊपर उठाकर सोचिए आप, वैसे भी इसका अहसास सबको कहाँ हो पाता है?'

'सिया, मुझे लगता है, सालों से तमाम पुरुष अपनी अपनी जेब में दिल नामक वेशकीमती पुड़ियाँ रखे दर दर भटकते रहते फिर मौका पाते ही वे झटपट इसी जादुई टिकिया को किसी मोहाविष्ट वौराई स्त्री की हथेली पर रखकर 'हाय, हाय, हमें प्रेम हो गया, जैसी सिसकारी भरने लगते। सोचो, किसी कुरूप से कहाँ कोई प्यार करता है? यानी प्रेम के लिए चाहिए रूपसी। सुंदर जवान स्त्री दिखते ही वे पगलाने लगते। मन करता है, पलटकर पूछूँ उनसे, जो विकलाँग, कुरूप या काली हैं, उन पर प्रेम की वैसी बौछार होते देखा है कभी? मैंने तो नहीं देखा, तो क्या ये महज दैहिक आकर्षण भर है या पुरुष दृष्टि की भोग लालसा का विस्तार जिसके दुष्चक्र में अक्सर किशोरियाँ फँस जाती हैं, नहीं क्या?'

इतना लंबा भाषण सुनकर सिया चुप हो गईं फिर बोली—'कुछ हद तक बात तो सही है मगर प्रेम का निमित्त सिर्फ प्रेम ही हो जहाँ अपने जीवन के श्रेष्ठ को निश्छल भाव से बिखेरने में ही छलकता है दूधिया झरना जो जीवन की पथरीली राह को सरसता से भर दे। अँधियारी गली पर अनायास दिख जाता है रोशनी का सुराख जिसमें से कल कल टपकता है जलस्रोत जो प्यासे राह भटके राहगीर का गला तर दे, उनकी थकान मिटा दे या उनकी कठोरता को पिघलाकर मोम बना दे, बस उसे कुछ का कुछ बना दे। उसके अंतस में प्रेम व सौंदर्य का मानसरोवर बहा दे...'

'सिया, सिया, सिया, ये महज किताबी बातें बोल रही हैं तू। मेरा यकीन है कि रसलोलुप पुरुषों की गिद्ध नजर हमेशा कोमल औरतों को निशान साध उनका पीछा करती रहतीं। मनचाहीलड़की न मिलने पर वे जल भुन कर उसे शिकार बनाकर मार डालने से नहीं हिचकते। मतलब वे उसे न चाहें तो किसी और के़ा भी न चाह सकें। आजकल की तेजाब की घटनाएँ इसका सुबूत हैं कि नही? क्या इसे प्रेम कहेगी तू? ये तो हिंसा है या सिर्फ शारीरिकभूख?रसासिक्त कामुक पुरुष की उत्कट लालसा या मनबहलाव? बोलो, है मेरे सवालों का जबाव तुम्हारे पास?'

'प्रेमा जी, कहाँ हैं आप, सुन रही हैं न?'

डबडबायी आँखों को आहिस्ते से पौंछते हुए कुछ कहने के लिए होंठ थरथराए मगर चाहकर भी बोल नहीं फूटे। अंदरूनी खदबदाती बेचैनी और घुटन का दावानल जैसे उन्हें समूचा जला डालने पर आमादा था। टहलते हुए अनायास वे बैंच पर बैठ गयींऔर सिया को भी वहीं बिठा लिया।

'सिया, आज तुम्हें कुछ अनकही सचाइयाँ बताने का दिल कर रहा। ये बेचेनी, ये थरथराहट, ये ऊहापोह मुझे चैन से जीने नहीं दे रही, बताकर शायद कुछ हल्का लगे...

'बताओ न, किसी से नहीं कहूँगी, यकीन करो' कहते हुए सिया ने उनकी हथेली को अपनी मुट्ठी में दाबते हुए किसी सच्चे भरोसेमंद साथी की नजरों से आश्वस्त किया—'बस एक कुआँ समझ लो मुझे जहाँ से कभी कुछ बाहर नहीं आ सकता।

हूँ, सोचते हुए रह रहकर पुराना दर्द उभर आया। ऊपर से थोपी माटी जब तक अंदरूनी सुराखों तक न पहुँचे तो ऐसे जोड़ क्या वाकई जुड़ पाते हैं बल्कि ऐसे में दुख और ज्यादा गहराता, रग रग में व्यापता जाता। वैसा जुड़ाव कभी था भी? फिर वो शंकाएँ, कुशंकाओं से घिरा वो अंत:संघर्ष का लंबा दौर जिसके

चलते रहा सहा लगाव भी पेड़ से झरते पत्ते की तरह एक बार झरा तो खत्म मगर फिर भी उम्मीदें जल्दी कहाँ मरती हैं? हमारी बहसें शुरू होने लगती फिर लड़ाइयाँ होती, उसके बाद अटूट सन्नाटा पसर जाता।

अब तुम दो दशक पीछे की तरफ पीठ कर लो—

तो सुनो, उस जगह चंद लड़कियाँ ही लड़कों के संग साइंस लेकर कोएड में पढ़ा करती थी1 पहले तो माँ बाप ही लड़कियों के पढ़ने पर पाबंदी लगाया करते और जो किसी होश्यािर बच्ची पढ़ने की जिद ही पकड़ लेती, उसके सिर पर भारी भरकम हिदायतों की पोटली से समूचे तन मन को बाँध देते—'खबरदार, जो किसी लड़के बात भी कीं, वरना हमसे बुरा कोई नहीं होगा। इसी धरती मैया के भीतर चीरकर दो टुकड़े गाड़ देंगे तुम्हें, हाँ, हमारी नाक न कटाइयों। 'फिर मौका तककर अकेले में माँ ने अलग से समझाया—'प्रेमा, तूने अगर किसी लड़के से नैन मटक्का किया तो, हाँ मुझे तुरंत खबर हो जाएगी, इस नाते मेरा थोड़ा कहा ज्यादा समझना। वैसे मेरा कतई मन नहीं कि तू वहाँ पढ़े मगर तेरे बप्पा पढ़ा रहे हैं तो...

'कोई तुक नहीं कि ये वहाँ कोएड में पढ़े। इस शहर की और लड़कियाँ भी तो हैं, वे तो इसकी तरह कॉलेज जाने की जिद नहीं कर रहीं, चुपचाप घर पर बैठकर बीए फीए क्यों नहीं कर लेती?'चाचा की बात सुनते ही अचानक जोर से चिल्ला पड़ी मैं—'लिखकर रूक्कानामा दे सूँ, बोलो, जब कह दिया कि किसी से नहीं बोलूँगी तो नहीं बोलूँगी, बस...

'फिर चाहे वो कॉलेज का चपरासी ही क्यों न हो?' बीच में ही 10 वीं में पढ़ रही बहन बोल पड़ी तो गर्म माहौल में अनायास ठंडी हवा का पुरवाई चल पड़ी और बस बात बनती चली गयी। तो सिया, म.प्र. के टीकमगढ़ से निकली मैं 80 के दशक की पहली लड़की बनी जिसके चारों तरफ भनभनाते कीट पतंगोनुमा लड़कों की भिनभिनाहट को पूरी तरह परे धकेल मैंने अपने को पढ़ाईनुमा भटटी में झोंक दिया और सुनहरे लफजों में 12 वीं के बाद बीएससी फिर एमएस.सी. तक प्रथम आती रहीं। किसी आदर्श लड़की की तरह कायदे से लपेटी चादरनुमा मूल्यों से हरदम ढकी मुँदी रहती, इस नाते अपने किशोर वय की उमंगों तरंगों को तजकर मैं किसी रोबोट में बदलती जा रही थी जिसकी निगाहें किसी कार्पोरेट में काम करने वाले की तरह अक्सर टारगेट पर टँगी रहतीं जिसे हर हाल में टॉप करना है फिर चाहे कितने ही अच्छे लड़कों के आग्रहों मनुहारों को जबरन दरकिनार करना पड़े। ब्रजमोहन को डाँटते डपटते कई महीने, क्रमश: कई साल बीतते गए मगर नेक लड़की का वो ठप्पा इस कदर मेरे भीतर

फिट कर दिया गया जिसे चाहकर भी मैं पूरी ताकत से कभी नहीं फेंक पायी। कभी कभी लगता है जैसे शायद उसी की बददुआ का ही ये असर रहा कि आज मेरा जीवन इस कगार पर खड़ा हैं जहाँ सिर्फ और सिर्फ दरारें ही नजर आती हैं जिन्हें इस जन्म में तो कभी नहीं पाट पाऊँगी।

'अरे सिया, ऐसे क्या ताक रही हो? हाँ सौ परसेंट सच कहने का साहस पहली बार जुटा पायी हूँ, ऐसे ऐसे हादसे मेरे ऊपर से गुजरते रहे और मैं मूर्तिवत सहती रहीं, और करती भी क्या, अब आगे का किस्सा,

80 के दशक का वो माहौल वैसा ही था, एमएस.सी के दौरान छिड़े शादी के प्रसंग के दौरान मेरे चुप रहने को हामी मान लिया गया। जब योगेश मुझे देखने आए तो बहुत कुरेदने पर मैंने एक ही बात कहीं—मुझे अभी और पढ़ना है, नौकरी करना है, इस पर योगेश हँसते हुए बोले—'लॉ कर लेना फिर हमारे साथ चलना कोर्ट कचहरी।'

'ठीक है, आँखें नवाए किसी सुशील कन्या की तरह मेरे मुँह से अनायास निकल गया। शादी के बाद कुछ समय तक जीवन खम पर रहा। योगेश ने अपने दिए वचन के मुताबिक लॉ कराने की जिम्मेदारी पूरी की, हालाँकि इस बीच दो बच्चों की जिम्मेदारियाँ बढ़ गईं। ऊपर से रिश्तेदारों की आमद से अक्सर घर में खूब गहमागहमी रहतीं मगर मेरा ध्यान अच्छे नंबरों से लॉ करके योगेश के साथ कचहरी जाकर वकालत करना। सचमुच, वकालत चल निकली, यहाँ तक कि क्लाइंट योगेश को छोड़कर मेरे पास आने लगे। केस जीतने पर आए दिन फलों, अनाज या देशी सामानों से लदे फदे लोग वाग घर आ धमकते। तब मन इतना प्रफुल्लित रहता कि जीवन में हर तरफ जैसे खुशियाँ ही खुशियाँ बिछी हों, वक्त बेवक्त गुनगुनाया करती। अक्सर गरीब बेसहारा बच्चियों की सूरत देखकर उनके केस मुफत में लेकर पूरे दम खम से अपनी तर्कणा शक्ति से बेखौफ बहस करके प्रतिपक्ष को चुप करा देती। बस, वही वो सुनहरे दिन याद करके आज भी मुर्दा प्राण में जान लौट आती। तब मैं ढेर सारे काम भी करती। घर के बिखरे कामों को तेजी से समेटती, बच्चों को पढ़ाई कराकर फिर उन्हें लेकर बैडमिंटन खिलाने ले जाती। उनके साथ खुद भी खेलती। क्या तोदिन थे वे, सुनहरे, चमकीले, धूप भरे, उजास भरे, गुनगुनाहट से भरे उजियारे दिन।

इसी दौरान खुशमिजाज योगेश ने धीरे धीरे चुप्पी का बाना पहन लिया। मेरी उपलब्धियों से वे खुशी जताने का असफल प्रयास करते मगर जब बेकसूर लड़कियों को इंसाफ मिलने पर उनके माँ बाप घर आकर बार बार अहसान जताते तो योगेश का मुँह फूल जाता। तब उनकी उदारता या प्रगतिशीलता न

जाने किस बिल में दुबक जातीं। धीरे धीरे ये चुप्पी जानलेवा बनती जा रही थीं। सचमुच, ये वही पूरे जोश से उड़ान भरने वाला शानदार दौर था जब मैं अपनी छोटी मोटी सफलताओं पर सवार हो आसमाँ में कुलाँचे भरना चाहतीं मगर ये वो भयावह दौर भी है जब योगेश को अपने जीवन में कुछ नया तलाशने के मौके मिल रहे थे। उस दौर में इस तरफ सोचने का अवकाश ही कहाँ था मेरे पास? अचानक योगेश का तबादला ललितपुर हो गया जबकि बड़ी बेटी उस समय 12 वीं में थीं। उसे किसी भी सूरत में छोड़कर जाने की स्थिति नहीं थी।

(योगेश के जोशील बर्ताव एवं चहकती आवाज के पीछे के राज को समझने में प्रेमा को पूरे 5 साल लग गए। महज संयोग था कि इसका आभास एक दिन जरूर हो गया मगर ये सब बाद में, पहले कुछ और)

समय का पहिया बिना आगा पीछे सोचे तेज गति से ऐसे भागता है कि सब कुछ पल भर में चकनाचूर हो जाता गोया घनघोर प्रलय के क्षण आदमी अपनी जान बचाने के अलावा कुछ और नहीं सोच पाता। ऐसे ही थे वे अझेल, असहनीय पल जब योगेश मेरी बहन के निकम्मे पति को अपने साथ कचहरी ले जाते और इस तरह उसके घर आने जाने के सिलसिले चल पड़े। बाहरी दुनियाँ में कामयाब वकील लेकिन व्यावहारिकता से कोसों दूर मैं पढ़ी लिखी मूर्खा कुपढ़ की तरह आँखें मींचे पड़ी रहीं, महीने दर महीने गुजरते गए। बहन अपने काम योगेश से कराती रहीं लेकिन हमें कानोंकान खबर तक नहीं। वो तो उसी शहर में किसी काम से आए कजिन ने इन दोनों को जिस हाल में कचहरी एक साथ आते जाते देखा तो उन दोनों के चेहरे पर उड़ती हवाइयाँ उड़ने लगीं—'आप अचानक कैसे?'

'यही सवाल तो मैं पूछ रहा कि तुम यहाँ अकेले जीजा के साथ क्या कर रहीं? प्रेमा दीदी कहाँ हैं? फिर तो उसने फोन पर ही तमाम ब्यौरे देने शुरू कर दिए।

बस्स, उसी दिन से कलेजे में ऐसी आग फुकी कि चैन की नींद कभी सो ही नहीं पायीं।एक अनकही सी बेचैनी दिलोदिमाग पर तारी हो गयी। अचानक सालों पुराना समय यादआ गया जब योगेश ने कहा था—'ऐसा है प्रेमा, तुम्हारी तबियत ठीक नहीं रहती, क्यों नहीं नीता को बुलवा लेती? मदद हो जाएगी।'

बुरा वक्त छलाँग लगाकर चीते की तरह सीधे वार करता है बिना सँभलने का मौका दिए। हम सोचते रह जाते कि चीतानुमा वक्त सोया पड़ा है मगर हमारी बेध्यानी का फायदा उठाते हुए अनमना चीता झपट्टा मार हमें घायल कर भाग जाता है दूर किसी अनाम जंगल में, हमें ऐसे ही क्षत विक्षत हाल में

बेबस तड़पता छोड़कर कन्नी काटकर निकल जाता है। तब कितनी सरलमना थीं मैं, दूर दूर तक इसका अहसास ही नहीं कर पायीं कि इसके पीछे योगेश की मंशा क्या थीं?तब नीता महज 16 या 17 साल की रही होगी मगर उनके बीच खूब हँसी ठट्टा होता रहता। थोड़े समय बाद जरूर अगल बगल वालों ने टोकना शुरू किया। तो क्या स्त्री पुरुष युग्म की बस वही एक शाश्वत सचाई है महज यौनाचार वनाम देहाचार। नये की तलाश किसे नहीं होती? जीवन की कोरी खाली स्लेट पर नए सिरे से नयी परिभाषा गढ़कर आतुर मन से जीने की कोशिश, फिर जहाँ स्वार्थपरता हो? वहाँ तो कुछ भी कहना मुश्किल है। अकेले कमरे में अँधेरे को पीते सूँघते हुए मैं योगेश के साथ खुद को जोड़कर खुद से सवाल करने लगतीं—तो क्या पुरुष का प्रेम महज देह से शुरू होकर देह में ही खत्म हो जाता है, ये स्त्री ही है जो बखूबी जानती है अपने प्रेम का विस्तार, वह बुनती हैं रूपहले सपनों की रंगीन चादर जिसे ओढ़े ओढे मटक मटक कर घूमते हैं वे। शायद ये भी पूरा सच कहाँ? पुरुष का प्रेम फूलों से झरते मकरंद की तरह बिखर जाता है जिसे वह कायदे से समेट लेती हैं अपने भीतर। तो क्या एक ही समय दो तीन जगह रचाया जा सकता हैं प्रेम? वे देर तक गाँठों भरे रेशमी दुपट्टे को खोलने की भरसक कोशिश करतीं रहीं। जितनी मेहनत से मैं उन गाँठों को आहिस्ते से पकड़ एक एक करके सुलझाना चाहती मगर हर बार वे गड्डमड्ड होने लगती यानी सुलझा रेशमी तागा फिर किसी रेशमी तागे से लिपट गुत्थमगुत्था होकर गट्ठल बन जाता। इतनी सारी गाँठें ही गाँठें बनतीं रहीं जिनका अहसास तक नहीं हो पाया। रह रहकर तेज गति से भावनाओं का ज्वार उमड़ घुमड़कर तटबंध तोड़ने पर आमादा हो जाता।

सच का रेशा तो यही है कि बीस साल पहले भी हालात कमोवश यही थे और आज भी उनमें जरा भी फर्क नहीं आया। यूँ तो समय के साथ सब बदलते हैं मगर वे तो जस की तस खड़ी रहीं किसी बेगुनाह अपराधी की तरह अपनी ही सजा से अनजान मगर सजा भुगतने को अभिशप्त,आखिर वे जाएँ तो कहाँ जाएँ?

कहाँ तो वो दौर था जब हमेशा की तरह वे तैयार होकर आकाशवाणी के लिए निकली थीं। आसमान में चारों तरफ भूरी बदली छायी थीं सो वे फटाफट रिकॉर्डिंग रूम पहुँच अपनी मीठी आवाज में गाने का रियाज कर रही थीं तभी तेज आवाज में बादल कड़के और सहकर्मी अमित ने पूछा—मैम, चलिए बाहर निकल नीरांजना मैडम के साथ कैंटीन के समोसे खाए जाएँ, चलिए न?'

'हूँ, चलो, 'साड़ी सँभालते वे आहिस्ते से बाहर निकलीं तभी तेज बूँदाबाँदी से बचने के लिए सड़क से सटे कॉरीडोर पार करते समय अनायास नजरें सड़क

की तरफ चलीं गईं, इतनी तेज बारिश में भी लोग स्कूटर पर भींगते चले जा रहे हैं, अचानक नजरें थमीं, अरे ! ये तो योगेश हैं, वही हरी चेक की शर्ट मगर इनके पीछे दुपट्टे से चेहरा ढके बैठी ये लड़की कौन? दफ्तर फोन मिलाया तो वे वहाँ से नदारक। कहीं उनकी आँखों का धोखा तो नही? या बढ़ती उम्र में पनपता भुलक्कड़पन या वही बीना जिसे योगेश के साथ एकाध बार कचहरी में देखा था। उस समय नहीं समझ पायीं वे। चीजें थीं कि धुंधलके में कहाँ साफ साफ दिखतीं हैं? ये धुँधलका आसमान में छाए बादलों का था या खुद को भरमाने की निरर्थक दिलासा भर—बीना कैसे हो सकतीं हैं, अरसे से संपर्क ही नहीं रहा फिर वो भला कैसे? कुछ घटनाएँ समय के साथ गहरे अर्थ लेने लगतीं। ये बीना ही थी जो पति से अनबन के चलते गाहे ब गाहेयोगेश के पास धड़धड़ाते चली आती। धीरे धीरे उनके बीच कब, कैसे इतने गहरे रिश्ते पनपते गए, मैं कैसे कहाँ से जान पातीं भला? जानने का कोई जरिया तो था नहीं।

विगत की पटरी पर चलते हुए कभी मुझे बीना के लंबे लंबे खत याद आते जो अपने पति की यातनाओं से भरे होते। तलाक के केस पर चर्चा करने वह किसी भी जगह योगेश को बुलवा लेती। शुरू में मैं उसे जानने के लिए परेशान रहतीं और योगेश से इस मुद्दे पर भिड़ जाया करतीं फिर बाद में शांत पड़ती गईं।

'ये उनकी अपनी जिंदगी हैं, योगेश का पीछा करने वाली टिपिकल शंकालु, घरेलू...लड़ाकू पत्नी नहीं बनना, अपने इस उसूल पर कायम रहीं मैं। आखिर एक पढ़ी लिखी स्त्री का मान सम्मान या स्वाभिमान भी तो कुछ होता है न। धीरे धीरे ऐसा समय आन धमका जब योगेश नौकरी से रिटायर होकर समय के विशाल आकाश के साथ हरदम मौजूद रहते, लो, कर लो तफरीह, जिसके संग जो करना सो करो न, मगर एक बार वक्त जो गुजर गया सो वेग से आती लहर की तरह जो धार गई सो गई फिर वह आतुर वेग, संवेगों की सघनता या भावनाओं की उछाड़ पछाड़ नहीं रह जातीं, बस एक सी सदानीरा नदी की तरह थिर होता गया जीवन।

कहाँ तो वो दौर जब उनके मुवक्किल के हर फोन को योगेश चैक करके ही मुझे पकड़ाते और कहाँ ये कि मेरी ही सगी बहन मेरी छाती पर पैर टिका अपना करियर आगे बढ़ाने का मकसद पूरा करने में जुटी थी और उसके पति, निखट्टू, नाकारा इंसान जिसे समय ने किस कदर फालतू बनाकर जीरो साबित कर दिया था। चूँकि उसकी प्रेक्टिस चल नहीं पायी सो वो योगेश के कंधे पर चढ़कर अपना मतलब साधने पर उतारू था। हड़बड़ी में मैं वकालत छोड़ बच्चों संग ललितपुर निकल गयी, वकालत छोड़ने पर जाहिरा तौर पर योगेश ने

खुशी जरूर जतायी मगर तब तक शायद बहुत देर हो चुकी थी। योगेश बहन संग संलिप्त होतेगए। शुरू में किसी जासूस की तरह कभी कभी योगेश की हर गतिविधि पर निगाह रखती या उनके फोन पर कान गड़ाए रखती तो कभी उनकी बातचीत की चीरफाड़ करने लगतीं। उनका ध्यान अपनी तरफ खींचने की बेवकूफाना बचकानी हरकतें करने लगतीं। फिर किसी बात पर योगेश को टोकने पर बोले—

'प्रेमा,हमारी आपस में ज्यादा निभ नहीं सकती, कहो तो मैं अपने गाँव चला जाऊँ या फिर किस तरह हम अलग अलग रह सकते हैं, तुम ही निकालो कुछ अलग रहने का रास्ता, सुनते ही आँखें भर आईं, उनके इस रूप के बारे में कभी सोचा तक नहीं था, कितनी तटस्थता बरत रहे थे जैसे किसी अजनबी से बतिया रहे हों फिर मैने पूछा—आप रह लेंगे मेरे वगैर? कौन ध्यान रखेगा आपका? आपके खाने पीने या सेहत का?'

'कितनी गलतफहमियाँ पाल रखीं हैं तुमने, भई वाह, क्या कहने, कहते हुए वे हँसने लगे।

उन जानलेवा पलों के गुजर जाने के इंतजार में मैं चुप साधे रहीं मगर ऐसे पल गुजरते नहीं बल्कि घुन्न घुन्न करते ऐसे बरैयाँ बनकर आसपास मंडराने लगते जिनका छत्ता टूट गया हो और वे बौराकर आक्रामक होकर आपको अपनी जद में ले लें फिर आप चाहकर भी बाहर न निकल पाएँ। योगेश की बात सुनकर ऐसा लगा जैसे एसी से बाहर निकलते ही किसी ने गर्म पानी भरी बाल्टी सीधे सिर के ऊपर उड़ेल दी हो, ये, ये क्या कह रहे हैं, वो भी इस उम्र में अलग अलग रहने का औचित्य? पेचीदा सवाल रह रहकर बेचैन करने लगते। ये कैसा पजल है जो बढ़ती उम्र के साथ सम पर नहीं। सालों से मैं योगेश के पीछे पीछे चक्कर काटतीं रहीं जबकि वे उसे हमेशा हाशिए पर सरकाते हुए किसी और के पीछे भागते रहे। तो क्याहम दुविधा या भ्रम मे जीने के लिए अभिशप्त हैं?

हम अक्सर सच को झुठलाते रहते, न, ये पूरा सच नहीं, कुछ और होगा जबकि सच को झुठलाना यानी एक बार फिर खुद को भ्रम में डालना जबकि सचाई चीख चीखकर अपने होने का अहसास करातीं रहती मगर अपनी ही धुन में मगन हम उसकी सत्ता स्वीकारने का साहस नहीं कर पाते। इतने बड़े भ्रम में क्यों जीना चाहते हम? सच की दीवारें ठोस व स्थायी होतीं हैं मगर हममें से कोई ये मानने को तैयार ही नहीं कि हम अकेले ही जीने मरने के लिए बने हैं फिर भी क्यूँकर जकड़े हैं हम इन दिखावटी रिश्तों में? इन भ्रमों के सहारे जीने की शायद आदत पड़ जाती हैं हमारी। तभी तो 'बकवासवाजी बंद करो, बहुत हो

गया ये सब, बात करने की जरा भी तमीज नहीं तुममें तो हमीं क्या बात करें?' सुनकर वो चुप रह गई। आखिर क्यों लपलपाती स्त्री की तरह दुम हिलाते जाती रही वह अपने पति के पास? जरूरतों के सिरे हमेशा दोनों तरफ से बराबरी से जुड़ें तभी जुड़ते हैं वरना किसी के पीछे पड़कर उसे पा लेने या उससे अपना सुख दुख बाँट लेने से ऐसा आखिर क्या मिल जाता है जिसे पाने की आस में हम ताजिंदगी पगलाए रहते। इतनी उम्र बीतने के बावजूद फिर से भ्रमों का चंदोवा बार बार तानना चाहते हम, आखिर क्यों?

सिया, कुछ तो बोलो, चुप क्यों हो गईं?'

'जुगनू पकड़ने के चक्कर में ऐसे ही धम्म से गिरती रहेंगी, जुगनू कहीं पकड़ में आते हैं?'

'पहेलियाँ मत बुझाओ, साफ बात करो।'

'बुरा मत मानना प्रेमा, प्रेम सूरज की रोशनी बनकर आता है जो हमेशा जगर मगर करता तुम्हारे आँगन में जैसे हर सुबह सूरज की रोशनी से भर जाता जीवन, पानी को इतना मत उछालो कि उसके बुलबुलों में तुम्हें अपनी छाँह ही नजर न आए। खुद के लिए शांत मनस्थिति में जीने की राह तलाशो। एक बात बताएँ, नए नए रोमांस उम्र के हर मोड़ पर थ्रिल या उत्साह से भरते हैं...

'तो क्या योगेश उसी प्रेम में...

'फसल तभी लहलहाती हैं जब उसे भरपूर हवा पानीमिलता रहे, मेरा मतलब...वैसे तुम अन्यथा मत लेना। अभी उनकी बातें चल ही रही थी कि सिया का फोन आ गया और वे चंद मिनट बाद अलग रास्ता पकड़ चली गईं।

सचमुच, रिश्ते रेशम से भी नाजुक होते हैं, हाथ में लेते ही फिसल जाने वाले, यूँ ही कहीं रखकर भूल जाने पर उलझ जाने वाले, सँभालकर न उठाओ तो अगले ही पल गाँठ बन जाने वाले, विचित्र किंतु अनिवार्य सचाई है कि रिश्तों के वगैर जीवन जीवन नहीं रहता यानी सबसे कीमती, सबसे यूनीक अहसास मगर सबसे ज्यादा केयरफुल हैंडलिंग। यह जानते हुए भी कि कोई उसके कोरे कैनवस पर रंग नहीं भर सकता फिर भी वह नायाब रंग देखकर क्यूँकर पाने के लिए उतावली हो उठतीं? किस तरह की आतुर प्यास है ये कि वह पगलाई हिरणी की तरह सच्चे प्रेम की आस में यहाँ वहाँ भटकती रहतीं जबकि हरेक को वही तो चाहिए सो कोई कैसे बख्स देगा उसे वो सब? गहन सोच में डूबी प्रेमा को चुप देख सिया ने टोका—'क्या सोच रही हो?'

'कुछ नहीं, बस ऐसे ही...

'इस अहसास को भ्रम मानो या हकीकत, पर इसे दोनों ही अतिवादी छोरों

पर खींचने की जरूरत नहीं। ऊपर से जो दिख रहा होता है, अक्सर वो पूरा सच नहीं होता। अंदरूनी जीवन के अँधेरी परतों तक की यात्रा करने पर अलक्षित कोने में कहीं जल रहा होता है प्रेम का दीया जिसकी रोशनी के तलाश में न जाने कितने पल पल उमगते, छटपटाते रहे। कई बार तो उम्र भर किसी को पता ही नहीं चल पाता कि बाहर ऊपर से हँसने वाले के भीतर कितना जहर भरा है मगर कहीं तो होता है रस का केंद्रक जहाँ पहुँच पाना मुमकिन कहाँ? जिसने ऐसी कोशिशें कीं वे उम्र के इस आखिरी मोड़ पर प्रेम की हकीकत को हजम ही नहीं कर पाते ओर जब पता चलता है तो इस धक्के से वे उबर ही नहीं पाते। ये न रहे तो सब सिफर यानी इस अहसास को बड़े जतन से सँभालने की कला साधनी होगी वरना...'इस मोड़ पर प्रेमा ने खुद को सवालों से घिरा पाया। रिश्तों के चुकते जाने का दर्द किसी एक को ज्यादा होता है तभी तो अनुभूतियों की तीव्रता जुदा जुदा। तभी तो एक ही स्थिति में कोई चैन से सो लेता है तो दूसरा रतजगा करता रहता। वैसे भी स्त्री की भावुकता को जी का जंजाल कहने से गुरेज नहीं उन्हें।

तो क्या वे योगेश के अलक्षित कोनों तक पहुँच पायीं? वे भी तो हमेशा चुप चुप रहते या फोन लेकर छत पर चले जाते, अकेले में टहलते हुए रस से पगे मुस्कराते इंसान के भीतर बसे मन तक पहुँचने की कभी कोशिश की?

'पुरुष तो स्वभाव से दिलफेंक या फलर्ट करने वाले होते हैं, नहीं?'

'सिया, जैसे नेक व चरित्रवान स्त्रियाँ दुर्लभ होती जा रही हैं, वैसे ही सब जगह मूल्यों का पतन हुआ है, बचे खुचे होंगे ऐसे लोग जिनकी गिद्ध नजर किसी स्त्री पर न पड़ी हो। दूसरी बात, क्याकिसी से एक बार हुआ प्रेम ताजिंदगी वैसा ही बना रहता होगा?' किसी आतुर बच्ची की तरह प्रेमा ने सिया के सामने अपनी बात की प्रतिक्रिया जाननी चाही।

'कह नहीं सकती, कुछ सवालों के जबाव गुजरते वक्त पर छोड़ देना चाहिए जैसे किसी तालाब या पोखर का पानी बदलते मौसम के मिजाज से सूखता या सरस होता रहता है तभी अचानक कोई नई धार उमगती भी है। सूखा देखकर लगता जैसे उमगने की सामर्थ्य ही चुक गयी, यहाँ तक कि तलछट पर सब कुछ सूखा सूखा नजर आता है मगर पलक झपकते ही मौसम बदल जाते कि अनायास फिर कोई नई धार उमगने लगतीं ऐसे वेग से कि समूचा सूखापन फिर से हरीतिमा में तब्दील होने लगता, तो प्रेम के रूप बदलते खूब देखा है मैंने...।'

सिया के मुस्कराते चेहरे को वह ध्यान से देखती जाती, सोचने लगती, सोचते हुए अपने ही जीवन की प्रतिच्छायाएँ साफ साफ तैरती दिखने लगीं।

'सिया, तुम्हारी बातें सुनकर तो अजीब तरह की बेचेनी सी होने लगीं। मान लो, हमारे जीवन में ऐसे लहलहाते पौधे रहे हों लेकिन वो किसी और को दिखें ही न तो? उन तक कैसे पहुँचा जा सकता है?'

'देखो, साफ बात है, किसी के रोकने से न तो वो प्रवाह थमेगा, न रूकेगा बल्कि बहुत गहरे हाथ डालकर देखना चाहोगी तो तलछट पर जमी गीली मिट्टी से खुद के हाथ कीचड़ में सान लोगी। ज्यादा गहरे जाने पर डूबने का अंदेशा तो हर वक्त लगा रहेगा सो, बहुत सी कड़वी हकीकतों के भीतर धंसकर गहरी अंधेरी परतों में जाने की कोशिश क्यों की जाए? वैसे भी ऐसे जोखिम भरे अनजान एरिया में जाने के अपने खतरे हैं, पता नहीं कब कौन सा अनहोना हादसा घट जाए जिससे तुम ताजिंदगी उबर ही न पाओ, तो?'

'हूँ... लंबी साँस खींचते हुए वक्तृता में माहिर प्रेमा की बोलती एकदम से बंद हो गयीं। जब मन दुखी हो तो आसपास हँसते लोग विचित्र किस्म का अट्टहास करते जान पड़ते हैं,सिया को हँसते देख वो चुप हो गयी और उनका संवाद भी ठहर गया जैसे। दिन भर की देश देशांतर की सुदूर यात्राएँ तय करके ठंडा पड़ा सूरज अब नीचे उतर खोह में उतरने की तैयारी करता नजर आया। क्षितिज के पार दिखती बड़ी सी नारंगी बॉल में तब्दील सूरज को अचानक जैसे किसी ने पाताल लोक से हाथ बढ़ाकर लपक लिया हो। पलक झपकते ही रॉशनी की रेखाएँ छोड़ता सूरज आसमान से नदारक था जबकि म्लान मुरझाया पड़ा चाँद अपनी मटमैली नीली चादर में सुस्ता रहा टेढ़ा मुँह कर जाते हुए सूरज को ऐसे देख रहा था जैसे उसे रात की बागडोर सँभालने की कोई जल्दी नहीं। अरसे से मुस्तैदी से ड्युटी करते करते चंद्रमा का तन मन रूटीन काम से उकताहट से भर गया सो बेरूखी से अलसाया पड़े चाँद पर उचटती नजर डाल दोनों सहेलियाँ तेजी से अपने अपने घरों की तरफ मुड़ गयीं। बस एक सिया ही है जिसके सामने कुछ भी बोलने की सहूलियत मिली है वरना कितनी अकेली पड़ गयी मैं उम्र के इस मोड़ पर। योगेश के अफेयर्स से ध्यानहटाकर अनायास मेरी चेतना अपने अतीत की तरफ मुड़ती गयी।

(सालों पुराने बंद पड़े बक्सेकी चाबी हाथ लग गयी? आखिर ऐसा क्या था उसमें, था भी या?)

प्रेमा को घर साफ करके हर चीज को चमका चमका कर करीने से रखने का खूब शौक था। यहाँ तक कि उसका ये शौक कभी किसी हद तक धीरे धीरे जूनून में बदलता गया। गृहस्थी के खटराग में खुद को अनासक्त भाव से खपाने की हर संभव कोशिश करतीं जरूर मगर योगेश उनके प्रति उतने ही लापरवाह

बने रहे। वे बड़े मनमौजी या खिलंदड़ी मनोवृति के चलते जब जो जी में आए करके खुश हो लेते। हर हाल में खुश रहते योगेश के जीवन में जरूर कुछ न कुछ रहा है कि वे हर पल योगेश से जुड़ी हर घटना के सुराग का पता लगाने के लिए आतुर हो उठीं।

अनायास उनके भीतर सालों पुरानी घटनाएँ बड़ा आकार लेकर सिर उठाने लगीं जब वे पूरी ताकत से उलझते रिश्तों के तारों में बुरी तरह फँसतीगयीं तो उनके भीतर से आवाज आई—किसी पोखर में छपर छपर करके जब पानी मच जाए, ऐसे में कुछ भी कैसे दिखाई देगा? कुछ समय के लिए शांत हो जाओ। धीरज से सब कुछ ठंडा होने दो फिर अपने आप उसमें अपने वजूद को देख पाओगी। दाएँ बाएँ गोल गोल हवा का तेज झोंकों के बीच हिचकोलें खाता यादों का जहाज। नीचे ऊपर, बाएँ दाएँ, चारों तरफ थे बादलों के गुच्छे, ढेर सारे रूई के पहाड़ या बादल बनते पहाड़, धरती से ऊपर जाहकर छूते है आसमान का विस्तार जहाँ से धरती कित्ती छोटी नजर आती। ऐसे में वृहदाकार आइना बन गये थे असंख्य बादल। फिर क्या था, जैसे जैसे हम आगे बढ़ते जाते, वे पहाड़नुमा बादल टूटटूटकर बिखरते जाते। मन के आसमान पर छाए विरल रंगों का दुर्लभ संयोग पलक झपकते ही कुछ और आकार प्रकार ले लेते। यादों के मटमैले भूरे रंग मन पर अपना सौंदर्य बिखेर देते मगर पलक झपकते ही सब कुछ पकड़ से बाहर उड़नछू हो जाता गोया विगत के बादलों को अचानक किसी ने बेरहमी से धुन दिया हो। तो क्या वे खुद को कभी ठीक से देख परख पाईं? जिंदगी धीरे धीरे आगे सरकती गई। बच्चे बड़े होते गए फिर एक दिन वे भी साथ छोड़कर अपने नए कुनबे में सैट होते गए। योगेश अपने पेशे में रमते गए और वे रह गयीं सबसे पीछे, उनकी अपनी ही परछाईं छोटी होकर सिकुड़ती सिमटती गई।

सहपाठी ब्रजमोहन की बातें याद आने लगतीं—जब परछाई बड़ी होने लगे तो समझिए सूरज डूबने वाला है। ब्रजमोहन कविताएँ लिखता और मौका मिलते ही प्रेमा को अपनी कविताएँ सुनाता भी। लैब' में घंटों साथ काम करते हुए हमारे बीच नेह के अंकुर फूटने लगते मगर ऐन मौके पर भीतर के अदृश्य ताले खुलते ही नहीं। रिश्ते कितने रूपों में सामने आते, वे घोड़ों की टापें अभी तक कानों में गूँजती हैं जैसे कल की ही बात हो। वे ब्रजमोहन संग बातों में ऐसी खोयीं कि पता ही नहीं चल पाया, वे कब कैसे कॉलेज कैम्पस पार करके सड़क पर निकल आए, जब आँखें फैलाकर चारों तरफ देखा, गहराते अँधेरे में विलीन हो गए थे इतने सारे रंग बिरंगे बादलों के टुकड़े—'कमाल है, हम इतनी दूर निकल आए, 'ब्रजमोहन की चिंतातुर आवाज सुनकर वे मुस्कराने लगीं तभी

अचानक प्रकट हो गए दो घुड़सवार फिर उन्हें घूरते हुए पूछने लगे—'यहाँ क्या कर रहे तुम लोग? नाम बताओ जल्दी से? चलो, दोनों को सीधे प्रिंसिपल के पास ले चलते हैं, साले इश्क फरमाने आए हैं '...सुन्न कर देने वाले हंटरनुमा बोल हमारी खाल उतार देने पर आमादा थे। भौंचक्की बनी ऐसे ताकने लगीगोया ये घुड़सवार साक्षात यमराज बनकर उनके प्राण लेकर ही टलेंगे...

'भैया, हमें वाकई पता नहीं चल पाया, माफ कर दो... ; लटपटाती जुबान में इतनी दयनीयता न जाने कहाँ से आ गयी। वे वाकई ये सोचकर नर्वस होने लगीं कि कहीं ये बात भैया तक पहुँच गयी तो हमें कहीं का नहीं छोड़ेगे वे, न जाने क्या गत बना डालेंगे, हे भगवान...; वे मन ही मन भगवान को सुमिरने लगी। ब्रजमोहन ने सतर्क नजरों से घुड़सवारों को देखा फिर हिम्मत बटोर कर पूछा—'आप हमारे कैम्पस में किसलिए? हमारे पास तो पहचान पत्र है मगर आप कौन?' फिर चौकस होकर देखने लगा आसपास।

'अरे, ये तो गज भर की जुबान भी रखता है...; कहते हुए उन्होंने हंटर को हवा में लहराते हुए प्रेमा की तरफ खा जाने वाली भूखी नजरों से देखा तो वह दोनों हाथ जोड़े कंपती डाल की तरह हिल रही थीं। कैसा तो जानलेवा पल था वो लग रहा था जैसे रेप हो जाएगा उसका, सोचते ही रूलाई फूटने लगी थी तभी कहीं से दो लड़के आते दिखे तो ब्रजमोहन लपककर उनके पास पहुँचा, उन्हें साथ लेकर लौटा तब तक वे घुड़सवार न जाने कहाँ फुर्र हो गए। बस उसी दिन से प्रेमा ने गाँठ बाँध ली, कहीं भी, कभी भी ब्रजमोहन के साथ अकेले नहीं आना जाना,चाहे जो हो जाए। तभी से वह सहमी सहमी सी रहने लगी और फिर कभी पलटकर ब्रजमोहन से मिलने की हिम्मत नहीं जुटा पाई। बेचैनी और ऊहापोह में ही सारा समय निकल गया। कितना खूबसूरत समय था वो, लगता था जैसे वे किसी धुंध भरी लंबी यात्रा पर चल रही थी। मन करता, ये धुंध भरी सफेदी यूँ ही छायी रहे, पलकें मुँदी रहें उसी धुंध भरी लंबी राह पर मगर...

घर वालों का ऐसा आतंक कि कोई भी फैसला लेने की हिम्मत ही कहाँ? सच में, घोड़ों की वे टापें अभी भी याद है। वो दिन और आज का दिन, बस वही एकलौती मगर अनूठी मुलाकात की याद सालों से जेहन में कैद है। कुछ कहने के लिए शब्द छटपटातेमगर इजहार वे नहीं कर पाईं। तब की मर्यादाओं की लौह जंजीरें तोड़ने का साहस जुटाना आसान कहाँ था? समय ने फिर करवट ली और सीन बदलते गए।

वे आज भी कहाँ खुलकर अपना प्रतिरोध दर्ज करा पातीं? योगेश की एक तेज आवाज से दहल जातीं। शब्द तो हमेशा कंठ तक आकर फँसे फड़फड़ाते

रह जाते। योगेश के धारदार तर्कों से उनका वजूद ढहने लगता, मैं और मेरा परिवार, मैं और मेरे मूल्य, मेरा त्याग, संघर्ष, योगेश के अनगिनत किस्से उनकी पिटारी से हर रोज साँप बनकर निकलते, उसे डराते। वे लाख जतन करके दाएँ बाएँ निकलने की कोशिश करतीं मगर वे फन काढे जहरीली जीभ से प्रेमा को घेरकर बहस विवाद झंझट पैदा करते। हर बार वे उनके फेंके जहरीले बहसों के जाल में फँसी दुख के समुंदर में फड़फड़ाते रहने को विवश थीं। वे लड़ती, बहस करतीं मगर फिर भी योगेश के प्रति उनका एक तरफा प्रेम पूरे खम के साथ टिका हुआ था। प्रेमा इस गुमान में कि उनके वगैर योगेश अकेले नहीं रह पाएँगे जबकि हकीकत कुछ और ही थीं—

'पता, कितने फैंस हैं मेरे, कितनों की निस्वार्थ मदद करता रहता, कि इसी शहर में मुझे पॉलिथिन के खिलाफ अभियान छेड़ने के लिए बैस्ट सिटीजन का अवार्ड मिल चुका मगर तुम्हें क्यों सुना रहा हूँ ये, तुम क्या जानो इनकी अहमियत?'

'मगर इससे क्या हुआ? लोगों में कहाँ आ पाई अवेयरनैस?वो मकसद कहाँ पूरा हो पाया?'

'प्रेमा, आखिर मेरी तारीफ क्यों नहीं सह पाती तुम मेरी? किस कदर औरताना जलन भरी है तुममें?'

'ऐ, इस तरह के तोहमत मत लगाइए, आखिर मेरा भी आत्मसम्मान है,...

हो हो करके हँसने लगे वे-ये तुम जो घंटों सुडोकू भरती रहती हो, उससे क्या होने वाला? कुछ नहीं कर सकती तुम, रहोगी वही की वही, घरेलू औरत।'

'क्या, क्या रहूँगी मैं, अचानक वे तैश में आ गई—याद रखना, आप ही की वजह से कचहरी आना जाना छूटा मेरा, वरना कितनी शानदार प्रेक्टिस चल रही थी मेरी, याद है न वो दौर?'

'गलतफहमियों पालने का खूब शौक है सो जरूर पालो, किसने रोका है?'

'कभी तो सच बोला करिए आप भी,... उनके बीच आए दिन किसी न किसी मुद्दे पर बहस छिड़ जाती।

'इतनी जल्दी क्यों लौट आयीं मायके से? कुछ महीने और रहतीं न वहाँ?'

'अपना घर अपना होता है, ऐ, ऐसे क्यों कह रहे हैं? कहीं मेरे आने से आपका कोई सैट प्रोग्राम तो नहीं गड़बड़ा गया?'

'तो? क्या लेना देना मेरे जीवन से तुम्हें, हुँह, मेरी समझ में नहीं आता, आखिर तुम चाहती क्या हो, दिन भर कोई काम तो है नहीं, बच्चे दोनों बाहर हैं सो दो जन का कितना खाना? जिसके लिए तुम दिन भर खटने की नौटंकी करती

हो, देखो तुम नहीं थी तो हमारी जिंदगी ठीक ठाक चल तो रही थी न, इनफैक्ट नो प्रॉब्लम...प्रेमा का वजूद ढहाने का कोई मौका वे कतई नहीं छोड़ते बल्कि अक्सर अपने धारदार तर्कों से सीधा वार कर बैठते जिसका प्रतिकार करते हुए वे बौखला जातीं और अक्सर शुरू हो जाते उनके तर्क वितर्क या कुतर्क के सिलसिले।बाहरी लोगों से बतरस के शौकीन योगेश उन्हें छोड़कर सबके लिए प्रिय बने रहते। कितने समय बाद वे ये राज जान पायीं किं लड़कियाँ या औरतें ही उनकी कमजोर नस है, सोचकर आज भी उतना ही दुख होता। हर बार दुख की शक्ल नयी सी क्यों लगतीं? क्यूँ हर बार उतना ही तेज दुख का अहसास होने लगता जैसे पहली बार हुआ था जब येागेश के पत्र मिले थे उसे बक्से में। सचमुच, एक दुख अपने साथ कई दुख लेकर धड़घड़ाता चला आता। दुख की बारंबारता से हमारी खाल में मोटी ठिट्ट क्यों नहीं पड़ जातीं जैसे एक ही जगह इंजेक्शन लगाने पर पड़ जातीं यानी हम दुखों के आदी क्यों नहीं हो पाते? हर बार का दुख कई सवाल लेकर आता मगर अंदरूनी अंर्तदृष्टि भी देता है दुख मगर हम है कि उसका मुकाबला न करके पलायन करना चाहते।

सालों पहले मायके जाने पर ब्रजमोहन से मुलाकत हो पायीं एक शादी के मौके पर। उन्हें ये जानकर ताज्जुब हुआ कि उसने शादी ही नहीं कीं। बार बार पूछने पर बस इतना भर बोल पाया—'प्रेमा, सामाजिक बंधनों में बँधने के ढकोसले पसंद नहीं थे, बाकी तुम जानती हो।'

अवाक, स्तब्ध रह गयी वो उस कृशकाय ब्रजमोहन को देखकर। इसने इतना बड़ा फैसला लेलिया और उसे सालों साल इसकी खबर तक नहीं। उसके अकेले पड़ते जाने की पीड़ा से वे सुलगती रहीं। फिर पूछने लगीं—'करते क्या हो, किसी सरकारी दफ्तर में होगे?'

'नहीं, लीक से हटकर काम करने का जुनून था और अपुन का कोई परिवार तो सिर पर था नहीं सेा कुछ भी करके जीने के लिए आजाद था। तुम जानती हो, कविताएँ लिखता था, धीरे धीरे वही पेशा बनता गया। मेरी छोड़ो, तुम खुश तो हो न?'

अचानक से जबाव नहीं दे पायीं वे। गहरी चिंता में पड़ गयीं। अनजान अपरोधबोध जकड़ने लगा उन्हें। क्या वाकई ऐसे लोग होते हैं जो भावुकता में कहीं बातों को पूरा सच मानकर अकेले में जीने का साहस जुटा लें।

'प्रेमा, तुम मानो या न मानो मगर मैं ताजिंदगी तुम्हें चाहता रहूँगा। अब इस जन्म में तो किसी और को नहीं अपना सकता...रुँधे कंठ से तब सालों पहले किशोरवय में उचारे गए बोल वहअपने जीवन में हूबहू उतार लेगा, इतनी

दूर तक वे यकीन नहीं कर पायीं तब और बस उससे हाथ मिलाकर बिना कुछ बोले वे तेज कदमों से सूनी सड़क पर अकेले ही निकल आयीं थीं।

आज भी वही सूनी सड़क है, वही पगडंडियाँ हैं, कही भटकता हुआ ब्रजमोहन भी हैं मगर समय ने हमारी सूरतें बदलकर हमारे जीवन को बुरी तरह खर्च कर डाला हैं। अब बचा ही क्या है हमारे पास? सोचते हुए वे सिया के पास जाने की सोच ही रहीं थी कि सामने से मोबाइल पर तेज तेज बतियाती सिया अपनी ही धुन में न जाने किससे बतियाते चली जा रही थी।

'क्या बोल रहे हो? जानते समझते भी हो, अब इस उम्र में, बेकार की बातें मत करो, एक साथ चलेंगे कहीं झारखंड के जंगलों में मेरे साथ महीने भर रहकर जी लेना चाहते हो, ऐ,...रौ में बोलती सिया की नजरें प्रेमा से मिली तो अचानक से मोबाइल का बटन दबा दिया।

'ऐ, किससे बातें करके इतना चहक रही थीं?'

'है कोई...मुस्कराहट अभी भी उनके होठों पर तैर रही थी मगर वे तह तक जाने के लिए अकुलाने लगीं।

'प्रेमा, एक बात की गाँठ बाँध लो, समय किसी के लिए नहीं रूकता, सो सारे फैसलों की बागडोर खुद लेनी पड़ती है। हमारा एक खास दोस्त है जिससे हमारी अच्छी शेयरिंग हैं। एकरस जिंदगी से ऊबे मन में हँसी के छीटे की तरह होती हैं ये दोस्तियाँ जहाँ हम दोस्ती को निश्छल भाव से नरिश करते हैं बस...; आगे कुछ और कहने के लिए उन्होंने उनकी तरफ ध्यान से देखा फिर कुरेदने लगीं—'आपको नहीं मिला वैसा दोस्त, साथी जिसे अपना सब कुछ उड़ेल कर घड़ी भर के लिए छोटी सी उड़ान भर ली जाए, मैं विश करूँगी कि आपको भी...'

'सिया, सिया, अगर ऐसी वैसी बात फिर कभी मेरे लिए सोची तो, हाँ, बनावटी गुस्सा दर्शाते हुए वे मुस्कराए जा रही थीं।

क्या ये पूरा सच था? घर आकर वे देर तक अपने ही सवालों से जूझती रहीं। अपने पसंदीदा खेल सूडोकू पर अटकी थी आँखें मगर अंदरूनी शोर चैन से जीने नहीं दे रहा था। सचमुच समझदारी आने पर वो सुकुमार अहसास न जाने कहाँ किस खोह में बिला गए। इससे बेहतर तो वे तब थी जब धुंध भरी राह पर अपनी ही धुन में चली जा रही थी अकेले अकेले, वक्त ने उन्हें शताक्षी बना दिया। इतनी समझदारी भी किस काम की कि वे अब मुँदी पलकों से नहीं बल्कि एक साथ कई आँखों से दूर तक बिखरे सच को देख पा रही हैं।

'प्रेमा, प्रेमा, कहाँ खोयी हो, इस मेज को यहाँ से वहाँ खिसकाते वक्त इसका पाया टूट गया और मेरा पैर भी दब गया, देखो तो...दर्द से कराहते योगेश

को सहारा देकर वे बिस्तर तक लायीं मगर लेटते ही वे पूर्ववत फोन बतरस में डूब गए। वे वहाँ कहीं थी, नहीं, वे कहीं और थीं, पता नहीं किस भँवर में कहाँ किस तरफ डूबी थीं वे, उधर फोन बंद होते ही योगेश फिर जोर जोर से बुलाने लगे—'प्रेमा, ओ प्रेमा, बहुत तेज दर्द हो रहा है, प्रेमा, ओ प्रेमा...कहाँ हो? दौड़कर आओ, फटाफटहल्दीडला गर्म दूध लाओ। 'योगेश की इन कराहती आवाजों से बेखबर उनका मन तो ब्रजमोहन के उस एसएमएस की तरफ अटका था जहाँ लिखी पंक्तियाँ बार बार पढ़कर वे मुदित मगन हो रही थीं—'हम अभी भी उतनी ही शिद्दत से तुम्हें याद करते हैं, प्रेम, बुरा मत मानना, एक लंबे अंतराल बाद तुमसे अपने दिल की बात कहने का हौसला जुटा पाया हूँ, तुम अपनी प्रैक्टिस फिर से शुरू कर दो प्लीज। तब की कही सालों पुरानी तुम्हारी बातें आज तक नहीं भूल पाया हूँ—'घरेलू खटराग में नहीं पड़ने वाली मैं, हाँ, मैं अपने करियर के लिए कुछ भी करूँगी। 'तुम भले ही ये बात भूल गयी हो मगर मैं चाहता हू कि तुम अभी भी प्रेक्टिस दुबारा शुरू कर सकती हो, तभी तुम अपने लिए जी पाओगी और उतना तेज हँसोगी भी। उम्मीद है, इस बार मना नहीं करोगी। तुम्हारे पास कूरियर से कुछ जरूरी कागजात भेज रहा हूँ। उम्र के इस मोड़ पर तो मना तो नहीं करोगी न?आखिरी बार, हाँ प्रेमा, ये प्रस्ताव, ...सब छोड़-छाड़कर बस चली आओ...

बार बार इन पंक्तियों पर उनकी आँखें ऐसे चिपक गयीं गोया मधुमक्खी को बड़ी मशक्कत के बाद किसी दुर्लभ जगह पर बमुश्किल शहद मिल पाया हो। उनका मन किया, वे जोर जोर से हँसने लगें, हँसती रहें और तेज बारिश में भीगते हुए ब्रजमोहन के संग फिर से जीना...; ये, ये, ये सब क्या सोचती जा रहीं वे? सब जानते हुए भी वे ऐसा ही लगातार सोचती जा रहीं हैं, सोचती जा रहीं हैं। रह रहकरवे अपने से सवाल करने लगतीं मगर बेकाबू दिल ने उनकी एक नहीं सुनी। वे छत पर जाकर बादलों संग हवा के झूलों संग झूलते हुए ब्रजमोहन के बंजर जीवन को एक बार में ही सरस कर देंगी, हाँ, हाँ, क्यों नही? अलग थलग पड़े ब्रजमोहन ने अपने जीवन में जीया ही क्या? अब तो उसके बदरंग जीवन में हमें नए सिरे से रंग भरना है, बिल्कुल नायाब रंग, बेशक हमऐसा कर सकते हैं, तभी नीचे से आवाजें सुनाईं पड़ीं सो वे झटपट सीढियों से उतरते हुए सोचने लगीं—'अरे, अरे, ये सब तो सपने में भी नहीं सोचा था कभी, फिर आज कैसे अचानक ऐसे खयाल? इस अहसास की परिणतियाँ जानते समझते हुए भी वह एक बार फिर से प्रेम को पिछियाने के क्रम में पगलाई सड़कें नापने निकल पड़ती हैं तेज धूप में पसीना चुआती विकल नायिका बनकर। आकुल

प्यास है कि बढ़ती ही जा रही हैं। गैस पर खोलता दूध उबल उबल कर आधे से भी कम रह गया था मगर उनकी नजरें तो दीवार पर उतरती हुई धूप के बीच अचानक शुरू हुई बारिश पर थमीं थीं। अरसे बाद इस अप्रत्याशित बौछार को मुस्कराते हुए देखकर उनका मन किया कि क्यों न इन आड़ी टेढ़ी बौछारेंमें भींगने का जमकर लुत्फ उठाया जाए, सोचते हुए अचानक प्रेमा ने लंबे समय से जाम किचन की खिड़की पूरी ताकत से खोल दीं। इस तेज बारिश में उनके अंग प्रत्यंग भीग रहे थे। उन्हें पानी में छप छप करते देख ऐसा लगा जैसे न जाने कब से वे भी तो बस इसी समय का इंतजार कर रहीं थीं कि कब ये जबरन लादे गए सालों पुराने जंग खाए आदर्शवाद का मुलम्मा छोड़ने का मौका मिले और कब वो अपनी ही कैदों से आजाद होकर मनमर्जी से उड़ान भर सकें। हाँ, सचमुच, सालों बाद आज पहली बार उन्हें अपने सूखते जीवन में कोंपलें फूटने का अहसास गहराया।

आओ माँ! हम परी हो जाएँ

*

रोहिणी अग्रवाल

मीना ने चारपाई के नीचे से घसीट कर बक्सा अपनी ओर खींच लिया है। छाँट कर दो फ्रॉकें निकाल लीं। एक नारंगी और एक गुलाबी। गुलाबी रंग कित्ता तो फबता है उस पर। बाबू जी कहते हैं, मेरी गुलाबी गुड़िया। और बाहें फैला कर उनके सीने से जा लगती है वह—"बाबू जी, बाहर घुमा लाओ न! मेरी सहेलियों ने सरकस देख भी लिया है। इत्ते बड़े-बड़े भालू। पता है, साइकिल चलाते हैं। हमने तो सिरफ डुगडुगी वाले मदारी बाबा का बुड्ढा भालू देखा है—बस, टाँगें उठा कर खड़ा हो जाता हे। ऐस्से...। कोई नाच हुआ? उससे अच्छा नाच तो बंदर कर लेता है। सच्ची बाबू जी, ले चलो न! पता है, वहाँ शेर भी है। सच्ची-मुच्ची का असली शेर। ऐसे आग में कूदता है कि हाय दइया! बाबू जी, हमें-तुम्हें वो कुछ नहीं कहेगा। वो उसका मालिक होता है न, क्या कहते हैं उसे, रिंग मास्टर, उससे डरता है। वो कहेगा, 'सिट' तो बैठ जाएगा, डॉक्टर अंकल के टॉमी की तरह।"

बाबू जीने हँस कर उसे पीठ पर झुला लिया—"हाँ, हाँ, ले चलेंगे। अभी दफ्तर में बहुत काम है न।"

वह ठुनक गई थी—"हमें पता है, हमेशा बहाना बना कर टाल देते हैं। पिछली बार जादू का खेल दिखाया? सब ने, सब्भी ने देखा। बस, हमें नहीं दिखाया।" वह रुआँसी हो गई।

बाबू जी ने पीठ से उतार कर उसकी नन्ही-नन्ही हथेलियों को अपने खुरदरे हाथों में कस लिया—"अब की प्रॉमिस। पक्का वादा। बीस दिन बाद आएगा नया महीना। फिर चलेंगे मिल कर चारों।"

मीना हँस दी—"बाबू जी, माँ, मुन्ना और मीना।" और आठ बरस के मुन्ना

की उँगली पकड़ कर बाहर भाग गई, "चल मुन्ना, तितली पकड़ें।"

गुलाबी फ्रॉक मीना ने बक्से में धर दी। सारी फ्रॉकों के नीचे। बक्से का ढक्कन बंद कर वापिस चारपाई के नीचे खिसका दिया। उठी। चारपाई से तौलिया उठाया। नहा कर स्कूल के लिए तैयार होना है। आज का दिन सारी लड़कियों के लिए खास होता है। शनीचर है न आज। महीने का चौथा शनीचर। आज वर्दी पहन कर न जाओ तो बहन जी कुछ नहीं कहतीं।आज के दिन सारी लड़कियाँ रंग-बिरंगी तितलियाँ लगती हैं—बड़ी बहन जी ने कहा था एक बार। वह फुदकने लगी थी तब। मन हुआ था पंख फैला कर फूल-फूल के पास जाकर कहे—मैं आ गई। आओ, खेलें। आओ, गाएँ।

मीना नहानघर से वापिस लौट आई, बिना नहाए। बेसब्री से चारपाई के नीचे से बक्सा घसीटा। बेचैनी से खोला। जाने क्या छूट गया था। जाने क्या ढूँढना था। तेज़ी से सारे कपड़ों को गठरी बना कर भींच दिया। गुलाबी फ्रॉक बक्से की तली में मुस्करा रही थी।

"मैं जानती थी तुम आओगी मुझे लेने। आओ मीना।"

मीना ने बहुत प्यार से उसे उठाया। सहलाया। सीने से लगाया। जाने क्या बतकहियाँ थीं जो चुप-चुप चल रहीं थीं। मीना की आँखें भर आईं। फ्रॉक मुट्ठी में भींच ली उसने और तली पर बिछे अखबार के नीचे दफन कर दी।

"लो! लो!" गठरी बने कपड़ों को नोच-नोच कर फेंकती रही उस पर, मानो हथौड़े से कील ठोंक रही हो—"लो! लो! हो गया न तुम्हारा ताबूत तैयार! फिर कभी सिर निकाला तो...!' मीना की आँखें आँसुओं से लबालब भर उठीं। झिलमिल आँसुओं में इंद्रधनुष के सातों रंग झिलमिला गए। फिर बन गए फ्रॉकें—लाल, पीली, नारंगी, गुलाबी, नीली, बैंगनी, चटक जामुनी, उजली गोरी सफेद फ्रॉकें नाचने लगीं—ता थै तत त्था...थिरकते पैरों में बँधे रुनझुन घुँघरुओं ने उन्हें शाबाशी दी—हाँ हाँ, झूमो न! ऐसे ... ऐसे... और खूब-खूब घेरे वाली फ्रॉकें हुलस-हुलस कर गोलाइयों में फैल गईं ज्यों छतरियाँ तन गई हों—नाचती-फुदकती।

मीना हमेशा माँ से ज़िद लगा कर बैठ जाती थी—"थोड़ा और घेरा न, माँ। नाचते हुए घुमेरी खाते हैं तो पता है फ्रॉक का घेरा कितना फैल जाता है? इतना।" उसने हाथ से घेरा बनाया। नहीं, इससे भी बड़ा।

"पता है माँ, लड़कियाँ कहती हैं, जिसका घेरा जितना ज्यादा फैलेगा, बड़े होकर उसे उतना ही सुख मिलेगा।"

माँ ने सिलाई मशीन का हत्था रोक कर उसकी तरफ देखा—"अच्छा!"सूई

से धागा निकल गया था शायद। आँख गड़ा कर धागा डालते-डालते कहा—"जाने कहाँ-कहाँ से बेसिर-पैर की बातें सुन कर आती है।"

"सच्ची माँ।" मीना ने गले को दो उँगलियों से कस कर जैसे कसम खा कर बात की सच्चाई जुटानी चाही हो। फिर क्या तो सोच कर चुपा सी गई। एकटक मशीन पर झुकी माँ को देखती रही—"तुम बहुत तंग घेर वाली फ्रॉक पहनतीं थीं, माँ?"

माँ चौंक गई। 'अरे! आज तो आखिरी शनीचर है न?'

"हाँ।" पराँठे को दाँतों से कुतरते हुए मीना ने अनमना सा जवाब दिया। आज उसे कटोरदान नहीं ले जाना है। जल्दी छुट्टी हो जाएगी न! पहले तो...

"फिर आज स्कूल की वर्दी क्यों पहन ली? बाकी कपड़े क्या हुए?"

मीना ने कुछ नहीं कहा। सिर्फ घूर कर माँ को देख लिया। फिर अपने को। आसमानी रंग का कुर्त्ता, सफेद सलवार और पिन से टाँका सफेद दुपट्टा। छि:! माँ ने भी मीना की नज़र से मीना को ताका। "ठीक है। ठीक है। नए कपड़े बनवा देंगे। बस, चार दिन ही तो रह गए हैं नया महीना आने में। जैसे ही तनखा मिलेगी, सबसे पहले तेरे दो सलवार-कुर्त्ते बनवा दूँगी।"

मीना बस्ता उठा कर गली में आ गई। चार दिन रह गए हैं। तब बाबू जी ने क्या कहा था—बीस दिन रह गए हैं। नए सलवार-कुर्त्ते क्यों? सरकस क्यों नहीं? वह मचलना चाहती है। रूठ कर बाबू जी के सीने में जा दुबकना चाहती है—मुझे सरकस जाना है। आपने वादा किया था। बाबू जी की पीठ पर लद कर वह अपनी हर ज़िद पूरी करना चाहती है। लेकिन बाबू जी हैं कि...। बाबू जी ऐसे क्यों हो गए हैं? इतने पराए-पराए? किसी और के बाबू जी से। उसे देखते हैं तो पता नहीं कैसी नज़रों से देख कर दूसरे कमरे में चले जाते हैं। ज़िद में आओ तो ठंडी आवाज़ में धमका देंगे—"बड़ी हो गई हो। बच्चों की तरह ठुनकना शोभा नहीं देता।" और वह वहीं जम जाती है। चाहती है पूछे, क्या मैं अकेली ही बड़ी हुई हूँ? मेरे साथ-साथ क्या आप भी बड़े नहीं हुए? मुन्ना बड़ा नहीं हुआ? बड़े होने से क्या मैं आपकी बेटी नहीं रही? या आप मेरे बाबू जी? वह अपने आँसुओं को जब्त करके एक सवाल तो कर ही डालना चाहती है कि बाबू जी, अगर मैं बड़ी हो भी गई तो बताओ, इसमें मेरा क्या कसूर है? वह हर कसम खा कर उन्हें विश्वास दिला देना चाहती है कि वह कतई 'बड़ा' नहीं होना चाहती थी। कि उसे पता होता, बड़े होने के बाद छोटा होना कैसे हुआ जाता है तो वह ज़रूर-ज़रूर छोटी हो जाती। जिस बड़े होने से वह खुद, माँ,

बाबू जी, सारा घर दुखी हो जाए, ऐसा बड़ा होना उसे कभी-कभी नहीं चाहिए। लेकिन सबकी सारी फरियाद क्या भगवान सुनता है?

पहली बार जब मीना आसमानी कुर्त्ता, सफेद सलवार और पिन से टंका सफेद दुपट्टा पहन कर स्कूल गई, सहेलियाँ सकते में आ गई थीं।

"तू भी?" उन्होंने कुछ जल्दबाज़ी में कहा था, कुछ नाराज़गी में और शायद थोड़ी सी हिकारत से—"इतनी जल्दी?" और अपने-अपने बस्ते लेकर कुछ दूर सरक गईं थीं, मानो छुतैली हो वह। छू गई तो वे भी...। उसका मन हुआ था बुक्का फाड़ कर रो पड़े। जात-बाहर! वह तो तरसती निगाहों से उनकी फ्रॉकों के घेर देख रही थी। नाचेंगी तो तितलियों सी उड़ने लगेंगी। और मैं? बाँस सी सीधी! तनी! छूंछी! 'बड़ी' लडकियों ने उसे पनाह दी थी। पहले बस्ता सम्भाला। फिर उसे।

"कोई बात नहीं। सबके साथ होता है।" उन्होंने उसे पुचकारा था। मीना रो पड़ी थी। इसलिए नहीं कि सहेलियों ने उससे कन्नी काट ली थी। इसलिए कि अब वह भी 'बड़ी' लड़की बन गई थी। बड़ी लड़की। फ्रॉकों में उड़ती वे तितलियाँ इन 'बड़ी' लडकियों को हिकारत से देखतीं थी। पता नहीं क्यों? वे उन्हें अजूबा लगतीं थीं। और अजनबी।

"इनके साथ ज्यादा बात नहीं करनी चाहिए।"

"क्यों?"

"ये गंदी होती हैं।"

"गंदी! कैसे?"

"पता नहीं। माँ कहती हैं।"

"..."

"सुन।"एक फुसफुसाहट।

"पता है, इन्हें खून आता है।"

"हैं!" चिहुँक कर वे चारों बिखर गईं थीं। समझ नहीं आया, च्च च् कर दया करें, दइया रे! कह कर हैरानी जताएँ या चीख कर डर जाएँ। बस, किया यह कि मुक्ति की गहरी साँस भर ली। शुकर भगवान का। मैं गंदी नहीं।

मीना चाह कर भी वह दिन भूल नहीं पाती। काला! राक्षसी दिन! वह तो उस दिन भी और दिनों की तरह बेफिक्री से उठी थी। मस्ती में नहाई थी। लापरवाही से मैले कपड़ों को नहानघर में ही फेंक कर ठुनकते हुए दूध पीती रही थी। कूदती-फाँदती स्कूल गई थी और नाचती-दौड़ती घर लौटी थी—"भूख! भूख!"

बस्ता वहीं फेंक कर वह सीधे चौके में घुसी थी। माँ ने रोज़ की तरह आँखों ही आँखों में प्यार से उसे नहीं छुआ था। ज़रूर बाबू जी से लड़ाई हुई होगी। वह सहम गई थी। माँ को गुस्साना ठीक नहीं। पटरा खींच कर उसने चुपचाप खाली थाली माँ के आगे सरका दी।

"परस दो।" उसने नहीं, थाली ने कहा। माँ ने परस दिया। फिर लछमन रेखा खींच थाली उसकी ओर ठेल दी—"ले! खा ले! फिर बात करनी है तुझ से।"

उसने रोटी की ओर हाथ बढ़ाया तो भक् से लछमन रेखा जल उठी। माँ का इतना पीला निचुड़ा चेहरा! बाबू जी से लड़ाई हो तो माँ लाल-लाल दीखती हैं। ज्यादा ही बड़बोली। सिर्फ जुबान नहीं, हाथ-पैर भी बोलने लगते हैं, चूड़ियाँ और पायल भी। माँ ने उसका हाथ खींचना देख लिया। उसका पोर-पोर बोल पड़ा—"एक ही दिन में औरतों की तरह नखरे करने भी सीख लिए। सारी उम्र कम थी इस नरक में घिसटने की जो इतनी जल्दी आ मरी।"

मीना सिर्फ ताकती रही। उल्लुओं की तरह। ज़रूर कुछ गड़बड़ बात है।

"अब खेलने-कूदने के दिन खतम हो गए तेरे। बड़ी हो गई है तू।"

"मैं तो जितनी कल थी, उससे बस एक ही दिन बड़ी हुई हूँ माँ।"मीना ने माँ को याद दिलाना चाहा—अभी कल ही तो माँ कह रही थी बाबू जी से, बच्ची है, सरकस ले जाना। अब नहीं देखा तो कब देखेगी? और आज...माँ का हिसाब बड़ी गड़बड़ चीज़ है। पता नहीं क्यों, नाना ने ज्यादा क्यों नहीं पढ़ाया।

"एक दिन ही बड़ी हुई होती तो रोना काहे का था री नासपीटी। तू तो पूरी एक उमर बड़ी हो गई। औरत बन गई री तू, औरत!"

"औरत!"वह फिक्क से हँस दी। माँ अगर सख्त-सख्त मुँह बना कर उसे डराने का नाटक करेगी तो वह सचमुच डर थोड़े ही जाएगी।

"औरत तो वो होती है न माँ जो बिंदी-सुर्खी लगा कर, मेहँदी रचा कर, चमकीली ज़रीदार लाल साड़ी पहन कर बन्ने के पीछे-पीछे चादर की गाँठ से बँधी रोती-रोती सासरे जाती है।"

"और फिर जो रोती है तो ज़िंदगी भर आँसू थमते नहीं।"

मीना को बात समझ नहीं आई। लेकिन बोझ कहीं उड़ गया। साथ ही उड़ गई लछमन रेखा। थाली सीधी अपनी गोद में रख ली और बड़े-बड़े कौरों में रोटी निगल भाग जाने को हुई—"मैं बाहर जा रही हूँ खेलने।"

माँ ने कस कर हाथ पकड़ लिया—"कहा न, खेलना-कूदना बंद। धम-धम उछलना बंद। सुबह-शाम अँधेरे में घर से निकलना बंद। लड़कों-मर्दों से घुलना-मिलना बंद।"

मीना को लगा माँ कह रही है -हँसना बंद! चहकना बंद! खिलना बंद! साँस लेना बंद!

मीना ढीठ सा मुँह बना कर कमरे में चली आई। आने दो बाबू जी को। क्या समझती हैं माँ। ऐसी शिकायत लगाऊँगी कि...। बाबू जी आए। माँ ने पहले ही झपट लिया उन्हें। फुस-फुस! फुस-फुस! कित्ती देर! माँ की तो आदत है ज़रा सी बात को खींच-खींच कर फैलाने की। पड़ोस की मिश्रा आँटी की बात ऐसे चबा-चबा कर बताएँगी कि बाबू जी झल्ला जाते हैं—"औरतों की बातें! शैतान की आँत की तरह बढ़ती ही रहेंगी क्या? मेरा सिर न खाओ भई। दो घड़ी चैन ले ले आदमी, सो भी इन औरतों को मंज़ूर नहीं।" बाबू जी उसे और मुन्ना को दुलार कर माँ को भगा देते हैं। लेकिन आज...माँ ने शायद मिश्रा आँटी की जगह कोई और बात शुरू की है। बाबू जी के लिए नई बात। इसलिए तो इतने ध्यान से सुन रहे हैं। लो, उनका चेहरा भी लटक गया। हो गई छुट्टी। अब बाबू जी के पास जाकर मार थोड़ेई न खानी है। मीना दांत से नाखून कुतरती जस की तस बैठी रही। आज घड़ी चल ही नहीं रही। रात भी तो नहीं आ रही। वही आ जाती तो मजबूरन दिन को चले जाना पड़ता। बच्चों का हो-हल्ला कानों को चीर रहा था।

"बोल मेरी मछली, कितना पानी?"

"गोडे-गोडे पानी।" मीना ने खिड़की से झांक कर देखा—गोडे-गोडे पानी में तैरती मछलियाँ...फिर गले-गले पानी में तैरेंगे...फिर...खिड़की के सींखचों पर उसके हाथ कस गए। ज़मीन में जड़े पैर लरज रहे थे। ज़रा भी पानी नहीं। समूची देह थरथरा उठी। पानी नहीं तो वह जिएगी कैसे? पैर-पैर पानी होता तो भी...जल बिन मछली की तरह उसकी देह फड़फड़ा उठी।

"बाबू जी, सरकस ले चलो न!" नया महीना आने में अभी सात दिन हैं। लेकिन मीना अधीर हो उठी है। वह क्लास की 'बड़ी' लड़कियों से, खिड़की के ठंडे काले सींखचों से, सलवार-कुर्त्ते-दुपट्टे के नागपाश से मुक्त होकर भालू, शेर, हाथियों और बंदरों के साथ उस दुनिया में खो जाना चाहती है जहाँ सब बराबर होते हैं। कोई बड़ा-छोटा नहीं होता। जहाँ सब मीत होते हैं, कोई 'गंदा' नहीं होता। बाबू जी ने न न की, न हाँ। बस, प्यार से घुड़क दिया—"बड़ी हो गई, मोई। बच्चों सी हरकतें शोभा नहीं देतीं।"

मीना को घुड़की भरा प्यार नहीं चाहिए। प्यार भरा प्यार!

बड़ा होने पर बहुत सी भली चीज़ें छिन क्यों जाती हैं?

आज शनीचर है न। इसलिए आधी छुट्टी में ही पूरी छुट्टी हो गई है। कुछ लड़कियाँ एक-दूसरे को धकियाती स्कूल के बड़े गेट से निकल कर सबसे

पहले सड़क पर आने की होड़ में लगी हैं। कुछ भाग कर उस नीम के पेड़ के नीचे जमा हो गईं हैं। पी टी आई बहन जी और म्यूज़िक बहन जी वहाँ कुर्सियाँ लगवा रही हैं। गुरु जी अपने साजिंदों के साथ आ गए होंगे। ज़रूर बड़ी बहन जी के कमरे में चाय पी रहे हैं। चार लड़कियाँ मिल कर बड़ी सी पेटी ला रही हैं। म्यूज़िक बहन जी ने ढक्कन खोला तो शहद की मक्खियों की तरह सब उस पर टूट पड़ीं। जल्दी-जल्दी अपनी पसंद के घुँघरुओं पर कब्जा जमा लो। बाद में आने पर गूंगे घुँघरू मिलते थे। पैर हिलाओ और छनन छन छनन छन का नाद न फूटे तो घुँघरू पहने न पहने। मीना मरभुक्खों की तरह पेटी पर नहीं टूटती थी। बाबू जी ने पार साल उसे नए घुंघरुओं का जोड़ा लाकर दिया था। क्लास में फर्स्ट आई थी न। बाबू जी ने जुबान दी थी—"जो माँगेगी मिलेगा। लेकिन बेटा, बाप की हैसियत देख कर माँगना।" मीना शाबाश औलाद है। बाबू जी को तंग क्यों करती? उसने कहा—"बाबू जी, घुँघरू। वो लता है न मेरी सहेली... और निशा। दोनों नाच सीखती हैं। ता थै ता थै—नाचती हैं तो मेरा भी मन होता है नाचने को। ऐसे..." उसने फ्रॉक का घेर फैला कर सहेलियों से सीखी नाच विद्या का नमूना पेश किया तो बाबू जी हँस दिए—"हो हो! राजा बेटा नाच सीखेगा। ज़रूर भई।"और उन्होंने घुँघरू ला दिए थे। साथ ही नाच सीखने की अतिरिक्त फीस भी—"राजा बेटा की खुशी में हमारी खुशी।"मीना की आँख में एक नन्हा सा तरल मोती झिलमिला गया। अब मुन्ना राजा बेटा बन गया है। वह तो बड़ी हो गई है न। बेटी भी नहीं रही। औरत! माँ कहती है।

मीना के बस्ते में पड़ा घुँघरुओं का जोड़ा गेट के पास आकर अड़ गया—नहीं, उधर चलो। देखो न, गुरु जी ने तबले की थाप पड़ते ही ताली बजा कर ता थै ता थै कहना शुरु कर दिया है। मुझे बाँधो मीना। घुँघरू झनन झन झनन झन झनझनाने को बेचैन थे। मीना न बाँधती तो खुद झुक कर उसके पैरों में लिपट जाते। मीना ने सुन लिया। सुन कर अनसुना कर दिया। घुँघरू ज़ोर-जा.र से बज उठे। मीना ने उनके होंठों पर उँगली रख दी—'अच्छे बच्चे!'

वे अच्छे बच्चे नहीं थे। घुँघरू थे। सो झनझनाने लगे -झनन झन! झनन झन! झनझनाते रहे।

मीना को लगा सिर धुन रहे हैं। माथा पटक रहे हैं। पत्थरों पर। चट्टानों पर। धरती पर। लहूलुहान हो गए हैं। लहूलुहान हो गई हैं चट्टानें! पत्थर! धरती!

"अब वे चुप हो जाएँगे।" सड़क पार कर गली में आते हुए मीना ने सोचा। "जब सारा खून बह जाएगा न, तब साथ ही बह जाएगी शोर करने लायक आवाज़।"

नहीं, इतनी बड़ी-बड़ी बातें कहने-सोचने जित्ती बड़ी अभी नहीं हुई मीना। यह बात तो बाबू जी ने कही थी। ठीक यह बात नहीं। ऐसी सी बात। उससे नहीं। माँ से। उसके लिए। माँ ज़रा सी पिघली थी—"बच्ची ही है आखिर! साल-दो साल और सीख लेगी तो क्या बिगड़ेगा। उसके साथ की 'बड़ी' लड़कियाँ भी तो सीखती हैं।"

बाबू जी बिगड़ गए थे। जताते हुए कि उसके नाच सीखने से भला क्या-क्या नहीं बिगड़ेगा। "मुझे अपनी लड़की नचनिया नहीं बनानी। पतुरिया की तरह कूल्हे मटकाए और लोग देख-देख कर सीटियाँ बजाएँ।"

बाबू जी यकीनन मीना को नहीं, किसी और को नाचता देख रहे थे। यकीनन सीटियाँ कोई और नहीं, खुद बाबू जी बजा रहे थे। पर यह बात कोई और नहीं जानता था। जानते थे बाबू जी। क्यों बताते किसी को?

माँ माँ की तरह पिघलती रही—"पतुरिया की बात कहाँ से आई? स्कूल में सीखती है। सारी भले घर की लड़कियाँ हैं।"

"पतुरिया भी माँ की कोख से पतुरिया पैदा नहीं होती। भले घर की लड़की होती है।"

माँ ने जवाब देकर जाती हिम्मत का एक कोना पकड़ लिया—"वैसे आजकल नाच को बुरा नहीं समझा जाता। क्या कहते हैं इसे-डांस। हुनर है। ज़माना बदल गया है..."

"ज़माना बदल गया है, इसलिए तो कहता हूँ लड़की पर नज़र रखो।" बाबू जी गुर्राए। "गुंडागर्दी के मारे बुरा हाल है। और कहीं इसी के पर निकल आए तो...।"

बाबू जी की गुर्राहट से माँ थर-थर काँप उठी। माँ की उँगलियों में फँसा हिम्मत का छोटा सा कोना फिसल कर ज़मीन पर जा गिरा। माँ बकरी की तरह मिमियाने लगी—"मैं तो लड़की का मन रखने के लिए कह रही थी।"

"लड़कियों का मान बड़ा होता है। मन नहीं। समझी। रोती है तो रोने दो। रो-रो कर थक जाएगी तो आप ही चुप हो जाएगी।"

पता नहीं कब मीना घूम कर फिर सड़क पर आ गई। सड़क के पार स्कूल का गेट था। बंद गेट में छोटी सी खिड़की खुली थी। धीरे-धीरे वह उस खिड़की तक आई। अंदर गई। नीम के पेड़ तले तितलियाँ पंख फैला कर नाच रही थीं। इशारे से लता को बुलाया। उसके गूँगे घुँघरू चेहरे पर चिपके हुए थे। मीना ने बस्ते से निकाल कर अपने घुँघरू उसे थमा दिए और तेज़ी से गेट पार कर गई। सिर धुन-धुन कर लहूलुहान हुए घुँघरू अब खनक रहे थे। हुलस रहे

थे। वे जी गए थे। "मीना! मीना!"

लता के पैरों से लिपट कर अब वे लता बन गए। अपने को पुकारने लगे। लता! लता!

"माँ, मैं ज़रा देर को सामने वाले पार्क में झूला झूल आऊँ?" आधी छुट्टी में पूरी छुट्टी हो जाने से दिन चलना भूल गया था। शायद भीड़ में उलझा किसी जमूरे के करतब देख रहा हो या भालू का नाच। हो सकता है मदारी के हाथ से डुगडुगी लेकर उसी ने भालू को नचाना शुरू कर दिया हो। दिन क्या कुछ नहीं कर सकता! उसे रोकने-टोकने वाला कौन है? मीना दिन होती तो डुगडुगी बजा कर भालू को जरूर नचाती। इत्ता बड़ा भालू! काला! खूंखार! तुम्हारी डुगडुगी के इशारे पर नाचे, सोच कर गुदगुदी होती है न!

दिन ने पता नहीं दिन भर क्या किया। मीना अपने काम गिना सकती है। सबसे पहले उसने आते ही माँ के साथ कपड़े धुलवाए। माँ के मना करते-करते भी कपड़े निचोड़े, बाहर तार पर फैलाए। फिर झाड़ू लेकर दूर तक आँगन का पक्का फर्श धो डाला। तनिक साँस लेकर माँ के साथ मटर की फलियाँ छिलवाईं। आटा माँडा। बाद में दो-तीन मुक्कियाँ मार कर माँ ने उसे मनलायक कर लिया। बस्ता खोल कर स्कूल का काम किया। अगला पाठ पढ़ा। मुन्ना की किताबें उलटीं-पलटीं। माँ इस बीच पुलक-पुलक कर उसे असीसती रही थी—"मेरी रानी बेटी! चाँद से राजकुमार को ब्याहेगी। सोने के झूले में झूलेगी।"

"झूला!" मीना को अचानक झूले की याद हो आई। "माँ, मैं ज़रा देर को सामने वाले पार्क में झूला झूल आऊँ?"

माँ की शायद आँख झपक गई थी। उसने फिर से दोहराया। पता नहीं, माँ कैसे सो जाती हैं। उसे तो आजकल रात को भी नींद नहीं आती। नींद आ जाए तो उसके साथ ही डरावने सपने चले आते हैं। सारे पेड़, सारे पत्थर, सारी सड़कें, सारे पिछवाड़े, सारी हवा, सारी धूल जैसे गुंडे बन जाते हैं। उससे छेड़छाड़ करने लगते हैं। और वह पिन से टंके दुपट्टे को छातियों पर और भी कस कर, घुटने तक लम्बे कुर्ते को पैरों तक लम्बा खींच कर अपने को कपडों में छिपा लेना चाहती है। वह मीना नहीं, कोई अनचीन्ही औरत बन जाती है। फिर कपड़ों की गठरी और फिर...वह हाँफ कर नींद से उठ खड़ी होती है। मीना! मीना! अपने को आवाज़ देकर वह जगा लेना चाहती है। "तुम ठीक हो न!"अपने से बतिया कर अपने को दुरुस्ती का हाल बताना चाहती है। "देखो, ये रही तुम्हारी बाहें, हाथ-पैर, आँख-नाक-कान..." अपने अंगों को टटोल-टटोल कर छू-छू कर वह

गठरी के हादसे को भूल जाना चाहती है।

"नासपीटी, तुरई की बेल की तरह बढ़ कर छाती पर मूँग दले जा रही है। दो घड़ी साने की कोशिश करूँ तो वो भी जरा नहीं जाता।" माँ नींद में ही बुड़बुड़ाई—"खबरदार, जो घर से बाहर पैर किया तो।" और नींद में डूब गईं। उन्हें विश्वास था कि 'खबरदार 'मुस्तैदी से दरवाज़े की चौकसी करेगा। 'खबरदार' के होते मीना की हिम्मत नहीं, चूँ तक भी कर जाए।

"जिज्जी! जिज्जी!" मुन्ना हाँफता-हाँफता दौड़ा आया। चेहरा उत्तेजना से लाल। स्वर हर्ष से काँपता हुआ। "देखो, मेरे पास क्या है?" उसने सिकंदर के अंदाज़ में जिज्जी को बंद मुट्ठी दिखाई।

"क्या है?" मीना उत्सुक हो गई। बिल्कुल मुन्ना के करीब। मुन्ना की उम्र की फ्रॉक पहन कर।

"देखो।" मुन्ना ने दूसरे हाथ की ओट करते हुए बंद मुट्ठी धीरे-धीरे खोली। मीना को चटक रंग दिखे, बस। और कुछ नहीं।

"क्या है?" उसकी अधीरता बढ़ गई

"तितली।" मुन्ना की दो उँगलियें के बीच कांपती-फड़फड़ाती रंगों की पुड़िया थी। अधमरी! जीवन की याचना करती!

"मुन्ना!"

पता नहीं मीना को क्या हुआ कि ज़ोर का झन्नाटेदार झापड़ मुन्ना के गाल पर रसीद कर दिया उसने। और कुछ समझ-बूझ कर मुन्ना रोए, उससे पहले आप ही फूट-फूट कर रोने लगी।

मीना झूले पर बैठी झूल रही है। संग-संग हवा। हौले-हौले दोनों जाने क्या बतियातीं। हवा ने कुछ कहा और खिलखिलाकर भाग खड़ी हुई।

"शैतान!" मीना हँस कर झूले पर खड़ी हो गई। "अभी चखाती हूँ मजा.।" और तेज़ी से शरीर एक ओर झुका कर पींगें बढ़ाने लगी। दाएँ-बाएँ... यहाँ-वहाँ...मीना और पींग! बेसुध सी वह हवा को भूल गई। बढ़ती गई आगे... आगे...और आगे।

नीला आसमान दोनों बाहें फैला अगवानी में खड़ा हो गया उसकी।

"आओ!" उसने पुकारा।

"अभी आई।" मीना ने पींग बढ़ा कर एक डग आगे रखा।

"बस, एक कदम और!" बूढ़ा आसमान दादा जी की तरह एक कदम पीछे सरक गया।

वह मचल उठी—पैर और शरीर एक लय में पीछे की ओर झुक कर तेज़ी से सीधे हो गए। "अब पकड़ा।"

"उहूँ!" दादा जी ने अपना नीला अँगूठा दिखा दिया।

"मीना किसी भी चुनौती से घबराती नहीं। बहुत जीवट वाली बिटिया है हमारी।" अपने दोस्तों के सामने नुमाइश लगा कर बाबू जी अक्सर उसकी खूब तारीफ किया करते हैं। मीना की छाती दुगुनी चौड़ी हो जाती है और हौसला सैंकड़ों गुना। बूढ़े आकाश दादा को शायद मीना के हौसले का पता नहीं।

"अभी पकड़ लेती हूँ, दादा जी!" मीना ने रस्सियों को कस कर थाम लिया और पटरे पर सख्ती से पैर जमा दिए, "बस, आखिरी पींग और, फिर दादा जी की गोद!"

लेकिन यह क्या! पैरों तले से पटरी ही खींच ली किसी ने। हड़बड़ा कर मीना ने शरीर का सारा वज़न रस्सियों पर डाल दिया। नहीं, गिरूँगी नहीं। रस्सियाँ हैं न। उसने टूटते हौसले को पुचकारा। रस्सियाँ उलझ कर लिपट गईं उसके चारों ओर। नहीं, वे उसे सहारा नहीं दे रहीं। बाँध रही हैं। मीना चीखने को हुई। वह गिर रही है। नीचे! नीचे! और नीचे! पाताल तक सेंध लगाए अँधेरे में। बस, गिर ही तो जाएगी वह अँधेरे की अंधी दुनिया में। बन जाएगी अंधी बहरी बेजान चीज़। काश! वह वक्त को लौटा सकती! दौड़ते पलों को ठहरा सकती!

"बड़ों का कहना न मानने से यही होता है।" माँ कहानियाँ सुना कर आखिर में कहा करती थी और फिर मीठी कहानी को कड़वे उपदेश की घिनौनी चादर में लपेट देती।

"कुम्भीपाक नरक!" वह घिनौनी चादर खुल कर मीना के दिमाग में खट से आ लगी।

"सात-सात परदों में सिमटी रहती हैं सयानी लड़कियाँ। जानती हैं, घर से बाहर कदम रखा नहीं कि घात में बैठा राक्षस उठा कर भाग जाएगा—दूर, दुर्गम पहाड़ की बीहड़ घाटी में। कहेगा, ब्याह कर मुझसे। वरना हो जा पत्थर।"

"परियों की कहानी सुनाओ न!"

माँ कुम्भीपाक नरक का ब्यौरेवार ज़िक्र करने लगती।

"माँ!" वह झकझोर देती माँ को। हमें नहीं सुननी ये गंदी कहानियाँ। परियों की कहानी क्यों नहीं सुनातीं?"

"क्योंकि वे झूठी कहानियाँ होती हैं।" और माँ बिना किसी अवरोध के नरक के अँधेरों और यातनाओं का, कराहों और सड़ांधों का ब्यौरा देती रहतीं।

लोहे की सख्त रस्सियों में बँधी मीना का पोर-पोर पिराने लगा है। वह

कसमसा भी नहीं सकती। बस, आँख खोल कर देख सकती है, खड्ड में धम्म से गिरने में अभी कितनी देर और है। लेकिन कहाँ, अँधेरे में सिवाय अँधेरे के और कुछ दीखता ही नहीं। काश! वह कुछ सोच भी न पाती।

अचानक उजली-उजली दूधिया लकीरें उसके चारों ओर बिखर गईं और गेंद की तरह लुढ़कती उसकी लोहे-सी भारी देह को रूई की गोद ने थाम लिया। वह डर कर और भी सिकुड़ गई।

"डरो नहीं।" रूई के नरम हाथों ने उसके लोहे के सिर को सचमुच का सिर बना कर बालो को संवार दिया—"आँखें खोलो। देखों, मैं हूँ। परी माँ।"

मीना ने झट से दोनों आँखें खोल दीं -परी महल!

"परी माँ!" मीना मचल पड़ी—"मुझे परियों की कहानी सुनाओगी?" माँ को बताएगी वह, परियों की कहानियाँ झूठी नहीं होतीं। वह तो सचमुच की परी माँ से मिल कर आई है। बहुत अच्छी होती हैं परियाँ। कितनी दयालु! कितनी सुंदर!

"परी माँ, तुम्हारे यहाँ सब कोई हैं—परी-रानी, परी-बहन, परी-बेटी, परी-सहेली। फिर परी-बेटा, परी-बाबू जी, परी-भाई क्यों नहीं? वे सब कहीं बाहर गए हैं क्या?"

परी माँ सिर्फ हँस दीं। मीठी-मीठी नरम हँसी। जितना हँसती, उतने ही फूल बन कर चारों ओर बिखर जाते।

"और रोओ तो मोती बन जाएँगे न आँसू।"

मीना को भूली-बिसरी कहानी याद आ गई। हाँ, लता ने ही तो सुनाई थी आधी छुट्टी में। उसने सहमति की आशा में परी माँ की ओर ताका।

"नहीं।" परी माँ का चेहरा सख्त हो गया। "रोने से फूल झर जाते हैं, कलियाँ मर जाती हैं और झरने सूख जाते हैं।"

"अरे!"मीना सब कुछ याद कर लेना चाहती है। लता को ढेरों बातें जो बतानी हैं।

"देख तो, कैसे रोते-रोते लकीरें बन गईं हैं!"

हाँ, मेरे उड़नखटोले की हैं ये लकीरें। हवा में तिरता है न उड़नखटोला तो झूम-झूम के उसके पीछे हो लेती हैं लकीरें।"

"मरी, हर बात को दिल से लगा लेती है।"

मीना के दोनों कान अलग-अलग बात सुन रहे हैं।

"और क्या, तुम जब चाहो इन लकीरों को टेर लेना। उड़नखटोला तुम्हें लिवा ले जाएगा।"

"उठ। उठ री। पता नहीं भूखे पेट नींद भी कैसे आ जाती है?"

"आओगी न परी! मेरी नन्हीं परी। मैं राह तकूँगी तुम्हारी। कैसे नहीं आओगी भला!"

माँ का भरपूर हाथ पीठ को झुला कर हिलाने लगा तो मीना कराह कर जाग उठी -हाय! कितना बेदर्दी से गिराया है उड़नखटोले ने। परी रानी से ज़रूर शिकायत करूँगी। माँ ने एक बार और झकझोर दिया उसे—"कैसी चुडैल सी शक्ल बना रखी है। न पहनने का सऊर, न कंघी चोटी करने का। शकल तो जो दी है राम ने। सब मेरे करमों की सजा।"

मीना पूरी तरह चेत गई। उसको कोसते-कोसते माँ हमेशा अपने को कोसने लगती है। सच्ची! अब वह माँ के पास है। शक-शुबहो की कोई गुंजाइश नहीं। लेकिन देखो न माँ की बात! कहती है, चुड़ैल सी शक्ल! ज़रूर माँ की नज़र कमजोर हो गई है। परी रानी ने जादुई छड़ी घुमा कर कित्ता तो रूप दिया था उसे—झर-झर दिप-दिप करता! उजला-सुनहरा! हाय राम! वह तो किलकी मार कर गूँगी हो गई थी।

"सब का सब मेरे लिए।" इशारों से पूछा था उसने। सिर से पैर तक नहा गई थी वह। लेकिन झर-झर दिप-दिप जो बंद हुई हो।

"मैं डूब जाऊँगी परी-माँ। बस।" उसने चिल्लाना चाहा था, पर गला था कि झर-झर दिप-दिप रूप के गोले निगले जा रहा था। घबरा कर मीना ने आँख बंद कर ली थी। "तुम्हीं हो माता पिता तुम्हीं हो, तुम्हीं हो बंधु सखा तुम्हीं हो"वह बुदबुदाने लगी। माँ ने कहा था जब मुसीबत की घड़ी आए तो भगवान का भजन कर लेना चाहिए। बस, अब तो डूबी कि डूबी। बाबू जी कहते हैं कुछ न सूझे तो गायत्री मंत्रा जप लो। ऊँ भूर्भुवः स्व'...नहीं, वह डूब गई है। औंधी गिर गई है झर-झर दिप-दिप रूप के सोते में। अभी मुँह-नाक-कान तक पानी भर आएगा और वह डुब्ब! मीना ने आँखें खोल दीं।

हाय दइया! आँखें खुलीं तो अपनी ही काया देख विश्वास नहीं हुआ। "ऐल्लो! सिण्ड्रैला की कहानी सच्ची हो गई।"

"हाँ, मेरी भोली बच्ची!" परी माँ ने उसे गले लगा लिया था।

मीना घबरा कर चारपाई से उठ बैठी। अगर सिण्ड्रैला की कहानी सच हो गई तो...। कोयले की कोठरी की सीलन भरी ठंड ने उसे जमा दिया।

"शीशा!" वह तड़प उठी अपनी सूरत निहारने।

"चुड़ैल सी शक्ल!" माँ ने रोज़ की तरह आज भी कहा है उसे। आँखें बंद किए-किए वह शीशे के सामने आ खड़ी हुई।

"तुम मुझमें हो।" शीशा हँस दिया। "हिम्मत है तो पहचानो खुद को।"

मीना ने ज़ोरों से सिर हिला दिया। रुँधी आवाज़ में कुछ कहा ही नहीं गया। चाहती थी कहे, तुम चुपके से कान में फुसफुसा दो न कि मैं कैसी हूँ।

शीशा भाँप गया। "डरो नहीं। तुम सिर्फ मुझे देखो।"

"नहीं, मैं आँख खोलूँगी तो चुड़ैल को देखूँगी।"

शीशा मनुहार करता-करता हार गया। "तुम चुड़ैल नहीं हो मीना।"

"माँ ने क्यों कहा? माँ डाँटती-फटकारती है। पर झूठ नहीं बोलती।"

"मीना!" शीशे ने मीना का हाथ पकड़ कर दुलारना चाहा। लेकिन उसने हाथ झटकार दिया।

"तुम जाओ। मैं रोना चाहती हँ। फूट-फूट कर रोना। मैं अकेली हूँ। मुझे अकेला छोड़ दो।"

शीशा चुप हो आया। अकेली मीना अकेलापन चाहती है। वह उसकी आरज़ू पूरी करेगा। लेकिन रो क्यों रही है? रोए तो नहीं। रोने से झर-झर दिप-दिप अंदर का तेज रीतता है न। "भूल गईं? परी-माँ ने क्या कहा था?" शीशे ने उसे चेताना चाहा। मीना ने न सुनना था, न सुना।

"मैं कितने आँसू बटोरूँ? कितने सहेजूँ? बटोर-सहेज कर रख भी लूँ तो वापिस तुम्हें तो नहीं दे पाऊँगा। एक बार जो हाथ से निकल गया, उसे क्या दुबारा पाया जा सकता है?"

"मीना!" "मीना!" वह चुप नहीं रह सकता। दो कदम आगे बढ़ आया। फिर दो कदम और। मीना सुन ही नहीं रही उसे। देख नहीं रही। शीशा और आगे बढ़ गया और समा गया उसकी दोनों आँखों में। मीना की आँखों के आगे लहरा गया झर-झर दिप-दिप रूप का दरिया। अब की दूना। दुहरा। वह रोते-रोते हँस पड़ी। "मैं हूँ न वही। नन्हीं परी। परी माँ की परी बच्ची। अरे!" वह ताली बजा कर नाच उठी—"मेरे तो पंख भी हैं। मैं उड़ सकती हूँ।" उसने पंख फैलाए तो हाथ-पैर जैसे हल्के होकर लुप्त हो गए। वह तिरने लगी सर-सर फिक-फिक हँसती हवाओं में।

"अरी नासपीटी, क्या चरित्तर रचा रही है शीशे के आगे खड़े होकर। लाज हया तो है ही नहीं आजकल की लड़कियों में। कुलच्छनियाँ पता नहीं क्या-क्या दिन दिखाएँगी।" माँ ज़माने भर का गुस्सा लेकर उस पर बरसती रहती है।

मीना को लगा माँ के मुँह से मोगरे के फूल झर रहे हैं—"बेटी! मेरी तो सारी उमर कट गई इस चारदीवारी में। क्या-क्या नहीं सहा। क्या-क्या नहीं देखा। बड़भागी रही तो किसी दिन बाहर की दुनिया देख सकूँगी वरना तो पता नहीं..."

मीना ने माँ को दोनों बाहों में भर लिया। हाँ, ऐसे मैं माँ को लेकर उड़ सकती हूँ।

माँ का दिल भर आया। भीतर था कुछ जो पसीजने लगा, धीरे-धीरे, "मैं तुझे नहीं कोसती री। अपने को कोसती हूँ। अपने औरत होने को।"

"माँ, तुम मेरे साथ चलोगी?"

"अभागी, तुझे देखती हूँ तो अपना बचपन याद आ जाता है। मरी, मेरी कोख में ही आना था तो लड़की बन कर क्यों आई? क्यों री, जब तक सामने रहेगी, आँसू नहीं सूखने देगी?"

मीना ने सुना—"क्यों री, अपनी परी माँ से नहीं मिलवाएगी?"

तत्परता से सिर हिला दिया उसने—"हाँ माँ, क्यों नहीं। पता है, परी लोक में सब परियाँ होती हैं। बस, परियाँ और परियाँ।"

माँ की आँखों से झर-झर आँसू बहने लगे।

"छि:! रोते नहीं माँ।" मीना ने आँसुओं से अपनी अंजुरी भर ली।

"रोने से फूल झर जाते हैं, कलियाँ मर जाती हैं और झरने सूख जाते हैं।"

इस शहर में मनोहर

*

प्रियदर्शन

फणीश्वरनाथ रेणु का हीरामन अब गाँव में नहीं रहता, शहर चला आया है। बैलगाड़ी नहीं चलाता, कई दूसरे छोटे-छोटे काम करता है। उसका नाम इस कहानी में मनोहर है।

एक ही जगह 5 घंटे तक खड़े रहने के बाद थक गया मनोहर। पहले तो यही सबसे आसान काम लग रहा था। जब सुना कि बस गेट पर खड़े रहकर आने-जाने वालों के कार्ड चेक करना है तो बाँछें खिल गईं। इतने भर काम के लिए 4000 रुपये मिलेंगे। ड्यूटी भी बस 10 घंटे। लेकिन आधे दिन में समझ में आ गया कि मेहनत करना आसान है, चुपचाप खड़े रहना मुश्किल। इतनी थकान तो काम करने में नहीं लगती, जितना खड़े रहकर सबको गुड मॉर्निंग बोलने में लगती है।

मनोहर ने जम्हाई ली। कंधे पर हल्का सा धौल पड़ा। शंकर साथ खड़ा था, 'जम्हाई नहीं सिंघ जी। सिक्युरिटी मैन को एकदम तन कर खड़ा रहना पड़ता है। इसी बात का तो पैसा मिलता है हमलोग को।'

मनोहर तत्काल सतर्क हो गया। 'नहीं-नहीं, जम्हाई नहीं...' फिर खिसियाई हँसी हँसने लगा, 'शंकर जी, यहाँ तो आधा दिन में टाँग दुखने लगी। पहले सोचते थे, बहुत आसान काम है।'

शंकर अभ्यस्त निश्चिंतता के साथ बोला, 'काम तो आसान ही है। पहले दिन दिक्कत होती है। धीरे-धीरे आदत पड़ जाती है। देखिएगा, अच्छा भी लगने लगेगा। बड़ा-बड़ा आदमी इस गेट से आता-जाता है। हम भी पहले दिन बिल्कुल सो गए थे।'

शंकर ने सही कहा था। आने वाले दिनों में मनोहर भी आदी हो गया।

एक जगह खड़े-खड़े पूरा दिन काट देना हालाँकि विचित्र लगता, लेकिन अब तकलीफ नहीं होती थी। कभी-कभी नींद आती, लेकिन उसे मालूम हो गया था कि ऐसे मौकों पर कैसे अपनी आँखें छुपानी चाहिए। फिर बड़े-बड़े लोग भी आते-जाते दिखे थे। शंकर ने ही बताया था, न्यूज चैनल का ऑफिस है। जो लड़कियाँ न्यूज पढ़ती हैं,वे यहाँ से आती-जाती हैं। मंत्री और अफसर भी बोलने आते हैं। मनोहर धीरे-धीरे चमत्कृत हो चला था। वाकई यह एक अलग दुनिया थी। उसकी बेरंग हताश दुनिया से अलग चमकते चेहरों वाली दुनिया, खिलखिलाहटों वाली दुनिया और सिगरेट के धुओं के बीच बनती दुनिया। दफ़्तर में सिगरेट पीना मना था, इसलिए लोग बाहर आकर इसी हिस्से में सिगरेट सुलगाते। उसे हैरानी होती। कुछ लोग हर आधे घंटे पर नीचे चले आते और चुपचाप सिगरेट फूँकते रहते। कुछ के एक हाथ में सिगरेट होती दूसरे में मोबाइल। वे धीरे-धीरे, अपने-आप में मगन, न जाने कहाँ बातचीत किया करते। इन लोगों में लड़कियाँ भी होतीं—सीधी-सादी, सुंदर दिखने वाली ये लड़कियाँ सिगरेट फूँकती हैं, ये पहली बार देखकर वह सदमे में आ गया था। उसे लगा था कि जरूर इनके घरवालों को यह सब पता नहीं चलता होगा। हालाँकि शंकर ने बाद में समझाया था, ये बड़े लोगों की दुनिया इन छोटी-छोटी चीज़ों की परवाह नहीं करती।

उसे फिर भी अच्छा लगने लगा था। वह इन बड़े लोगों की दुनिया को कुछ करीब से देख रहा है। पूरी दुनिया को न सही, कुछ बड़े लोगों को। धीरे-धीरे वह उन्हें पहचानने भी लगा था। मसलन सुबह के वक़्त शिखा मैम आतीं जो दिन में तीन-चार बार उतर कर सिगरेट पीतीं। शाम के वक़्त नमिता पुरी कई बार तेजी से आती-जाती, लोगों से मिलती दिखती। वह देश की बहुत बड़ी पत्रकार है जिससे नेता लोग डरते हैं, ये उसे शंकर ने बताया था।

सबसे ज़्यादा रोमाँच उसे तब हुआ जब उसने रानी मुखर्जी और प्रियंका चोपड़ा को अपने दफ़्तर में आते देखा। वे पास से तो बिल्कुल पहचानी नहीं जा रही थीं। प्रियंका चोपड़ा कुछ ज्यादा बच्ची लग रही थी तो रानी मुखर्जी कुछ ज़्यादा बड़ी। लेकिन दूसरों को बताने के लिए उसके पास ऐसा अनुभव था जिससे उसके दोस्त सिर्फ ईर्ष्या कर सकते थे।

दोस्तों को तो नहीं, लेकिन उसने अपने 12 साल के बेटे को बताया था। त्रिलोकपुरी के एक तंग कमरे का उसका कुछ अंधेरा सा बसेरा बेटे की अवाक मुस्कुराहट से कुछ चमक सा गया, 'पापा, हमें भी बुला लेते। हम भी देख लेते।'

'धत्त पागल, हमको थोड़े पता था, ऊ तो सामने आ गई और सबका

हल्ला सुने तो समझ में आया कि हीरोइन लोग है।' फिर तुरंत बड़प्पन ओढ़कर मनोहर ने जोड़ा, 'और हमको का मतलब ई सिनेमा वाली लड़की लोग से? हमरे यहाँ तो रोज टीवी पर न्यूज पढ़ने वाली लड़की लोग आती-जाती रहती है।'

बेटे ने फिर कुछ गरूर से अपने बाप को देखा जो इतनी अच्छी नौकरी करता है। मनोहर भी खुश हुआ कि खड़े-खड़े चाहे जितनी बोरियत हो, लेकिन उसकी नौकरी उसके बेटे को कुछ खुशी दे रही है।

इस खुशी का कुछ वास्ता इस तसल्ली से भी था कि अब आने जाने वाले लोग उसे पहचानने लगे हैं। सुबह से शाम तक वह भी सबको मुस्कुरा कर गुड मॉर्निंग कहता है, और सब उसको एक उदार मुस्कुराहट के साथ जवाब देते हैं। उसे उम्मीद थी कि जैसे वह सबको पहचानने लगा है, उसे भी सब पहचानने लगे हैं। कल को किसी मुसीबत में ये बड़े लोग उसकी मदद ही करेंगे। हालाँकि उसे पता नहीं था कि ये लोग उसका नाम जानते हैं या नहीं, लेकिन ये भरोसा था कि उसकी नीली कलफ लगी वर्दी में उसकी रोबीली दिखती कद-काठी को पहचानने में उन्हें मुश्किल नहीं होगी।

लेकिन इस दफ़्तर ने उसे खुशी की जो असली सौगात दी थी, वह दूसरी थी। 10 बजे से ड्यूटी बजाते-बजाते जब साढ़े पाँच बज गए थे तब अचानक शंकर ने उसे आवाज़ दी थी, 'मैं स्नैक्स लेकर आ रहा हूँ। फिर तू चले जाना?' स्नैक्स? ये शब्द उसने शायद ठीक से सुना नहीं था या इसका मतलब उसकी समझ में नहीं आया था। बाद में मुँह पोछते लौट रहे शंकर ने समझाया कि यहाँ रोज़ शाम को नाश्ता बंटता है, जिसे स्नैक्स कहते हैं। 'बिल्कुल मुफ़्त का। और ऐसा कि बाहर खरीदो तो कम से कम 50 का पत्ता निकल जाए।' शंकर ने बताया था, 'जाकर लाइन में लग जाना, कार्ड दिखाना और खाने के बाद फिर ड्यूटी पर आ जाना।'

वाकई इस नाश्ते ने उसकी तबीयत खुश कर दी थी। इतना अच्छा नाश्ता तो किसी शादी ब्याह में ही मिलता है। और ये चॉकलेट के रंग का केक तो कमाल का था। हालाँकि खाते-खाते उसे बेटे की याद आई थी और नाश्ते का स्वाद कुछ फीका हो गया था।

और घर पहुँच कर तो यह नाश्ता गुनाह लगने लगा था। क्योंकि जब उसने घरवालों को बताया कि उसे शाम को क्या-क्या खाने को मिला है तो घरवाली तो खुश हुई लेकिन बेटा मायूस। 'पापा, मेरा भी मन कर रहा है खाने का।' और ये मायूसी रुलाई में बदल गई जब माँ ने इतनी सी बात पर बेटे को थप्पड़ जड़ दिया। शायद घरवाली को एहसास था कि दिन भर खटकर 4000

रुपये कमाने वाला उसका शौहर जो स्वाद लेकर लौटा है, वह बेटे के इसरार से बदजायका हो जाएगा।

लेकिन इस थप्पड़ से चीज़ें सुधरी नहीं, बिगड़ गईं। बिना किसी शरारत के थप्पड़ खाने की कसक के साथ हिचकियाँ लेते बेटे को मनोहर ने ही सँभाला और चुप कराया था और वादा भी किया था कि वह उसके लिए ऐसी ही चीज़ ले आएगा।

लेकिन कहाँ से ले आएगा?अभी तो नौकरी शुरू ही हुई थी। वह दो-तीन दिन अनमना रहा। नाश्ता लेनेजाता तो अनमनापन उदासी और अपराध-बोध में बदल जाता। कोई अच्छी सी चीज़ खाते हुए बेटे का खयाल आता। शंकर ने बताया था कि रात की ड्यूटी में यहाँ खाना भी मिलता है, 'बिल्कुल फ्री—रोज़ चिकेन होता है और बाद में कभी मिठाई और हलवा भी।'

लेकिन यह शानदार खबर मनोहर को खुश न कर सकी। उल्टे उसने शुक्र मनाया कि उसकी रात की ड्यूटी नहीं लगती है, वरना ये खाना भी आत्मा को नहीं पचता।

आखिरकार मनोहर ने शाम का नाश्ता भी छोड़ दिया। हालाँकि जितनी भारी पहले दिन की ड्यूटी थी, उतना ही भारी पहली बार नाश्ता छोड़ना था। शाम को साढ़े पाँच बजे के बाद अचानक भूख लग आती। फिर बाकी साथी जाते और खुश होकर लौटते। इसके अलावा शंकर रोज़ पूछता कि आखिर वह जा क्यों नहीं रहा। शुरू के तीन दिन उसने पेट खराब होने का बहाना बनाया, एक दिन मन नहीं होने का और एक दिन नाश्ता पसंद न आने का।

आखिरकार उसने शंकर को सच बता दिया। सुनकर शंकर हँसने लगा। तब तक दोनों में आत्मीयता का धागा औपचारिक संबंधों और संबोधनों को पीछे छोड़ चुका था। 'बुद्धू, इतनी सी बात!' शंकर ने कहा। फिर शंकर ने बताया कि यहाँ नाश्ते की प्लेट ही नहीं, पैकेट भी मिलता है। मनोहर चाहे तो पैकेट ले ले और उसे चुपचाप घर ले जाए। 'हालाँकि किसी को बताना नहीं, चुपचाप ले जाना, वरना पता नहीं, लोग क्या सोचेंगे।' शंकर ने ख़बरदार किया।

उस दिन मनोहर धड़कते दिल से कैंटीन में गया। उसने कैंटीन मैनेजर से कहा कि वो उसे पैकेट दे दे। मैनेजरी देख रहे लड़के ने उस पर उड़ती सी नज़र डाली और उसके हाथ में पैकेट थमा दिया।

मनोहर की जान में जान आई। पैकेट पाकर उसे इतनी खुशी हुई जितनी शायद नौकरी पाकर भी नहीं हुई थी। पाली ख़त्म होने पर पैकेट को बहुत जतन से सँभाले वह आठ बजे निकला। बस की भीड़भाड़ में पैकेट दब या पिस न

जाए, इस डर से उसने दो भरी हुई बसें छोड़ दीं। तीसरी बस आई तो बहुत सँभल कर चढ़ा। बस से उतर कर घर पहुँचा तो चेहरे पर जैसे कोई जंग जीत कर आने की खुशी थी। 'मुन्ना कहाँ है?' मनोहर के स्वर की उत्तेजना से पत्नी कुछ हैरान हुई, लेकिन पत्नी के जवाब से पहले बेटा हाथ में अपनी पुरानी किताब लिए निकल आया, 'पढ़ रहा हूँ। पहाड़े याद करने हैं।'

लेकिन जवाब सुनने की मनोहर को फुरसत नहीं थी। उसने तेजी से पैकेट बढ़ाया, 'ले, तेरे लिए ले आया हूँ।'

पत्नी ने देखा तो पूछना चाहा, शाम को खुद नहीं खाए क्या, लेकिन मनोहर के चेहरे की तृप्ति देखकर चुप हो गई। फिर उसने बेटे को देखा जो पैकेट को खोल चुका था। नरमी से कहना चाहा कि उसमें से कुछ पिता को भी दे दे, लेकिन फिर बेटे का खिला हुआ चेहरा देख वह भी खिल गई।

पति-पत्नी ने एक-दूसरे का चेहरा देखा—ऐसा कोमल चेहरा तो शादी के दिन भी उन दोनों का नहीं था। छोटा सा सुख इतना बाँधता है क्या?

इसके बाद यह रोज़ का सिलसिला हो गया। मनोहर के दिन अचानक शाम की प्रतीक्षा का नाम हो गए। इस बीच उसकी समझ में आ गया था कि जब पैकेट चाहिए तो देर से जाए। पहले प्लेट बंटती है, पैकेट बाद में तैयार होते हैं। पहले वह सहमे अंदाज़ में पैकेट माँगता, फिर धीरे-धीरे बेधड़क माँगने लगा। बेख़बरी में उसे अंदाजा भी न रहा कि लोग उसकी हरकत पर निगाह रख रहे हैं। पहले लापरवाही से उसकी तरफ पैकेट बढ़ा देने वाला लड़का झुँझलाने लगा था। 'ये साले खाते नहीं, घर ले जाते हैं। इनके लिए पैकेट बनाने का क्या मतलब है?

उसके इस सवाल का जवाब देने वाला कोई नहीं था। कौन देता? एक पैकेट पर सबका हक़ है। जो चाहे ले जाए, जिसे खिलाए।

लेकिन मामला इतना आसान नहीं था।

हर जगह खुरपेंची करने वाले निकल आते थे। हर जगह बेमतलब झुंझलाने वाले लोग बढ़ते जाते थे।

हर जगह खर्च कम करने की तरक़ीबें खोजी जाती थीं।

एक दिन कैंटीन में भी ये काम शुरू हो गया।

मैनेजर ने लड़के को तलब किया, 'इतने पैकेट कैसे लग जाते हैं? लोग तो कम दिखते हैं।'

लड़का सहमा हुआ था, लेकिन उसके पास जवाब था, 'एक-एक के कार्ड पंच करवाता हूँ। जो कार्ड नहीं लाते, उनसे साइन करवाता हूँ। लेकिन यहाँ

तो सिर्फ ऑफिस वाले ही नहीं, बाहर वाले भी खा जाते हैं। ये गार्ड ऑफिस के लोग तो हैं नहीं, ये क्यों खाने चले आते हैं?'

मैनेजर लड़के की बात से सौ फीसदी सहमत था। लेकिन ऊपर वालों का आदेश उसके पास था, लड़के के पास नहीं। उसे साफ कहा गया था कि यहाँ सिर्फ स्टाफ नहीं, वे सब खाएँगे जो कंपनी के लिए काम करते हैं। चाहे ठेकेदार के आदमी हों या सिक्युरिटी गार्ड्स हों।

मैनेजर ने लड़के को समझाया, 'देख, उन लोगों को रोकना ठीक नहीं न। सब कंपनी का काम करते हैं। लेकिन ये नज़र रख कि कोई ज़्यादा पैकेट तो नहीं ले जाता। किसी के दुबारा साइन तो नहीं हो जाते।'

बस, लड़के की पुरानी झुंझलाहट जाग गई, 'यहाँ तो लोग खाते ही नहीं, घर भी ले जाते हैं। ये सिक्युरिटी गार्ड्स देखिए। सबके सब पैकेट माँगते हैं। क्योंकि उन्हें घर ले जाना है। या फिर बाहर बेच देना है। ये बेईमानी करते हैं।'

यहाँ मैनेजर ने लड़के से बहस नहीं की, कि वे बेईमानी करते हैं या नहीं। बस, प्वाइंट उसकी समझ में आ गया। ना, इन लोगों को रोकना होगा।

'जो पैकेट माँगे, उसे बता दे कि यहाँ खाने के लिए नाश्ता मिलता है, घर ले जाने के लिए नहीं। बल्कि ठीक से हड़का दे कि वे दुबारा न आएँ।'

बस, लड़के को यही चाहिए था। मैनेजर का हुक्म मिल गया था।

उस दिन शाम हुई, नाश्ता हमेशा की तरह टेबल पर सजा। लोग हमेशा की तरह साढे पाँच बजते कतार में ख़डे हो गए। हमेशा की तरह जब कुछ शांति हुई तो लड़के ने पैकेट बनाने शुरू कर दिए।

पैकेट उन लोगों के लिए, जो साफ-सुथरे कपड़ों में आते हैं और प्लेट हो या पैकेट, लेकर चल देते हैं।

फिर उसकी घड़ी आई।

मनोहर को आते देख उसकी भौंहें तन गईं।

मनोहर को उसने जान-बूझ कर प्लेट बढ़ाई।

मनोहर ने कहा, उसे पैकेट चाहिए।

इसके बाद के उत्तर के लिए मनोहर तैयार नहीं था।

यह उत्तर नहीं, एक तरह से हमला था, ऊँची और कर्कश आवाज़ में, 'पैकेट तुझे क्यों चाहिए? जब प्लेट दे रहा हूँ तो क्या दिक्कत हो रही है? बाहर ले जाकर बेचता है क्या?'

मनोहर बिल्कुल सहम गया। ये तीन वाक्य ऐसे थे जैसे किसी ने गाल पर तीन तेज़ थप्पड़ जड़ दिए हों। वाकई उसका चेहरा लाल हो गया। उसके पीछे

कई लोग खड़े तमाशा देख रहे थे।

उसकी हिम्मत टूट चुकी थी। बस लड़खड़ाती आवाज़ में सच बोल पाया, 'बेचता नहीं हूँ, बच्चे के लिए ले जाता हूँ।'

'बच्चे के लिए ले जाता हूँ!' आवाज़ अब भी उतनी ही कर्कश बनी हुई थी। 'साले, मैं क्या जानूं। क्या करते हो। बेचते हो या बच्चे को खिलाते हो। और बच्चे को खिलाते हो तो बाहर से खिलाओ। सैलरी मिलती है न? फिर कंपनी को चूना क्यों लगाते हो? लो ले जाओ, कल से ख़ुद खाना हो तो आना, वरना पैकेट के लिए मत आना।'

थरथराते मनोहर की हिम्मत भी न पड़ी कि वह पैकेट के लिए इनकार कर सके। उसने झुकी हुई निगाहों से पैकेट लिए और लड़ख़डाता हुआ सा निकला। पता नहीं, कोई उसे देख रहा था या नहीं,लेकिन उसे लग रहा था कि हर कोई उसकी पीठ पीछे उस पर हँस रहा है।

उस दिन बाद के दो घंटे कैसे कटे, उसे पता नहीं चला। एक-एक लम्हा सूई की तरह चुभता रहा। एक-एक लम्हा किसी ब्लेड की तरह छीलता रहा। एक-एक लम्हा किसी हथौड़े की तरह पड़ता रहा। एक ही लम्हे में उस पर न जाने कितने इल्ज़ाम लग चुके थे—वह चोर है, झूठा है, कैंटीन का सामान बाहर बेचता है, कंपनी को चूना लगाता है। वह बुरी तरह परेशान और घबराया हुआ था। कहीं ऊपर शिकायत हो गई और उसकी नौकरी चली गई तो? इसके आगे वह सोच नहीं पा रहा था।

रोज की तरह वह आठ बजे निकला। जो पहली बस दिखी बैठ गया। हाथ में पैकेट था, लेकिन वह पिस रहा था, दब रहा था, उसे परवाह नहीं थी।

रोज की तरह 45 मिनट बाद घर पहुँचा।

रोज की तरह पत्नी ने दरवाज़ा खोला और बेटे ने पैकेट।

लेकिन रोज़ की तरह उसके चेहरे पर खुशी नहीं थी।

पत्नी ने भी पहचान लिया बेटे ने भी।

'क्या हुआ?' पत्नी ने किसी आशंका से पूछा।

उसने हल्का बनाते हुए टालने की कोशिश की, फीकी हँसी हँसता हुआ बोला, 'आज आखिरी बार पैकेट ला रहा हूँ। कल से बंद।'

'क्यों?' दोनों की आवाज़ लगभग एक साथ आई।

क्यों? इस सवाल का ठीक-ठीक जवाब उसे भी नहीं मालूम था।

वह सोच भी नहीं पा रहा था कि उस कैंटीन वाले लड़के ने उसके साथ यह सलूक क्यों किया।

वह नरमी से मना कर देता। वह उसे अलग से समझा देता। लेकिन उसने सीधे उसे बेइज्ज़त किया।

यह गरीब होने की सजा थी? यह क्या था?

उस बरताव की याद आते ही फिर उसने खुद को सँभाल कर कुछ कहना चाहा।

लेकिन आँख भर आई और उसके पहले गला भर आया।

और वह रोता, उसके पहले उसका बेटा बुक्का फाड़कर रो पडा। उसने अपने पिता को इस तरह कमज़ोर पड़ते कभी नहीं देखा था।

जब बाप-बेटे भर आए हों तो पत्नी सूखी कैसे रहती। वह भी बिलख उठी।

आँसुओं का ज्वार थमा तो मनोहर ने बताया, उसे क्या-क्या सुनना पड़ा है।

कहा, आगे से वह कैंटीन जाएगा ही नहीं।

बेटे ने भी जोड़ा, वह ऐसा खाना खाएगा ही नहीं।

माँ ने कुछ नहीं कहा, लेकिन उसकी आँखें बता रही थीं कि अचानक बड़े हो गए बेटे और छोटे हो गए बाप पर उसे कुछ गरूर सा हो आया है।

तीनों ने एक-दूसरे को देखा। कहा किसी ने नहीं, अपने-अपने ढंग से सबने सोचा, छोटा सा दुख इतना बाँधता है क्या?

हीरामन अब भी कसमें खाता है, लेकिन जानता है कि कसमें टूट जाएँगी। दरअसल उसका पूरा वजूद टूटने की किरचा-किरचा दास्तानों से बना है।

मनोहर ने कसम खा ली थी—वह आगे से नाश्ता नहीं लेगा। हालाँकि यह कसम बहुत सारी वजहों से टिकी नहीं।

जिस लड़के ने उसे कैंटीन में बेइज़्ज़त किया था, वह एक दिन आकर माफ़ी माँग गया। शायद उसे एहसास हो चुका था कि अपनी ढिठाई या रंज में उसने एक भले आदमी का दिल दुखाया है। यही नहीं, एक दिन वह अपनी तरफ से उसे पैकेट पहुँचाने भी चला आया।

मनोहर ने पहली बार सख्ती से मना किया, फिर शंकर के समझाने पर ना-नुकुर करता हुआ मान भी गया।

रात को पैकेट लेकर घर लौटा तो पत्नी हैरान हुई, बेटा भी। बेटे ने खाया भी, लेकिन उस दिन उसने राज़ खोला कि ये नाश्ता उसे कुछ खास रुचता नहीं, 'पैकेट तो बड़ा सुंदर होता है, लेकिन पता नहीं,कैसी-कैसी चीज़ें होती हैं जिन्हें खाने का मन नहीं करता।'

बहरहाल, धीरे-धीरे नाश्ते का प्रसंग पीछे छूट गया। इसलिए भी कि एक और बड़ा प्रसंग चला आया। इतना बड़ा कि मनोहर को काफी कुछ सोचने की नौबत आ गई। पहले वह शंकर के साथ दरबानी'करता था, लेकिन कंपनी ने शंकर को कहीं और लगा दिया। अब उसकी जगह एक लड़की आ गई थी—लड़की नहीं, पूरी मेहरारू, जिसका काम उसके साथ पूरी ड्यूटी में खड़े रहना था। कंपनी में आने-जाने वालों को चेक करने का नया फ़रमान आया था और लड़कियों को चेक करने के लिए एक महिला की ज़रूरत थी।

इसलिए सीमा आ गई और वैसी ही ड्रेस में उसके साथ खड़ी रही। सिर्फ खड़ी रही। एक घंटा, दो घंटे, चार घंटे। डरी-सहमी और सकुचाई सी। कुछ न बोले। उसकी तरफ देखे भी नहीं। और तो और,लड़कियों को देखकर भी झेंप जाए। खासकर जिन लड़कियों की ड्रेस कुछ ज्यादा भड़कीली लगे, उनकी तरफ तो उसकी आँख भी न उठे।

लेकिन उस दिन मनोहर को थकान हुई ही नहीं। वह देखता और देखता रहा। सीमा बहुत सुंदर नहीं थी। साँवली थी। चेहरा भी सख्त था। लेकिन फिर भी वह एक महिला थी। अनजान महिला। सहमा हुआ वह भी था, लेकिन यह एक अलग तरह का डर था। कुछ ऐसा न हो जाए जिससे सीमा उसके बारे में कोई गलत राय बनाए। पूरे दिन उसने सुरती तक नहीं फांकी। बाथरूम जाने के लिए भी बहाना कोई और बनाया। बाथरूम में खयाल आया कि सीमा को भी तो ऐसी जरूरत महसूस होती होगी। उसे दया भी आई।

लेकिन उस दिन तो मनोहर को मालूम भी नहीं था कि उसका नाम सीमा है। पहला दिन तो बस चेहरा देखते गुज़रा। चेहरा देखते नहीं, चेहरा छुपाते। आमने-सामने ख़डे होने के बाद भी दोनों एक-दूसरे को नहीं देख रहे थे। जब आने-जाने वाले ज्यादा होते तो यह पता नहीं चलता, लेकिन दोपहर को आधे-आधे घंटे एक-दूसरे से नज़र बचाने में गुज़र जाते। शाम को नाश्ते का समय आया तो मनोहर ने चाहा कि उसे बता दे। लेकिन वह न ख़ुद जा पाया न सीमा को बता पाया।

अगले दिन मनोहर ने शाम को सहमते-सहमते बताया, 'जाइए, नाश्ता ले लीजिए।' वह उसे कुछ हैरान सी देखती रही, फिर उसने धीरे से पूछा, 'किधर?' मनोहर ने हाथ से इशारा कर दिया, फिर अचानक याद करके बताया, 'कार्ड देना होगा।'

दस मिनट बाद सीमा लौटी तो अचानक तृप्त लग रही थी। चेहरे पर संकोच था, लेकिन वह सहमी हुई नहीं थी। इस बार बोलने की बारी उसकी

थी, 'आप भी खा आइए।'

मनोहर के लिए यह छोटा सा वाक्य भी बहुत बड़ा था। वह झटपट गया और पैकेट लेकर लौट आया। हालाँकि उसे मालूम था कि इस शाम के नाश्ते में बेटे की दिलचस्पी नहीं बची है। लेकिन उसे बताना था कि वह घर का कितना खयाल रखता है। सीमा ने उसके हाथ में पैकेट देखा तो फिर हैरान हुई। वह अपने संकोच में पूछ नहीं पाई, लेकिन मनोहर ने बताया, 'बेटा के लिए ले जा रहा हूँ। ख़ुद खा लेना अच्छा नहीं लगता।'

सीमा का पहले से सख्त चेहरा अचानक बहुत निरीह हो गया। शायद पहली बार उसने कोई चीज़ अपने बेटे और पति से पहले खा ली थी। 'मालूम नहीं था, नहीं तो हम भी घर ले जाते।' आवाज़ में पछतावा था। मनोहर को अच्छा नहीं लगा। उसे लगा कि उसने इस बेचारी का ज़ायका ख़राब कर दिया है। फौरन बोला, 'नहीं, नियम तो नहीं है, लेकिन हम लोग चुपचाप ले जाते हैं, कैंटीन वाला भी जानता है।' उसे नहीं लगा कि सीमा को इससे भी तसल्ली हुई है।

अगले दिन वह आई तो उसे शाम होने का इंतज़ार था। मनोहर उसकी बेताबी पढ़ रहा था और मुस्कुरा रहा था। बीती शाम की बातचीत ने उनके बीच का परदा हटा दिया था और अब आधे-आधे घंटों का खालीपन सन्नाटे में नहीं, एक-दूसरे की सूचनाएँ जुटाने में जा रहा था।

मनोहर को पता चला, सीमा का पति ऑटो चलाता है। लेकिन पीता नहीं है, सीमा ने इस पर जोर दिया था। इस बात पर भी कि उसी के कहने पर वह ये नौकरी कर रही है। 'बेटे के स्कूल जाने की उमर हो गई है। उसकी फीस और पढ़ाई का खर्चा यहाँ की कमाई से निकल जाएगा।' सीमा ने बताया कि उसे रमेश ने बताया था—रमेश, यानी सीमा का पति। इसके पहले वह कभी घर से नहीं निकली थी, बहुत डर लग रहा था, किसी तरह हिम्मत बाँध कर आई। मनोहर पहली बार कुछ खुलकर हँसा, 'अपने डर रहे हैं और पूरा बिल्डिंग का रखवाली कर रहे हैं।' सीमा भी हँसने लगी, 'रखवाली नहीं, बस चेक करना है सबको। बस ऐसे ही।'

ये बातचीत चलती जा रही थी और मनोहर के लिए नौकरी मनोहर होती जा रही थी। अब उसे पहले की तरह झल्लाहट और ऊब नहीं होती थी। घर जाता तो गुनगुनाता हुआ जाता। घर से आता तो साफ कपड़ों का खयाल रखके आता। हालाँकि दफ्तर जाकर फौरन दरबानी वाली ड्रेस पहननी पड़ती, लेकिन अगर कभी सीमा उसे उसके मुचड़े हुए कपड़ों में देख ले तो क्या सोचे?

सीमा सुंदर नहीं थी, लेकिन सीमा थी, शंकर नहीं थी। मनोहर के लिए

बस इतना ही काफी था। नहीं, वह कोई सीमा का दीवाना नहीं हो गया था। उसे अपनी उम्र और हैसियत—सबकुछ का अंदाज़ा था, सीमा की सीमा और शराफ़त का भी। उसे मालूम था कि अगर उसने ऐसी-वैसी कोई बात सोची और सीमा को समझ में आ गया तो मुस्कुराहट और गपशप का यह नया बना पुल सीधे नीचे आ गिरेगा। जबकि ऐसा पुल ज़िंदगी में उसे बस पहली बार मिला था। वह जाने-अनजाने सीमा की बहुत सारी छोटी-छोटी ज़रूरतों और मुश्किलों का खयाल रखने लगा था।

सीमा भी सहज हो रही थी। एक दिन उसने कहा था, 'आप लोग अच्छे लोग हैं। नौकरी करने का सब डर चला गया। नहीं तो क्या-क्या सुनते थे यहाँ के बारे में।

'क्या सुनते थे?' मनोहर ने जान-बूझ कर पूछा। 'पता नहीं, तरह-तरह की बात।' सीमा ज्यादा बता नहीं पाई। यह बात समझ में आई कि दफ्तर में आने वाली ऊँचे घरों की लड़कियों से उसके पति ने उसे सावधान किया था, 'देखते नहीं, सिगरेट पीती हैं, कैसे-कैसे कपड़े पहनती हैं..पता नहीं, और क्या-क्या करती होंगी', अपने संकोच और सहमे हुए गुस्से के बीच धीरे-धीरे सीमा ने कहा था।

मनोहर को अच्छा नहीं लगा। उसे तो ये भली लड़कियाँ लगती हैं। अंग्रेजी बोलती हैं और कभी-कभार उससे बात करने की नौबत आती है तो कितनी इज़्ज़त से, अंग्रेजी स्टाइल में, मनोहर जी पुकारती हैं। उससे रहा नहीं गय़ा। 'नहीं, ऐसा नहीं है। सब अच्छी लड़कियाँ हैं। भले घरों की। अब फैशन ही ऐसा हो गया है तो क्या बोलिएगा।'

बाद में सीमा को भी लगने लगा था कि ऐसा नहीं है। ये भले घरों की लड़कियाँ हैं। हालाँकि इनका सिगरेट पीना उसे कभी अच्छा नहीं लगा, न ही ज्यादा खुले कपड़े पहनना। लेकिन छोटे-छोटे बालों वाली, चमकती आँखों वाली, टी-शर्ट और जींस पहनने वाली ये लड़कियाँ उसे अच्छी लगने लगीं। खासकर एक दुबली-पतली सी लड़की रोज टहलती हुई सिगरेट पीती और चलते-चलते उसका हाल-चाल पूछ लेती। एक बार तो उसने सीमा के टिफिन से रोटी और अचार निकाल कर खा लिया था। सीमा संकोच में पड़ गई थी। ऐसी सुंदर और अमीर लड़की को ऐसी सूखी रोटियाँ कैसे दे दे। लेकिन उस लड़की को जैसे कोई फर्क नहीं पड़ा था। उसने बड़े सहज ढंग से पूछा था, 'आपको आँटी कहूँ या दीदी? जब कुछ खास बनाइए तो मेरे लिए जरूर रखिएगा।'

सीमा के लिए यह बहुत बड़ी बात थी। अगले ही दिन वह हलवा बनाकर ले आई थी। सिर्फ उस लड़की के लिए नहीं, मनोहर के लिए भी। आख़िर वह

भी तो उसका बहुत ख़याल रखता है। मनोहर भी खाकर खुश हुआ। और लड़की तो उस पर फ़िदा थी, 'दीदी, आप मेक अप क्यों नहीं करती हो? ये बाल छोटे करा लो। तुम पर ख़ूब फबेंगे। स्वीट हो आप। सब मर-मिटेंगे।'

सीमा लजाई भी, हँसी भी। मनोहर उसे देख रहा था, इतना सख्त चेहरा इतना कोमल भी हो सकता है। सीमा इसलिए भी लजा रही थी कि सारी बात मनोहर सुन रहा था। लड़की जब चली गई तो दोनों ने एक-दूसरे को देखा। लजाई हुई सीमा बस इतना बोल पाई, 'पगली है, पता नहीं, क्या-क्या बकती रहती है।'

'बोली तो ठीक।' मनोहर ने पहली बार सरहद पार की थी, हालाँकि सहमे हुए ढंग से ही, और बोल कर डर गया था। सुनकर सीमा भी हैरान रह गई थी। मनोहर जी भी ये सब सोचते हैं?

मनोहर ने फौरन बात सँभाली, 'नहीं-नहीं, छोटे बाल का फैशन है न, इसलिए बोले।'

उस दिन और कोई कुछ नहीं बोला। सब अपनी-अपनी ड्यूटी निभाते रहे। अगले दिन से सब ठीक हो गया तो मनोहर ने चैन की साँस ली।

लेकिन अगले हफ़्ते मनोहर ड्यूटी पर पहुँचा तो जैसे जादू हो गया था। सामने एक छोटे बालों वाली लड़की खड़ी थी। सीमा कहाँ गई? अरे, ये तो सीमा ही है? मनोहर हैरान रह गया। और सीमा तो बिल्कुल उससे आँख मिलाने में मरी जा रही थी। उसने बाल कटवा लिए थे। ज़रूर चेहरे पर भी कुछ करवाया होगा। धीरे-धीरे वह सहज हो पाई, 'लगा कि सब तो कटवाते ही हैं, तो हम भी कटवा लिए।'

'क्या बोले रमेशजी? सीमा के पति से मनोहर की मुलाकात तो नहीं थी, लेकिन उसका ज़िक्र इतनी बार आ चुका था कि वह अनजान भी नहीं लगता था। सीमा इस सवाल पर चुप लगा गई। मनोहर ने भी टोकना ठीक नहीं समझा। उसे अपनी बीवी का खयाल आया। अगर वह बाल कटवा ले तो? और अचानक उसे किसी अनिष्ट का अंदेशा हुआ।

अनिष्ट की ख़बर उसे तीन दिन बाद मिली। उस दिन ड्यूटी पर पहुँचा तो उसे एक नई लड़की मिली। उसे लगा, सीमा ने फिर मेकअप किया क्या? लेकिन नहीं, ये वाकई नई लड़की थी, रूखी सी, अपने-आप में मगन।

शाम को टहलता हुआ शंकर आया। 'तुझे पता है, पंगा हो गया है?' मनोहर कुछ समझ नहीं पाया। 'सीमा ने नौकरी छोड़ दी है। उसके पति ने छुड़ा दी है।' शंकर बेलौस बता रहा था, 'उसके पर निकल आए थे। पिछले हफ़्ते उसने बाल कटा लिए थे। न जाने किसके लिए हलवा बनाकर लाई थी। तुझे

भी खिलाया था क्या?

मनोहर स्तब्ध था। इतनी सी बात पर ऑटोवाले ने नौकरी छुड़ा दी। इतनी तारीफ़ करती थी अपने पति की। कमबख्त ऐसा शक्की निकला।

शंकर ने उसकी पीठ पर हाथ मारा। 'अरे तू इतना परेशान क्यों है? एक गई तो दूसरी आ गई। वो भी तुझे खिलाएगी हलवा।'

मनोहर का मन बुरी तरह ख़राब हो गया। शंकर को जवाब देने की इच्छा भी नहीं हुई। शंकर भी समझ गया, उसका मज़ाक गलत जगह लगा है। उसने फौरन जोड़ा, 'अरे, इतना भर मज़ाक का हक तो है।'

मनोहर फिर भी चुप रहा। न जाने उसे क्यों लगता रहा कि सीमा की नौकरी छुड़ाने में उसका भी हाथ है।

ये सैलरी का दिन था। सैलरी लेने के लिए सिक्यूरिटी एजेंसी के ऑफिस जाना पड़ता था। ड्यूटी ख़त्म कर वह पहुँचा। दफ़्तर के बाहर अचानक चिहुँक सा गया। एक जानी-पहचानी सी औरत खड़ी थी। छोटे-छोटे बाल थे उसके। यह सीमा थी। एजेंसी की वर्दी में नहीं साड़ी में। चेहरे पर सख्ती की जगह मायूसी थी।

सीमा ने भी उसे देख लिया। लेकिन वह मनोहर के पास नहीं आई। सीमा के साथ एक मर्द खड़ा था। मनोहर ने समझ लिया, यही रमेश होगा, वह ऑटोवाला जो पीता नहीं है।

सीमा ने पैसे लिए। अपने ऑटोवाले के साथ चल दी। चेहरे पर कोई भाव नहीं था। मनोहर ने पैसे लिए। वह बहुत देर वहीं खड़ा रहा। इस उम्मीद में कि शायद सीमा किसी बहाने आए। लेकिन सीमा नहीं आई।

घर पहुँचा तो पत्नी राह देख रही थी, 'बोले थे, पैसा लेकर जल्दी आ जाएँगे। इतना देर कहाँ लगा दिए थे?' मनोहर ने जवाब नहीं दिया तो वाकई घबरा गई, 'तबीयत ठीक है न?'

मनोहर ने सिर हिलाया। फिर सिर झटका। दूसरी कसम खा ली, आगे से किसी औरत के हाथ का बनाया हलवा नहीं खाएगा। उसे बाल कटाने की सलाह नहीं देगा।

छोटे से परिवार का छोटा सा सुख। अनजान सी औरत से अनकहा सा प्रेम। यह सब क्यों छूट जाता है? इस बड़े शहर में बड़े लोगों के बीच उसका हर सपना क्यों टूट जाता है? हीरामन जानता नहीं, लेकिन ज़माना उसे बता देता है।

शंकर सही निकला, जिसने कहा था कि एक जाएगी तो दूसरी हलवा खिलाने वाली आ जाएगी। धीरे-धीरे मनोहर सीमा को भूल गया। अब उसकी

जगह आशा थी। आशा भी सीमा जैसी ही थी—साँवली, सामान्य, अपने में सिकुड़ी हुई। आशा ने कभी हलवा नहीं खिलाया। लेकिन उसके साथ भी मनोहर के दिन ठीक बीतने लगे। सीमा चुप रहने वाली थी और आशा बोलने वाली। शुरू का संकोच टूटने के बाद वह हर आने-जाने वाले पर टिप्पणी करती। आशा के साथ मन लगने लगा।

मन लगने की वजहें और भी थीं। धीरे-धीरे शंकर को एहसास हो चला था कि वह जिस दफ्तर में काम करता है, वहाँ बहुत बडे लोग आते-जाते हैं। मंत्री-संतरी सब उनसे डरते हैं। थाना-पुलिस, कचहरी-अस्पताल, कहीं उनका काम नहीं रुकता। 'एक बार बोल दो तो वो आपके सारे काम करा देते हैं।'ये जानकारी उसे आशा ने ही दी थी। आशा का मर्द जब बहुत बीमार था तो इसी दफ़्तर के एक बड़े साहब ने उसे एम्स में जगह दिलवाई थी। वरना एम्स में आजकल बेड मिलता किसको है?

शंकर को भी तसल्ली हुई थी। जब आशा को इतने मददगार मिल गए तो वह तो और भी पुराना है। उसे तो सब जानने लगे हैं। वह नमिता मैम भी, जिन पर फिल्म बन रही है। वो भी उसे पहचानती हैं। देखकर रोज़ कायदे से सिर हिलाती हैं। किसी मदद की ज़रूरत पड़ेगी तो ज़रूर करेंगी।

मदद की ज़रूरत पड़ भी गई। उसने अख़बार में पढ़ा था कि अब प्राइवेट अंग्रेज़ी स्कूलों में भी 14 साल के कम उम्र के बच्चों को मुफ्त पढ़ाया जाएगा। उसका बेटा तो 12 साल का ही है। सरकारी स्कूल में जाता है, लेकिन अगर स्कूल बदल जाए तो कितना अच्छा हो? अचानक परिवार ने कई सपने देख डाले थे। खासकर बेटे ने, कलफ लगी धुली पैंट और चमचमाते जूतों के, जिसका इंतज़ाम उसके लिए सरकार करेगी।

मनोहर ड्यूटी पर आने से पहले सुबह-सुबह स्कूलों के चक्कर लगाने लगा। लेकिन स्कूल थे कि गेट के भीतर दाखिल होने नहीं दे रहे थे। वह जाता और बार-बार लौट आता।

तभी उसे ख़याल आया, अपने साहब लोगों की मदद लेने का। दो दिन फिर भी उसकी हिम्मत नहीं पड़ी किसी से बात करने की। एक शाम उसने निकलते हुए नमिता मैम को टोका, 'मैम, मेरा एक काम है।' नमिता मैम अचानक चौंक गईं, 'हाँ-हाँ, बताइए।'

'मेरा बेटा का किसी स्कूल में ऐडमिशन कराना है।'

'कितने साल का है?'

'बारह का।'

'बारह का है और स्कूल नहीं जाता?'

'नहीं-नहीं', मनोहर ने बात सँभाली, 'जाता है। सातवीं में पढ़ता है। लेकिन हम चाहते हैं उसका स्कूल बदल जाता। अब तो प्राइवेट स्कूल में भी गरीब बच्चों को पढ़ाने का कानून बन गया है।'

इतना लंबा वाक्य बोलते-बोलते सहम गया मनोहर। लेकिन जवाब में मिला बस एक हूँ।

उसने फिर हिम्मत की, 'हमलोग तो स्कूल के भीतर भी नहीं जा पाते। आप कहीं बोल देतीं तो कुछ हो जाता।'

'देखती हूँ,' इस संक्षिप्त जवाब के साथ आगे बढ़ गई नमिता मैम के परफ़्यूम की पीछे छूटी खुशबू के बावजूद मनोहर ने कुछ घुटता हुआ सा महसूस किया। क्या उसे नहीं बोलना चाहिए था?

अगला पूरा हफ़्ता इंतज़ार में गुज़र गया। नमिता मैम आतीं-जातीं, लेकिन उससे कुछ न कहतीं। उन्होंने यह भी नहीं पूछा था कि कौन से स्कूल में ऐडमिशन चाहिए। अब मनोहर धीरे-धीरे पछताने लगा था। बड़े लोगों से अपने संपर्क की डींग उसने फालतू घर में हाँकी थी। पत्नी अब ताने देगी। लेकिन पत्नी को ताने देने का ख़याल नहीं था, अपने बच्चे की फिक्र थी। वह हर रोज़ पूछती, 'मैम ने कुछ कहा?' दो दिन मनोहर ने झूठ बोल दिया, दिखी ही नहीं, फिर एक दिन अपने भूल जाने का बहाना किया। आखिरकार हार कर उसने अपने हाथ खड़े कर दिए, 'वे तो कुछ बोलती ही नहीं, लगता है, करना नहीं चाहतीं।'

लेकिन पत्नी ने हाथ खड़े नहीं किए थे। उसने सामने से नहीं, टीवी पर नमिता मैम को देख रखा था। जब निठारी के बच्चों की ख़बर दे रही थी तो उनके चेहरे पर कितनी तकलीफ़ थी। इतनी अच्छी औरत भला उसके बच्चे का ख़याल नहीं रखेगी? वह तो नमिता मैम को सामने से भी देखना चाहती थी।

इसी इच्छा से अचानक निकला एक नया सुझाव। 'चलिए एक दिन हमलोग भी चलते हैं। हम लोगों को सामने देखेगी तो मना नहीं कर पाएगी।'

मनोहर एकबारगी हड़बड़ा गया। उसे ख़याल आया कि वह इन लोगों को बैठाएगा कहाँ? फिर बेटे के सामने अपनी वर्दी का रौब दिखाने और वहाँ खड़े होकर दरबानी करने में अंतर है। उसने फौरन कहा, 'नहीं-नहीं, तुम लोगों को ऑफिस जाकर क्या करना है। वहाँ तो बैठने की जगह भी नहीं होती।'

लेकिन अब बेटा भी मचल गया था। वह भी इन बड़े टीवी वालों को देखना चाहता था। बड़े स्कूल में पढ़ने की चाहत जितनी थी, उससे कम नशीला यह ख़याल नहीं था कि उसके ऐडमिशन के लिए नमिता मैम सिफ़ारिश करेंगी।

उसने भी जोड़ा, 'हम लोग बाहर खड़े रहेंगे।'

मनोहर धर्मसंकट में पड़ गया। वह किसी भी हाल में इन लोगों को ऑफिस नहीं ले जाना चाहता था। लेकिन पत्नी की दलील से एक उम्मीद उसके भीतर भी उग आई। क्या पता वाकई बेटे की सूरत देखकर नमिता मैम कोई रास्ता निकाल दें।

उस शाम पत्नी और बेटे ने अपने सबसे अच्छे कपड़े निकाले। पत्नी ने अपनी पुरानी साडी और बेटे ने अपना स्कूल ड्रेस। 40 मिनट बाद दफ़्तर के बाहर पार्किंग के पास खड़े वे अपने पति और पिता मनोहर को अपनी ड्यूटी पर मुस्तैद देख रहे थे। पत्नी ने पहली बार महसूस किया, एक जगह खड़े होकर ड्यूटी देना आसान काम नहीं है। भीतर पछताई कि कभी-कभी वह ताना क्यों मारती रही। बेटे ने भी पहली बार महसूस किया कि पिता जितने बड़े हैं, उनसे भी बड़े लोग हैं। घर में आम तौर पर सख्त रहने वाले और सिर्फ पढ़ाई की बात करने वाले पिता अलग हैं और यहाँ खड़े पिता अलग हैं। घर पर साधारण कपड़ों में भी पिता के चेहरे पर जो रौब रहता है, वह यहाँ इस वर्दी में भी नहीं है।

लेकिन इन महसूस न की जा सकने वाली मायूसियों से कहीं ज़्यादा बड़ी चमक मनोहर के ऑफिस को करीब से देखने की थी। गेट से आती-जाती ख़ूबसूरत लड़कियों को देख मनोहर की पत्नी हैरान थी। कैसे कपड़ों में सब काम करती हैं। कुछ के कंधे खुले दिखते हैं, कुछ की पीठ उघड़ी दिखती है तो कुछ के घुटने तक साफ नजर आते हैं। उसे लगा कि इतनी सुंदर लड़कियों को देखने के बाद जब उसके पति घर पहुँचते होंगे तो उसे देखकर पता नहीं, उन्हें कैसा लगता होगा। अचानक उसने अपने बेटे को देखा तो सकुचा गई। बेटा सोचता होगा कि माँ इन लड़कियों के आगे कहाँ टिकती है।

लेकिन बेटे को यह सब सोचने की फुरसत नहीं थी। उसे एक से एक चमकती गाड़ियाँ चमत्कृत कर रही थीं। पिता के ऑफिस में इतनी तरह की गाडियाँ हैं, यह उसे मालूम ही नहीं था।

माँ-बेटे ने एक-दूसरे को देखा। तभी सामने से तेज़ी से चलता हुआ मनोहर आता दिखा। करीब आकर फुसफुसाया, 'देख, गाड़ी आ गई उनकी।'दोनों ने हैरानी से देखा। सामने रुकी एक चमचमाती कार से खुशबू का एक झोंका उतरा। नमिता मैम थीं, हालाँकि दोनों को पहचानने में एक लम्हा लगा। टीवी पर तो अलग दिखती हैं, यहाँ अलग हैं। खुशबू जितनी प्यारी थी, ख़ुद नमिता मैम उतनी प्यारी नहीं थीं।

मनोहर दोनों को साथ लेकर तेज़ चलता हुआ उनके सामने पहुँच गया,

‘मैडमजी।’

मैडम कुछ हैरान हुईं, ‘क्या है?’

‘आपने कहा था स्कूल के लिए, यही है मेरा बेटा।’

नमिता पुरी ने नजर घुमाई। एक सहमा सा लड़का और उससे भी सहमी सी एक औरत उनके सामने खड़ी थी। उन्हें अचानक झल्लाहट हो आई। पहले ज़रूरी मीटिंग है और फिर बुलेटिन की तैयारी करनी है। तिस पर ये स्टुपिड अपने पूरे परिवार को लेकर चला आया है। जैसे वे स्कूल चलाती हों। वह तो इस आदमी का नाम तक नहीं जानतीं।

झल्लाहट दिल में ही नहीं रही, मुँह पर चली आई, ‘आप लोग कमाल करते हैं। टाइम भी नहीं देखते। पूरे घर को उठाकर ले आए हैं। आप समझते हैं, मैं किसी स्कूल की प्रिंसिपल हूँ?’ हालाँकि बोलते-बोलते अपने सामने खड़े कातर चेहरों को देख उन्हें कुछ अफ़सोस हुआ, ‘ऐप्लिकेशन लिखकर दे दीजिएगा। नाम, पता, क्लास सब ठीक से लिखिएगा। बोलती हूँ किसी को।’

लेकिन यह दिलासा सुनने लायक नहीं रह गया था मनोहर। अपने से कई साल छोटी इस लड़की के हाथों पत्नी और बेटे के सामने हुई इस बेइज़्ज़ती ने उसकी ज़ुबान ही नहीं सिल दी, उसका पूरा जेहन कुंद कर दिया था। वह अपनी पत्नी और बेटे से आँख नहीं मिला पा रहा था। वे दोनों भी उसे देखने से बच रहे थे।

बड़ी मुश्किल से उसने ख़ुद को सँभाला। कहा, देखते हैं, अब क्या करेंगे। बैठो तुम लोग। थोड़ी देर में ड्यूटी ख़त्म करके चलते हैं।

वह फिर दरबानी पर लग गया।

घर से चलते वक़्त उसने सोचा था, बेटे को कैंटीन ले जाकर दिखा देगा और नाश्ता लेकर खिला देगा। लेकिन उसने यह नहीं किया।

उसने सोचा था, अपने साथ काम करने वाली आशा से पत्नी को मिला देगा। उसने यह नहीं किया।

उसने सोचा था, बाद में निकल कर वे सब कहीं एक साथ चाय पिएँगे। उसने यह भी नहीं किया।

उसने खाई बस एक कसम—तीसरी कसम—आगे से वह किसी बड़े आदमी को अपने काम के लिए नहीं बोलेगा।

फिर उसने अपने बेटे का चेहरा देखा। उसे मालूम था, यह कसम टूट जाएगी। वह फिर दीन-दुखी सा नमिता पुरी के सामने खड़ा होकर उनकी खुशामद करेगा। आखिर उन्होंने ऐप्लिकेशन देने के लिए कहा तो है।

...

हीरामन कसम खाता है तोड़ने के लिए। बार-बार हारता है और फिर खड़ा होने की कोशिश करता है। बार-बार टूटती है हसरत, लेकिन वह टूटता नहीं है। मगर कब तक?

घर पहुँचते-पहुँचते मनोहर की मायूसी गुस्से में बदल चुकी थी। नमिता पुरी के डर और दफ़्तर की सार्वजनिकता ने अपमान के जिस दंश को सिर उठाने नहीं दिया था, वह अब फुफकार रहा था। वह बदला लेना चाहता था। लेकिन किससे लेता? नमिता पुरी से ले नहीं सकता था। तो क्या अपनी बीवी और बच्चे से? जाने-अनजाने उसने यही किया। उस रात जब सब खाने बैठे तो उसने साफ कर दिया था कि बेटे को पुराने स्कूल में जाना होगा। वह उनकी ख़ातिर और बेइज़्ज़ती नहीं करा सकता।

'सरकारी स्कूल से भी तो पढ़के बच्चा लोग तरक्की करता है, अख़बार नहीं देखते हो?' पूछते-पूछते उसे ख़याल आया कि अखबार तो उसके घर आता ही नहीं है। वह दफ़्तर में पड़ा मुचड़ा सा अखबार पलट लेता है। उसी अख़बार में उसने पढ़ी थी एक फलवाले के बेटे की कहानी, जो अपने पिता की मदद भी करता था और पढ़ाई भी—और यह करते-करते अफसर बन गया था। तब इस ख़बर में उसने अपने बेटे का अक्स देखा था। लेकिन अभी की घड़ी उम्मीद की नहीं, प्रतिशोध की थी। उसने अपने बेटे को दिलासा देने की कोशिश में जैसे चुनौती दे डाली थी। बेटा चुपचाप सुनता रहा था। कैसे बताता कि मामला उसके लिए तरक्की करने का नहीं, अच्छे कपड़े पहन कर, चमचमाते जूते पहन कर, बड़े बच्चों के स्कूल में जाने का है। और यह खयाल उसे जितना डराता है, उतना ही रोमाँचित करता है। दरअसल वह ये बताने की हालत में भी नहीं था कि बड़े स्कूल में पढ़ने का यह पिता का ही बोया हुआ सपना था जिसने उसके भीतर ऐसी जड़ जमाई कि उसे अपना पुराना सरकारी स्कूल अच्छा नहीं लगने लगा था।

बहरहाल, इसके बाद दो दिन तक किसी ने बड़े स्कूल में पढ़ाई की बात नहीं उठाई। सबको नमिता मैम का गुस्सा याद था। फिर तीसरे दिन पत्नी ने दबे लहजे में टोका, 'नमिता मैम को अर्जी दे आइएगा?' मनोहर ने एकबारगी दांत पीसे। उस दिन कहा था न? लेकिन उस दिन और इस दिन में फर्क था। और फिर बेटे का कातर चेहरा सामने था। उसने सिर हिलाया और खाना खाने लगा। पत्नी के लिए इतना ही काफी था। आखिर पति की चुप्पी भी उसकी बात मान लेने जैसी थी।

अगले दो दिन नमिता मैम दिखती रहीं, वह कुछ कहना चाहता रहा और चुप रह जाता रहा। कहने से पहले उसे अर्जी लिखवानी थी। लेकिन उस दिन नमिता मैम के बरताव के बाद वह इतना डरा हुआ था कि किसी और से अर्जी के लिए भी कहते हिचक हो रही थी। एक बार उसे खयाल आया कि किसी और से कहे। जो दुबली-पतली सी लड़की सीमा के साथ गपशप किया करती थी, वह अब भी सिगरेट पीती घूमती और अब आशा से बातें करती। उसे भी देखकर मुस्कुरा देती। क्या वह उसे टोक कर देखे? कम से कम वह नमिता मैम की तरह पेश नहीं आएगी। और अगर इस बार भी ऐसा कुछ हुआ तो कम से कम उसके परिवारवाले उसकी बेइज़्ज़ती के गवाह नहीं होंगे।

दरअसल उसकी असली टीस यही थी। डांट-फटकार उसने पहली बार सुनी हो, ऐसा नहीं था। बेइज़्ज़ती उसके लिए नई चीज़ नहीं थी। कभी कंट्रैक्टर, कभी मालिक और कभी-कभी तो बस का कंडक्टर भी उसे उसकी औकात याद दिलाता रहता था। लेकिन यह पहली बार हुआ था कि घरवालों के सामने उसे एक पढ़ी-लिखी लड़की ने फटकारा था। यह एक ऐसी फटकार थी जो उसकी सामाजिक औकात से ज़्यादा उसके निजी वजूद को छील गई थी।

लेकिन कुछ करना तो होगा ही। बेटे की पढ़ाई का सवाल है। तो उसने फिर हिम्मत की। नमिता मैम को टोक ही दिया। इस बार मैम का रुख पहले जैसा नहीं था। हालाँकि बहुत दोस्ताना भी नहीं था। वह भौंहें तिरछी कर सुनती रही थी। फिर उन्होंने अपनी डायरी निकाली और फिर उसके बेटे का नाम, क्लास और उसका अपना नाम नोट किया। फिर उन्होंने कहा कि वे दो-तीन दिन में देखेंगी।

यह तिनका भी मनोहर के परिवार की डूबती उम्मीदों के लिए बहुत बड़ा था। मनोहर ने उसी शाम घर जाकर पत्नी और बेटे को खुशखबरी दी। पत्नी का कई दिनों से उदास चेहरा खिल उठा। बेटा तो अचानक चहकने लगा, 'वहाँ स्कूल में खूब मन लगाकर पढ़ेंगे।'

पिता ने बेटे का चेहरा देखा तो डर गया। कहीं इस खुशी को नज़र न लग जाए। लेकिन माँ मगन थी, बेटे का चेहरा देखकर तृप्त थी। वह इस लम्हे के आगे सोच और देख नहीं रही थी। ऐसे सपनों की घड़ियाँ उसकी ज़िंदगी में होती ही कितनी हैं?

फिर करीब हफ़्ता भर बीत गया। इस दौरान नमिता मैम ने उसे कई बार देखा। लेकिन वह अक्सर नज़र बचाकर निकल जाया करती। वह इंतज़ार करता कि वे कोई अच्छी ख़बर देंगी। वे नहीं देतीं। वह घर लौटता तो घर पर पत्नी और बेटा इंतज़ार करते कि वह कोई अच्छी ख़बर देगा। वह नहीं देता।

धीरे-धीरे उसने झूठ बोलना शुरू कर दिया। नमिता मैम लगी हुई है। नमिता मैम ने आज बताया कि उनकी बाल भारती में बात हुई है। नमिता मैम ने दो दिन बाद बताने को कहा है। नमिता मैम विदेश चली गई हैं। नमिता मैम कह रही थीं कि प्रिंसिपल मना कर रही थी, लेकिन वह समझा लेगी। नमिता मैम ने आज उससे बहुत देर बात की। नमिता मैम ने उससे बेटे की पढ़ाई-लिखाई के बारे में पूछा।

लेकिन एक दिन वाकई नमिता मैम बात करने चली आईं। हालाँकि उनके पास देर तक बात करने की फुसत थी न बेटे की पढ़ाई के बारे में पूछने का खयाल। बस वे रुकीं और हमदर्दी भरे लहजे में बोलीं, 'मनोहर जी, इस साल नहीं हो पा रहा है, अगले साल देखती हूँ कहीं।'

मनोहर का कलेजा मुँह को आ गया। वह रोज़ नए स्कूल के सपने देख रहे बेटे और पत्नी को कैसे बताएगा कि उसे नमिता मैम ने टाल दिया है। उसने झूठ बोलने का सिलसिला जारी रखा। हालत ये हो गई कि उसे रोज़ नए झूठ सोच कर रखने पड़ते थे। वह भी तरह-तरह के। कभी घरवालों की उम्मीद बड़ी हो जाती तो वह एक झूठ से झटका दे देता। कभी बेटे की मायूसी गहरी होती लगती तो वह दूसरे झूठ से उबारने की कोशिश करता। कभी बीवी नाराज़ होती तो वह खुशामदी झूठ बोल देता। कभी वह ज़्यादा सपने देखने लगती तो वह झूठे अंदेशे जताने लगता।

लेकिन इस खेल से वह भी थक गया था और उसके अनजान घरवाले भी। बल्कि उसे लगने लगा था कि अब घरवाले भी उसका झूठ पकड़ने लगे हैं। क्योंकि अब उसके हर झूठ पर सवाल बढ़ते जा रहे थे। कभी जिस घर में उसके इशारे भी आदेश मान लिए जाते थे, वहाँ अब वह जो दावे करता, उन पर भी सवाल थे।

इस बात से उसे जितनी ज्यादा चिड़चिड़ाहट होती, उससे ज्यादा घबराहट होती। अब तो उसका घर लौटने का मन भी नहीं करता था। पहले जितनी फुर्ती से ड्यूटी खत्म कर नाश्ते का पैकेट दबाए घर लौटता था अब उतने ही अनमनेपन से वापस जाता। बीच में कभी शंकर के यहाँ चला जाता, कभी पुराने दोस्तों के यहाँ। वह मनाता कि उसके घर पहुँचने से पहले बेटा सो चुका हो।

उसे वह पुराना ठेका भी याद आने लगा था जहाँ उसने शादी के बाद जाना छोड़ दिया था। एक दिन वह वहाँ पहुँचा तो कोई जान-पहचान वाला नहीं मिला। ठेके पर बैठकर दारू पी भी तो मज़ा नहीं आया। पहले सबकुछ भूल कर मस्त हो जाने वाली बात बची ही नहीं थी। उल्टे उस पर झल्लाहट हावी होती

गई। आखिर ऐसी बड़ी बात क्या है? क्यों बेटे को इतना बडा स्कूल चाहिए? अच्छा भला पढ़ रहा है। मेहनत करेगा तो यहाँ भी तरक्की कर लेगा। दूसरे छुपे हुए डर भी तर्क बन कर सामने आने लगे। बड़े स्कूल में फीस और ड्रेस मिल भी जाए तो बाकी खर्चा तो होगा। वह उन्हें कैसे पूरा करेगा? उसने तय किया कि घर जाकर वह बडे स्कूल का भूत उतार देगा।

उसने सोचा था कि अगर आज उसे किसी ने स्कूल के लिए टोका तो वह उन्हें बुरी तरह डपट देगा। लेकिन किसी ने कुछ नहीं पूछा। उसका चेहरा देख पत्नी और बेटा दोनों सहम गए थे। इस बात से उसका गुस्सा और तेज़ हो गया। उसे अचानक यह भी याद आया कि आजकल बेटा बड़े स्कूल की जितनी बात करता है, पढ़ाई उतनी ही कम करता है। उसका ज़्यादा ध्यान टीवी देखने में रहता है। बेटा अब भी टीवी ही देख रहा था। इस बात से फिर उसका गुस्सा भड़क उठा, 'तू आजकल टीवी ही देखता रहता है क्या? पढ़ता कब है?

'पहले स्कूल का हो जाता तो पढ़ते...' सहमी हुई आवाज़ में ही बोल रहे बेटे को मालूम नहीं था कि उससे गलती हो गई है। वाक्य पूरा होने से पहले उसका गाल दो तेज़ तमाचों से लाल हो चुका था।' तू अंग्रेजी स्कूल में ही पढ़ेगा? नहीं तो पढ़ेगा ही नहीं?' उसे रोने का मौका भी ठीक से नहीं मिल पाया कि दो और तमाचे गाल कर पड़ गए, 'नहीं हो रहा है तो मैं कहाँ से करा दूँ? साली नमिता मैम को फुरसत ही नहीं है बात करने की, वह ऐडमिशन कराएगी? रोज मैं तुम लोगों को नया-नया किस्सा कहाँ से सुनाऊँ?'

यह आज की दारू भर नहीं थी, कई दिनों से जमा हुआ गुस्सा था जो नमिता मैम पर नहीं, मासूम बेटे पर निकल रहा था। घबराई हुई पत्नी बच्चे और उसके बीच आ खड़ी हुई, 'इसे मत मारिए, इसे काहे मार रहे हैं? आपसे नहीं हो रहा है तो इसका का गलती है?'

बेटे के इस बचाव और पत्नी के इस प्रतिरोध ने मनोहर को और झल्ला दिया। दारू और गुस्से के बावजूद इतना विवेक बचा हुआ था कि उसने पत्नी पर हाथ नहीं उठाया। लेकिन गुस्से में उसने खाट के पास पड़ी हाँडी पर लात मार दी। पका हुआ गरम चावल ज़मीन पर बिखर गया।

दोनों विस्फारित नज़रों से उसे देख रहे थे। मनोहर को इतने गुस्से में पहले किसी ने नहीं देखा था। लेकिन अब गुस्से की जगह पछतावा था जो मनोहर के भीतर सिर उठा रहा था। दारू कहीं सूख गई थी, गुस्सा कहीं बह गया था। वह खाट पर लेट गया। एक घंटे लेटा रहा। दो घंटे लेटा रहा। एक रुलाई उसके भीतर उमड़ रही थी जिसे रोकना मुश्किल हो रहा था। दूसरी तरफ पत्नी और

बेटा अपनी सुबकियों के बीच अपने बिस्तर पर करवट बदल रहे थे। पत्नी ने फर्श साफ कर दिया था, लेकिन खाना किसी ने नहीं खाया था।

यह कसम खाने की बारी थी। कई कसमें खाने लायक थीं—वह दारू नहीं पिएगा, बेटे को बड़े स्कूल का सपना नहीं दिखाएगा, नमिता मैम से बात नहीं करेगा, कल सुबह बेटे और पत्नी से माफी माँगेगा।

लेकिन उससे कोई कसम खाई नहीं गई। भूखे सोए बेटे और भूखी सोई पत्नी के करीब लेटा अपने-आप में रोता रहा मनोहर।

हवि

*

हृषीकेश सुलभ

गजाला हसन की याद है आपको?

वही बड़ी-बड़ी आँखों वाली, गोरी, लम्बी,... छरहरी-सी लड़की। वही, जिसकी खिल-खिल करती हँसी के सम्मोहन से उबरने की इच्छा कभी नहीं होती थी। रिहर्सल के दौरान मेरी अनुशासनप्रियता की धज्जियाँ उड़ाती हुई यह खिलखिलाती और कमर तक काले-घने केशों की चोटी नचाती हुई गुनगुनाने लगती—"काले लम्बे बाल राजा बाँध रखूँगी...।"

मैं उसे डाँटता, चीख़ता-चिल्लाता और वह अपनी चपल आँखों के थिर करती हुई मुझे एकटक देखती।...फिर बड़ी अदा से पलकें झुकाकर अपने संवाद दुहराने लगती।

हाँ, मैं उसी ग़ज़ाला हसन की बात कर रहा हूँ, जो विंग्स से मंच पर प्रवेश करते ही अपनी काया में किसी दूसरी औरत को धारण करती और नाटक की समाप्ति पर तालियों की ध्वनि को पार करती हुई ग्रीन रूम में जाकर फूट-फूटकर रोती। तालियों की ध्वनि बन्द होने के बाद जब उसका रोना-सिसकना रुकता, उसकी बड़ी-बड़ी आँखों में स्वप्न तैर रहे होते थे। ग़ज़ाला हसन की आँखों की चपलता और खिल-खिल करती हँसी की वापसी के लिए हम लोगों को दूसरे दिन तक प्रतीक्षा करनी पड़ती थी। अपने कपड़े और मेक-अप का सामान सहेजती हुई वह शो में हुई ख़ामियों पर मेरा प्रवचन और अगले प्रदर्शन के लिए मेरे निर्देशों को चुपचाप सुनती रहती।

मंचन के बाद ग़ज़ाला हसन एक अबूझ-सी पीड़ा से गुज़रने लगती थी। नाट्यदल के सब साथी धीरे-धीरे उसकी इस आदत से परिचित हो गए थे।

अक्सर हम लोग प्रदर्शन के बाद साथ खाते। कभी किसी दोस्त और कभी किसी संरक्षकनुमा प्रशंसक के यहाँ या फिर अपनी-अपनी जेबों से जोड़-तोड़कर किसी ढाबे में हमारी मंडली जम जाती। वह शरीर से हमारे साथ तो होती थी, पर मन से कहीं और होती। खोई-खोई सी,...उदास,...और अनमनी। जैसे-तैसे दो-चार कौर निगलकर चाय की चुस्कियाँ लेती हुई गुमसुम बैठी रहती।

शो के बाद ग़ज़ाला बिना मेक-अप उतारे अपने घर जाया करती थी। अक्सर मैं उसे छोड़ने जाता। मेरे स्कूटर पर पीछे बैठी वह मेरे काँधे पर सिर टिका दिया करती थी। पूरी तरह हम दोनों चुप-चुप रहा करते। मेरे साथ अपने घर वापस जाते समय भी वह रोया करती थी। ग़ज़ाला के आँसू मेरी कमीज़ भिगो देते। अपने घर के सामने उतरने के बाद वह पीछे मुड़-मुड़ कर देखती और गेट पार करती,...लॉन पार करती। पीछे मुड़ कर देखती हुई किसी भुतहे महल की तरह नीम अँधेरे में ऊँघते हवेलीनुमा अपने मकान 'हसन मंज़िल' में लोप हो जाती।

नवाब करीमुद्दीन हसन की हवेली हसन मंज़िल की दीवारों पर वर्षों से रंग-रोगन नहीं हुआ था। जगह-जगह से प्लास्टर उखड़ने लगा था। जहाँ कहीं भी दीवार साबूत थी, वहाँ काई की परतें थीं। लॉन में बेतरतीब घास उगी थी। लॉन में ही टिन का शेड डालकर एक रँगरेज परिवार किराए पर रहता था। रंगों से भरे नाँद, बड़े-बड़े कड़ाह, कोयले की भट्‌टी और बाँ-बल्लों पर टँगी अलगनियों का जाल लॉन में फैला था। इन अलगनियों पर रंग-बिरंगे कपड़े टँगे रहते थे। हसन मंजिल के निचले हिस्से पर नवाब साहब के बड़े बेटे और ग़ज़ाला के अब्बा मरहूम तनवीर हसन के ज़माने से ही दो किराएदारों का कब्ज़ा था, जो मामूली किराया देते थे। एक ने आधे हिस्से में रेडीमेड कपड़ों की सिलाई का कारख़ाना खोल रखा था और दूसरे ने शीशे के बर्तनों का गोदाम। ग़ज़ाला के अब्बा पैंतीस वर्ष की भरी जवानी में ही अपनी शराबनोशी के शिकार हो चुके थे। उसके चाचा शमशीर हसन का विदेश में कारोबार था। वहीं किसी दूसरे मुल्क की औरत से शादी करके उन्होंने अपना कुनवा बसा लिया था। पागल बेटे अनीस और बेटी ग़ज़ाला के साथ हसन मंज़िल के ऊपरी हिस्से में बीस वर्षों से रंडापा काट रही बेगम रफ़िया हसन के बूते की बात नहीं थी कि वह अपने किराएदारों से मुक़दमेबाजी कर सकें। हसन मंज़िल का बिकना भी मुश्किल था। ग़ज़ाला की फूफी बेगम शरबत जहाँ और शमशीर हसन के साथ यह उनकी साझा सम्पत्ति थी। हालाँकि काफ़ी पहले, तनवीर हसन की मौत के कुछ ही महीनों बाद, जब ग़ज़ाला चार-पाँच साल की थी, बेगम रफ़िया हसन ने उसके लिए अपनी ननद

के बेटे शौकत अली का रिश्ता मंजूर कर लिया था। सयानी होती ग़ज़ाला पर बेगम शरबत जहाँ और शौकत अली ने हक़ जताना और ग़ज़ाला ने इस रिश्ते से नफ़रत करना शुरू किया। ग़ज़ाला की नापसन्दगी के बावजूद यह हसन मंज़िल ही था माँ-बेटा दोनों वक्त का इन्तज़ार कर रहे थे। हसन मंज़िल की देखरेख के लिए शमशीर हसन को न तो फ़ुर्सत थी और ना ही उन्हें हसन मंज़िल की ज़रूरत थी,...सो नवाव करीमुद्दीन हसन की पोती ग़ज़ाला हसन की ज़िन्दगी के दिन जैसे-तैसे कट रहे थे।

ग़ज़ाला हसन से अपनी मुलाक़ात का पहला दिन मैं कभी नहीं भूल सकता। अक्टूबर महीने की तीखी धूप वाली सुबह थी। मैं और शम्पा घोष साथ-साथ हसन मंज़िल गए थे। शम्पा और ग़ज़ाला कॉलेज में साथ-साथ पढ़ती थीं। शम्पा दो वर्षों से हमारे साथ थी। हमने तीन नाटकों में साथ-साथ काम किया था। उन दिनों मैं मल्लिका की तलाश में था। 'आषाढ़का एक दिन' की मल्लिका की करते-करते मैं ऊब चुका था। थक-हार कर इसके मंचन की योजना स्थगित ही करने वाला था कि शम्पा ने ग़ज़ाला की चर्चा की। ग़ज़ाला हमारे साथ काम करने को तैयार थी, पर उसकी अम्मी को यह मजूर नहीं था। एक नवाब की पोती नाटकों में काम करे,...ग़ैर मर्दों के साथ रिहर्स के बाद रोज़ रात में घर लौटे और...। उनकी नापसन्दगी की फ़ेहरिस्त लम्बी थी। इस छोटे शहर में नाटक करते हुए अभिनेत्रियों की तलाश का लम्बा अनुभव मेरे पास था। कई बार ऐसे साक्षात्कारों से गुज़र चुका था। फिर भी, हसन मंज़िल का गेट पार करते हुए मेरा मन सहम उठा था। शम्पा और ग़ज़ाला के साथ बेगम रफ़िया हसन की बातचीत के कई दौर हो चुके थे। ग़ज़ाला अपनी अम्मी के सामने नित नए तर्क रखती और शम्पा आश्वासन देती, पर बेगम रफ़िया हसन अपने ख़ानदान की रवायतों के हवाले देतीं और मामला ख़ारिज हो जाता। यह ऊहापोह और तर्क-वितर्क का सिलसिला कई दिनों तक चला। अंतत: जाँच-पड़ताल और पूछताछ के लिए वह मुझे मिलने पर राजी हुईं और बतौर पेशी मेरी बुलाहट हुई। अब तक मैंने ग़ज़ाला को देखा नहीं था। शम्पा के शब्दों से उसकी जो आकृति मेरे मन पर बनी थी, जाने क्यों मैं उसके प्रति बेहद आशावान था।

मैं जब शम्पा के साथ हसन मंज़िल के पहले तल्ले पर पहुँचा, मेरी दोनों टाँगें बुरी तरह काँप रही थीं। दरवाज़ा खुलने, ग़ज़ाला और उसकी अम्मी से आमना-सामना होने तक मेरे भीतर खीझ भर चुकी थी कि मैंने यह कौन-सी मुसीबत मोल ले ली है।...पर धीरे-धीरे कुहासा छँटा। बेगम रफ़िया हसन बहुत स्नेह के साथ मिलीं। जीवन के अनुभवों के ताप में पककर जो धीरता उन्होंने

अर्जित की थी, मैं उससे प्रभावित हुआ। वह अपने जीवन की रूढ़ियों को नियम बनाकर पेश तो करती थीं, पर मेरे विरोधी तर्कों को भी सहजता से सुनतीं। लम्बी बातचीत के बाद उन्होंने हामी भरी। हालाँकि मुझे लगा, वह मन ही मन पहले से तैयार थीं। पूरी बातचीत में ग़ज़ाला चुप बैठी रही थी। अपनी बड़ी-बड़ी चपल आँखों में सपनों की छवियाँ सहेजे हमारी बातें सुन रही थी। दूसरे ही दिन से उसने रिहर्सल में आना शुरू कर दिया था।

"आषाढ़ का पहला दिन और ऐसी वर्षा माँ!...ऐसी धारासार वर्षा!" मल्लिका के संवाद बोलते हुए ग़ज़ाला ने पहले ही दिन यह अहसास करा दिया था कि वह अपनी त्वचा के रोम-रोम से आषाढ़ के पहले दिन की वर्षा को महसूस रही है। उसे अभिनय करते हुए देखकर लगा था, मानो वह मेघों से झरती बूँदों को ग्रीष्म में तपी

धरती की तरह अपने अंग-अंग से पी रही हो। वह अपनी आँखों में भाव भरती, शब्दों से दृश्य रचती और हम सब उसकी आँगिक गतियों, मुद्राओं और आवाज़ के सम्मोहन में सुध-बुध खो देते।

मेरी तलाश पूरी हुई थी। अपने पहले नाटक के पहले मंचन के बाद ग्रीन रूम में रोती-सिसकती ग़ज़ाला को सँभाल पाना मुश्किल हो गया था। उस रात मेरे स्कूटर के पीछे बैठकर हसन मंज़िल लौटते हुए वह ख़ूब रोई थी। हसन मंज़िल के गेट पर स्कूटर खड़ा करते हुए मैने कहा था—"मैं भी साथ चलता हूँ।...अम्मी से मिल लूँगा।"

ग़ज़ाला के होठों पर एक उदास मुस्कान तिर गई थी, जैसे निर्जन पोखर की तलहटी में छिपी चुप्पी हौले से निकलकर चारों तरफ फैल गई हो। अपने डैने समेटकर जलसतह पर बैठते पंडुक की तरह उसने अपनी पलकों को बन्द कर लिया था।...फिर वह मेरे क़रीब आई थी।...बिलकुल क़रीब। मेरी आँखों में अपनी आँखें डालकर वह मेरे भीतर उतर गई थी। उसने अपनी हथेलियों में मेरा चेहरा भर लिया था। वह मुझे एक नन्हे शिशु की तरह दुलार रही थी। उसके भीतर बसी चुप्पी का संगीत में साफ़-साफ़ सुन रहा था। बेहद धीमे स्वर में उसने कहा था—"नहीं,...आज नहीं।...फिर कभी मिल लेना।"

"ठीक है।" मैं बमुश्किल बोल सका था।

"कल कितने बजे आऊँ?"

"तीन बजे।...सबको बुलाया है। प्रोडक्शन डिस्कस करना है।"

"अम्मी परेशान हो रही होंगी।...चलूँ?" उसने सहज होने की कोशिश करते हुए पूछा था।

"हूँ।" मेरी हामी के बाद वह हसन मंज़िल का गेट पार करती हुई आगे बढ़ने लगी थी। मैं वहीं खड़ा, पीछे मुड़-मुड़कर देखती और फिर आगे बढ़ती ग़ज़ाला को निहारता रहा था।

चार दिनों तक चले 'आषाढ़ का एक दिन' के प्रदर्शनों में ग़ज़ाला हमारे नाट्यदल के लिए एक उपलब्धि साबित हुई थी। पाँचवें दिन की शाम रिहर्सल रूम में एक-दूसरे को मुबारकबाद देते,...एक-दूसरे की आलोचना-प्रशंसा के साथ-साथ आपस में नोक-झोंक करते हमारे नाट्यदल की यह आम राय बनी थी कि इस नाटक का 'रिपीट शो' किया जाना चाहिए और साथ ही मुझे अगले प्रोडक्शन की योजना पर भी तत्काल काम शुरू कर देना चाहिए। शम्पा की राय थी—"इस चिड़िया का कोई भरोसा नहीं।...यह कभी भी फुर्र हो सकती है।"

शम्पा की राय पर सबों ने ठहाके लगाए। ग़ज़ाला भी खिलखिला उठी थी।

शम्पा ने फिर कहा था—"तुम लोग इसकी हँसी पर मत जाओ।...मैं जानती हूँ, यह किसी भी दिन उड़ जाएगी।...कोई नवाब का नाती आएगा और ले जाएगा इसे। शम्पा की तरह थिएटर के यज्ञ में हवि नहीं बननेवाली है यह।... एक नाटक तो तत्काल शुरू कर देना चाहिए ताकि यह फँसी रहे।"

हम लोगों ने रिपीट शो के लिए अगले सप्ताह से फिर रिहर्सल जारी रखने का निर्णय लिया था।

रिहर्सल शुरू होने से ठीक एक दिन पहले वह मुझसे मिलने आई थी। दोपहर का समय था। किशमिशी रंग का ढीला कुर्ता और सिर पर दुपट्टा डाले जब ग़ज़ाला मेरे कमरे में आई, उसकी आँखें चमक रही थीं। उसने आते ही पारम्परिक प्रेमिकाओं की तरह पहले मेरे किचन में प्रवेश किया। मुझे आलसी और कामचोर कहा। मेरी अराजकता पर छोटा-सा भाषण दिया। इस बीच वह चाय बनाने का उपक्रम भी करती रही। फिर हम दोनों दो भिन्न आकार के गिलासों में चाय लिए मोढ़ों पर बैठ गए थे। अपने दुपट्टे के छोर में चाय का गिलास लपेटकर वह चुस्कियाँ भर रही थी और मैं उसे निहार रहा था।

"बहुत ख़ुश लग रही हो?...क्या बात है?"

मैंने उससे पूछा।

"कब ख़ुश नहीं रहती मैं?...तुम्हें मेरी ख़ुशी से जलन हो रही है?" वह ताज़ा खिले फूलों की तरह मेरे कमरे की हवा में घुल-मिल गई थी।

"हाँ, फफोले उठ रहे हैं।...तुम बात तो बताओ।" मैंने उसे कुरेदा।

"कौन-सी बात?"

"वही, जिसके चलते तुम खुश हो।"

"तुम नहीं समझ सकते।" वह गम्भीर हो उठी।

"ग़ज़ाला!"

"हाँ, तुम नहीं समझ सकते।...यह नाटक तो रोग बनकर लग गया है मेरी ज़िन्दगी से। पहला नाटक, पहले प्यार की तरह मेरी हर साँस पर कब्ज़ा करना चाहता है। सुबह से शाम तक मेरी ज़िन्दगी का एक-एक पल छीन लेना चाहता है...।"

"ग़ज़ाला! क्या हुआ तुम्हें?...किसी के साथ इश्क़-विश्क के चक्कर में तो नहीं फँस गई तुम?" मैंने मज़ाकिया लहज़े में बात बदलने की कोशिश की थी।...पर मेरे मज़ाक और मेरी उपस्थिति से परे वह जैसे किसी दूसरे लोक में जी रही थी।

"मैं हसन मंज़िल की मल्लिका हूँ और बेगम रफ़िया हसन अम्बिका।... और तुम?...तुम हो कालिदास, जिसके साथ रिहर्सल के दौरान भावों की वर्षा में भींग कर मैं हर रोज़ वापस हसन मंज़िल जाती हूँ।...तुम हो कालिदास।... आत्म-सीमित कालिदास।...बेगम रफ़िया हसन का कहना है कि मैं तुम्हारे लिए एक उपादान हूँ।...मेरे सहारे तुम नाटक की दुनिया में अपनी उपस्थिति और अपना महत्त्व बनाए रखना चाहते हो।...उनका कहना है, कि...मैं जिस भावना और सुख की बातें करती हूँ,...न तो मैं उस भावना को समझती हूँ और ना ही उस सुख को पहचानती हूँ।...कि तुम एक दिन मातृगुप्त बनने कहीं और चले जाओगे...और मैं हसन मंजिल की दीवारों से सिर टकरा-टकराकर पागल हो जाऊँगी।"

"ग़ज़ाला!" मैं हतप्रभ था।

ग़ज़ाला के होठ नि:शब्द हिल रहे थे। उसकी आँखों में समुद्र फ्रीज़ कर गया था। मैंने उसके काँधों को हौले से छुआ। मेरी हथेलियाँ उसकी रगों की थरथराहट से काँप उठीं। हमारे बीच मौन का एक युग जैसे बीत गया हो। फिर मैंने ही मौन तोड़ा—"ग़ज़ाला!...सब ठीक हो जाएगा ग़ज़ाला।...समय को सहना सीखो।"

वह मुस्कराई थी, जैसे अपने संवाद में विराम देकर दर्शक-दीर्घा की मौन-उत्सुकता को भाँप रही हो।

खिल-खिल करती,...अपनी बड़ी-बड़ी आँखों की चपलता से सुख के

छन्द रचती,...दोस्तों पर अपनी हार्दिकता लुटाती...और संवादों के लय में डूबती-उतराती ग़ज़ाला हसन हमारे नाट्यदल के बीच एक साल तक उपस्थित रही। इस बीच हम लोगों ने उसके साथ दूसरे नाटक का मंचन किया। उसे पर्याप्त प्रसिद्धि मिली। नाटक प्रेमियों का कहना था कि पहली बार हमारे नगर को एक प्रतिभाशाली अभिनेत्री मिली है। हम सब उसके साथ तीसरे नाटक की तैयारी में लगे थे। सप्ताह भर पहले रिहर्सल शुरू ही किया था कि वह दिन आया।

वह दिन मेरे जीवन का उथल-पुथल भरा दिन था। ऐसा दिन, जिसकी स्मृतियों में ग़ज़ाला के सपनों की दीर्घ अनुगूँज आज तक क़ैद है। एक रात रिहर्सल के बाद मेरे स्कूटर पर बैठने से पहले उसने कहा—"मैं तुम्हारे साथ तुम्हारे घर जाना चाहती हूँ।...अभी।"

"घर।" मैं चौंका।

"हाँ, घर।"

"घर तो बहुत दूर है। सात घंटे बस की यात्रा के बाद पाँच किलोमीटर पैदल चलकर मेरा गाँव आता है। इस बीच दो नदियों को पार करना पड़ता है।... और मैडम! एक गाय, एक जोड़ी बैलों के साथ मेरे चाचा का परिवार वहाँ रहता है। पिता हैज़ा का शिकार हो गए। अपने और मेरे हिस्से की ज़मीन बेचकर बड़े भाई ससुराल में बस गए। मेरी माँ पाँच साल पहले परलोक सिधार चुकी हैं...।"

"तुम्हारे पूर्वजों से मिलने नहीं जाना मुझे।...मैं तुम्हारे कमरे की बात कर रही हूँ।" वह गम्भीर स्वर में बोली।

"हसन मंज़िल पहुँचने में देर नहीं होगी? मैंने पूछा।"

"उसकी फ़िक्र तुम मत करो। मुझे ले चलो...।" उसकी आँखों में फिर सपनों का सैलाब उमड़ने लगा था।

ग़ज़ाला मेरे साथ मेरे कमरे में आई। वैसे ही पारम्परिक प्रेमिकाओं वाली अदा में किचन पर कब्ज़ा किया। दिन की बनी सब्ज़ी को गर्म किया और सुबह का बचा ब्रेड सेंककर सुघड़ गृहिणी की तरह मुझे खिलाने बैठी। हम दोनों ने रात के खाने की औपचारिकता का निर्वाह किया। मैंने हसन मंज़िल की याद दिलाते हुए कहा—"देर हो रही है। तुम्हारी माता अम्बिका चिन्तित होंगी।... चलो तुम्हें पहुँचा दूँ।"

वह बिफर उठी—"ठीक कहती हैं बेगम रफ़िया हसन कि तुम ख़ुदगर्ज हो।...आत्मसीमित कालिदास।"

"और अगर सुबह होने से पहले उन्होंने रंगरेज बदरू मियाँ के रंग भरे नाँद में डूब कर जान दे दी तो?" मैंने पूछा।

"तो मैं भी वहीं दफ़न हो जाऊँगी।...तुम्हारे गले नहीं पड़ूँगी।...पर आज,... अभी नहीं जानेवाली मैं।...मैं सोना चाहती हूँ।...एक रात अपनी आँखों में सपने भरकर सोना चाहती हूँ।...हसन मंज़िल में नींद नहीं आती मुझे।...सारी-सारी रात जागती रहती हूँ।...वह विलोम की तरह बार-बार मेरे कमरे का दरवाज़ा खटखटाता है। कभी पलंग के नीचे छिपा गुर्राता रहता है, तो कभी दीवारें फोड़कर अपनी लाल डरावनी आँखों से करता है।...वह मुझे सोने नहीं देता। आँख लगते ही मेरे सीने पर सवार होकर तेज़ धारवाले चाकू से चाक-चाक कर देता है मेरा सीना।...वह पशुओं की तरह दहाड़ता है,...शैतानों की तरह हँसता है। ऐसे ठहाके लगाता है कि हसन मंज़िल की दीवारें थर्रा उठती हैं।...सुनो,...मैं अपनी मौत से पहले एक रात,...सिर्फ़ एक रात अपनी आँखों में सपने भरकर गहरी नींद सोना चाहती हूँ।"

...और उस रात ग़ज़ाला हसन मेरी बाँहों पर सिर रखकर, मेरे सीने से चिपकी हुई सारी रात सोई।...ऐसी नींद सोई, जिस नींद में समूची सृष्टि का सुख सिमटा हुआ था,...जिस नींद में सिर्फ सपने ही सपने थे।...आर्द्रआँखों के जल में तैरती हुई मौन की कश्तियाँ थीं,...होंठों के किनारों को छूकर मन-प्राण के भीतर होले-हौले उतरती साँसों का गोपन-संगीत था।...उसकी नींद में न मैं था, ना वह थी। एक छोर पर आसमान था, दूसरे छोर पर धरती थी,...और बीच में थी सपनों की नदी।

सुबह, मुँह अँधेरे उसने मुझसे कहा था—"ग़ज़ाला हूँ मैं।...ग़ौर से देखो मुझे।"

...और मैंने देखा कि उसकी पूरी-की-पूरी देह हिरनी की चंचल आँखों की करुणा में बदल चुकी थी।

सूर्योदय से पहले हम दोनों हसन मंज़िल पहुँचे थे बेगम रफ़िया हसन पत्थर की मूर्ति की तरह बारजे में खड़ी एकटक सड़क की ओर देख रही थीं।

वह स्कूटर से उतरी। भर आँख मुझे देखा और झटके से हसन मंज़िल के गेट के भीतर चली गई। रंगरेज़ बदरू मियाँ के रंग भरे नादों, कड़ाहों और अलगनी पर टँगी चुनरियों से बचती-बचाती, पीछे मुड़-मुड़कर देखती और हसन मंजिल के भीतर लोप होती ग़ज़ाला हसन को मैं देखता रहा।

उस दिन के बाद से आज तक इस शहर ने ग़ज़ाला हसन को नहीं देखा। उसी शाम बेगम रफ़िया हसन उसे साथ लेकर अपने पुश्तैनी क़स्बे में चली गईं। उसी महीने ग़ज़ाला का निकाह उसके फूफीजाद भाई शौकत अली के साथ हुआ। वह अपनी ससुराल कलकत्ता चली गई। हसन मंज़िल की तरह ही

कलकता में शौकत अली की कोठी थी—अली मंज़िल। कुछ ही दिनों बाद हसन मंज़िल इस शहर से ग़ायब हो गई। वहाँ पाटलि अपार्टमेंट नाम की एक ऊँची इमारत उग आयी। ग़ज़ाला के पागल भाई अनीस अल्लाह को प्यारे हुए। हसन मंज़िल के मिट जाने और अनीस के गुज़र जाने के ग़म में बेगम रफ़िया हसन ने बिस्तर पकड़ लिया और एक दिन चल बसीं। इस बीच ग़ज़ाला माँ बन चुकी थी। उसने एक बेटी को जन्म दिया था। शौकत अली ने देन मेहर देकर बेगम ग़ज़ाला को अली मंज़िल से बाहर कर दिया और किसी रईसजादी से निकाह कर लिया। यह सब कुछ मात्र एक साल के अन्दर घटित हुआ। यह एक साल और बाद के बीस साल यानी कुल इक्कीस साल।

इक्कीस साल कम नहीं होते। किसी को बिसार देने के लिए तो एक पल काफ़ी होता है।...पर किसी को इक्कीस साल तक स्मृतियों में जीवित रखना,... स्मृतियों के साथ इतने वर्षों तक एक आकुल पक्षी की उड़ान भरते रहना, आसान नहीं होता। आप जिस अभिनेत्री को मंच पर देखकर हत्प्रभ हैं,...जिसके बारे में जानने के लिए आकुल और उत्सुक है, उसका इन बातों से बड़ा घना रिश्ता है। पिछले दिनों, आज से दो माह पहले, लगभग तीस वर्षों तक इस क़स्बाई शहर के थिएटर की दुनिया में जैसे-तैसे जीवित रहने के बाद मैं अपने जीवन की सार्थकता-निरर्थकता के द्वन्द्व में उलझा हुआ था कि यह लड़की मेरे सामने आ खड़ी हुई।...मैं स्तब्ध रह गया। फटी आँखों से उसे निहारता रहा। इतना अस्थिर कभी नहीं हुआ था मेरा मन। मुझे अपने आपसे सहानुभूति होने लगी थी। मैंने इसके पहले कभी भी अपने को इतना निरुपाय,...इतना बेचारा,...और इतना असमर्थ महसूस नहीं किया था। ग़ज़ाला अपने जिस सपने की दीर्घ अनुगूँज के बल पर जीवन के लिए सामर्थ्य और विश्वास अर्जित करती रही थी, उस सपने का साकार रूप अपने सामने पाकर मैं असहाय हो गया था।

वह मुस्कराई थी—ठीक वैसे ही। वैसी ही चपलता के साथ अपनी आँखों में सपनों की छवियाँ लहराती हुई वह मेरे क़रीब आई थी। किसी बुज़ुर्ग की तरह मन ही मन मेरी स्तब्धता और असहायता को विश्लेषित करती हुई मेरे बिलकुल पास खड़ी थी। हौले से मेरी हथेलियों को अपनी हथेलियों में भरकर उसने कहा था—"मैं मल्लिका हूँ।...मैं तो आपको देखते ही पहचान गई थी। बचपन से ही आपकी तस्वीरें अम्मी के पास देखती रही हूँ।...मम्मी आपको बहुत याद करती हैं। आपको याद किए बग़ैर उनकी बातचीत का कोई हिस्सा पूरा नहीं होता। उन्होंने आपके लिए यह ख़त भेजा है।"

मैं उस ख़त की बाबत आपसे कोई चर्चा नहीं करूँगा, क्योंकि उसमें बहुत सारी ऐसी बातें थीं, जिनको जानने-न-जानने का अब आपके लिए कोई अर्थ नहीं रहा।...बहुत लम्बा खत था, जिसकी कई बातें,...कई सूचनाएँ मुझ तक पहली बार पहुँची थीं। मैं कुछ भी गोपन नहीं रखना चाहता। लगभग सारी बातें तो में आपको बता ही चुका। थिएटर वालों के जीवन में कुछ भी गोपन नहीं होता।...और जो गोपन होता है, वह थिएटर में पच ही नहीं पाता। अपने-आप किसी विकार की तरह थिएटर की दुनिया से बाहर हो जाता है। मंच पर तो मौन भी मुखर होता है।...यहाँ विराम की भी एक गति होती है।...हाँ, उस खत का आख़िरी हिस्सा आपको ज़रूर बताना चाहता हूँ। ग़ज़ाला ने लिखा था—"...मैं थिएटर-यज्ञ के लिए हवि भेज रही हूँ।...मल्लिका अब तुम्हारे साथ रहेगी, अगर तुम स्वीकार करो तो...।"

पूरे-पूरे आधे-अधूरे

*

सईद अय्यूब

मैं उनकी हरकतें देखकर दरवाजे पर ही ठिठक कर रुक गया था। कमरे में कोई कश्मीरी लोक गीत गूँज रहा था जिसके बोल समझना मेरे लिए मुश्किल था पर गायिका शमीमा आज़ाद की आवाज़ मैं पहचान सकता था जो इतनी मधुर थी कि किसी कबाड़ से खरीद कर और मरम्मत करवा कर इस्तेमाल किये जा रहे टेपरिकार्डर की खर-खर के बावजूद अपने में डुबो रही थी। सामने की दीवार पर एक पेंटिंग टँगी हुई थी जिसमें सर-शब्ज पहाड़ियों में चरती हुई भेड़ों के झुण्ड, गड़रिये को पानी पिलाती हुई एक महिला और एक शिशु को अपने वक्ष से दूध पिलाती एक दूसरी महिला दिखाई दे रही थीं। फर्श पर एक पुराना, सस्ता कश्मीरी कालीन, किनारे पर करीने से समेट कर रखे गए चाय के कुछ बर्तन और उनके पीछे कुछ छोटे-मोटे गट्ठर। "उनमें ज़रूर कबाड़ भरा होगा"—मैंने सोचा और अपने में मस्त दोनों भाइयों की ओर देखने लगा। दोनों एक-दूसरे से इस तरह चिपके हुए थे कि अगर कोई अनजाना व्यक्ति देखता तो यही समझता कि एक जिस्म है, जिसके दो सर हो गए हैं। दोनों सरों के नीचे एक-एक चेहरा, कुल जमा चार जोड़ी आँखें, दो नाक, दो मुँह, दोनों ही चेहरों पर हलकी दाढ़ी, बस फ़र्क इतना कि एक दाढ़ी मेंहदी में रँगी हुई और एक काली। दोनों एक-दूसरे से लिपटे हुए, गाने की धुन पर नाचने के प्रयास में मगन थे। दोनों की बैसाखियाँ उनके दाएँ और बाएँ झूल रही थीं। परवेज़ रसूल को तो बैसाखियों की मश्क थी पर ग़ुलाम रसूल को अभी आदत नहीं पड़ी थी। वह बीच-बीच में लड़खड़ा जा रहा था। मैंने अपना कैमरा हाथ में ले लिया और अगली बार ग़ुलाम जैसे ही लड़खड़ाया कि 'क्लिक'...

कैमरे की क्लिक और फ्लैश ने उन्हें वापस इस दुनिया में पहुँचा दिया।

मुझे कैमरे से लैस देख वे इस कदर बदहवास हुए कि दोनों की बैसाखियाँ उनके कंधों से अलग हो गयीं और दोनों एक साथ धड़ाम से ज़मीन पर आ रहे। शुक्र था, कालीन कुछ मोटा था और शायद उन्हें ऐसे गिरने की आदत थी, कोई अप्रिय दृश्य पैदा नहीं हुआ। मैं हँसते हुए कमरे में दाखिल हुआ और सामने पड़ी तीन टाँग की एक पुरानी कुर्सी पर बैठ गया। मैंने उन्हें उठाने की कोई कोशिश नहीं की क्योंकि गिरने के बाद दोनों हँसी से लोट-पोट हो रहे थे। उनके इस मज़ाकिया स्वभाव से मैं परिचित था। वे ऐसे ही थे, एकदम मस्त। हँसी खत्म कर वे एक-दूसरे का सहारा लेकर उठे। परवेज़ कमरे के एक किनारे स्थित छोटे से किचन की ओर बढ़ गया। मैं उसका इरादा समझ चुका था। वह मेरे लिए नून चाय बनाने जा रहा था। ग़ुलाम, कालीन के कोनों को, जो उनके नाचने की वजह से थोड़े थोड़े मुड़ गए थे, ठीक करने लगा। मैं उन दोनों को मना नहीं कर सकता था क्योंकि दोनों को ही मेरी इस तरह की कोई दखलंदाज़ी पसंद नहीं थी और वे इसे अपनी मेहमाननवाज़ी के खिलाफ़ भी मानते थे।

अजीब मज़ाक हुआ था उनके साथ। एक का कमर के नीचे का पूरा दायाँ हिस्सा बेकार था तो दूसरे का पूरा बायाँ। जबसे मैं उनसे मिला था उनकी कहानी जानने की हज़ार कोशिश कर चुका था। वे बहुत खुश अस्लूबी से पेश आते। बढ़िया नून चाय पिलाते, कभी-कभी खुद की बनाई हुई कश्मीरी गोश्त खिलाते पर जैसे ही मैं उनकी ज़िंदगी के बारे में कोई सवाल करता, वे मुझे ऐसी डरी और निश्छल निगाह से देखते कि उसके आगे के सारे प्रश्न मेरे दिमाग में ही कहीं उलझ कर रह जाते। पिछले लगभग दो सालों की अपनी मुलाक़ात में मैंने उनके दिलों में कुछ जगह बना ली थी और इसलिए आज फ़ैसला करके आया था कि बिना उनकी ज़िंदगी के बारे में जाने मैं यहाँ से नहीं जाऊँगा।

"परवेज़..." मैंने नून चाय की तैयारी कर रहे परवेज़ को बहुत आहिस्ते से आवाज़ दी।

"जी भाईजान" पता नहीं दोनों भाई मुझे भाईजान क्यों कहते थे जबकि मैं उनसे उम्र में छोटा था।

"आज मैं तुम्हारी बनाई हुई चाय नहीं पियूँगा।"

"क्यों? बंदे से क्या गुस्ताखी हो गयी? मैंने अपना यह हाथ ठीक से धो लिया है।" उसने मुस्कराते हुए अपना दायाँ हाथ दिखाया।

"मुझे इससे कोई मतलब नहीं कि तुमने हाथ धोया है या नहीं?"

"फिर?"

"बस कह दिया ना कि नहीं पीनी।" मैंने अपनी योजना पर अमल करते

हुए कुछ गुस्से से कहा।

"चलो कोई बात नहीं।" उसने ग़ुलाम को आवाज़ देते हुए कहा—"ओए गुलामे, तू बना दे। मेरे हाथ की चाय न पीने की कसम खा रखी है भाईजान ने।"

उसके लहजे में इतना भोलापन और नाटकीयता थी कि मैं और ग़ुलाम हँसे बिना न रह सके।

"देखो, चाय चाहे तुम बनाओ या ग़ुलाम, मैंने फ़ैसला किया है कि मैं अब तुम दोनों के यहाँ कुछ भी नहीं खाऊँ-पियूँगा क्योंकि..." मैंने जानबूझकर अपनी बात अधूरी छोड़ दी।

"क्यों?" दोनों भाइयों ने बेक वक़्त सवाल किया था।

"क्योंकि तुम दोनों मुझे अपना तो मानते नहीं हो?" मैंने पासा फेंका यद्यपि मैं डर भी रहा था कि शायद वे मेरे पासे में न आएँ। कश्मीरियों के बारे में आम राय तो यही है कि वे जितने भोले दिखते हैं उतने होते नहीं।

"ऐसा आपको क्यों लगता है भाईजान?" ग़ुलाम ने पूछा।

"क्योंकि मैं जब भी तुमसे कोई सवाल पूछता हूँ तुम दोनों चुप हो जाते हो?"

"आप यही जानना चाहते हो न कि हम दोनों की यह हालत कैसे हुई?"

"यही नहीं बल्कि तुम्हारी पूरी ज़िंदगी की दास्तान सुनना चाहता हूँ।"

"ज़िंदगी की दास्तान तो बहुत छोटी सी है भाईजान पर यह जो हमारी हालत हुई है, इसकी दास्तान बहुत बड़ी है। इतनी बड़ी और इतनी दर्दनाक कि कई ज़िंदगियाँ खतम हो जाएँगी पर न यह दास्तान मुकम्मल होगी, न वह दर्द खत्म होगा।"

परवेज़ की आवाज़ कहीं बहुत दूर से आती लग रही थी।

"आपको लगता होगा कि हम अपनी कहानी आपको नहीं बताना चाहते पर असल में हम उस दर्द से फिर से गुज़रना नहीं चाहते। हम दोनों ने फ़ैसला किया है कि हम अपनी बाक़ी ज़िंदगी हँसते-गाते ही बिताएँगे। माज़ी का कोई मातम नहीं, किसी दर्द को फिर से दुहराना नहीं, सिर्फ़ मुस्तक़बिल को किसी तरह से काट देना है।"

"परवेज़, दर्द को बाँटना और दर्द को याद करना दो अलग-अलग चीज़ें होती हैं। मैं तुम लोगों से दर्द बाँटने के लिए कह रहा हूँ, दर्द को याद करने के लिए नहीं।"

"आप नहीं भी कहते तो भी हम महसूस कर रहे हैं कि किसी न किसी दिन यह दर्द आपसे बाँटना ही पड़ेगा। तो आज ही सही। पर पहले आपको

हमारी चाय पीनी पड़ेगी।" पता नहीं परवेज़ की मुस्कुराहट में क्या था? मैं अंदर तक लरज गया।

कश्मीर की खूबसूरत वादियों में बारामूला के नज़दीक एक छोटा सा, खूबसूरत सा गाँव। साधारण से लोग। अपने में मस्त। दुनिया से कटे हुए पर दीन से नहीं। अपने खेतों और बगीचों में काम करते हैं, जंगल से लकड़ियाँ लाते हैं, छोटी सी, बे-छत की मस्जिद में नमाज़ पढ़ते हैं और जब दुआ के लिए हाथ उठाते हैं तो सीधे अल्लाह मियाँ से जुड़ जाते हैं क्योंकि मस्जिद की छत तो है नहीं। ज़मीन से आसमान तक कोई रोक-टोक नहीं। औरतें और लड़कियाँ अपने-अपने घरों और घर के मर्दों का ख्याल रखती हैं, खेतों और बगीचों में उन्हें खाना पहुँचाती हैं, गाँव की तलहटी में जाकर वहाँ बहने वाले ताज़े पानी के नाले से पानी भर कर लाती हैं, मवेशियों को दाना-पानी देती हैं और जब ज़्यादा खुश होती हैं तो आपस में मिलकर नाचती-गाती हैं। कुल मिलाकर एक खुशहाल ज़िंदगी है पर इंसानों की खुशहाली उसके खुदा को कब मंज़ूर होने लगी? और जब खुदा को मंज़ूर नहीं तो ज़मीनों पर उसकी नुमाइंदगी कर रही सरकारों और दूसरे लोगों को कैसे मंज़ूर होगी? खुदा तो कहता है कि मैं तुम्हें मुसीबतों में इसलिए डालता हूँ कि तुम्हारा इम्तेहान ले सकूँ। और ये तो खुदा के नुमाइंदे हैं। इम्तेहान लेने का तो उनको हक़ है ही।

तो कई बातों की एक बात यह है कि इस खुशहाल गाँव में एक खुशहाल परिवार रहता था। पेशे से किसान और पैसे से गरीब इस परिवार को जी तोड़ मेहनत के बाद जो भी मिलता उसे अल्लाह का शुक्र अदा कर खाते, पहनते और खा-पहन कर मर्द बिना छत वाली मस्जिद में नमाज़ अदा करता, औरत घर के अंदर मुसल्ला बिछा कर अपने रब का शुक्र अदा करती और बच्चे घर से मस्जिद तक अपने खेल में मस्त रहते। मर्द का नाम था मुश्ताक़ मुहम्मद, औरत थी इसरा और तीनों बच्चे, सबसे बड़ी रुकैय्या, फिर जुड़वाँ ग़ुलाम रसूल और परवेज़ रसूल। जुड़वा होने के बावजूद ग़ुलाम परवेज़ से पंद्रह मिनट बड़ा था। तो बात तबकी है जबकि रुकैय्या आठ साल की थी और ग़ुलाम और परवेज़ पाँच-पाँच साल के।

सर्दियों के बाद का मौसम-ए-बहार था। बादाम के पेड़ जामुनी और किरमिजी रंग के फूलों से लद चुके थे और चारों ओर जन्नत का नज़ारा पेश कर रहे थे। घाटियों को रंग-बिरंगे फूलों ने अपने रंगों से ढक लिया था। पूरे कश्मीर में सैलानी इस तरह से फैले हुए थे जैसे वही यहाँ के मूल निवासी हों।

ऐसे में एक दिन का सूरज न सिर्फ़ इस परिवार के लिए, बल्कि पूरे गाँव के लिए आफ़त की तरह नमूदार हुआ।

जब बूटों की आवाज़ घाटी से ऊपर आकर गाँव के चारों ओर फैलने लगी, उस वक्त दूसरे गाँव वालों की तरह मुश्ताक़ अपने बगीचे में जाने की तैय्यारी कर रहा था। इसरा घर के अंदर, दो दिन बाद आने वाले अपने भाई और भाभी से मिलने की खुशी में कोई गीत गा रही थी और घर की साफ़-सफ़ाई में जुटी हुई थी। स्कूल बंद था सो तीनों बच्चे अपने-अपने खेलों में मस्त थे। बूटों से उठने वाली आवाज़ ने अचानक ही पूरे गाँव को चारों तरफ़ से घेर लिया। गाँव वालों के लिए यह कोई अप्रत्याशित घटना नहीं थी। वे इसके आदी थे। ये बूट दुश्मनों की टोह लेने के बहाने गाहे-बगाहे गाँव में घुस ही आते थे और जब दुश्मन के नाम पर कुछ नहीं मिलता था तो गाँव के कुछ लोगों के यहाँ दावत-वावत करके चले जाते थे। कभी-कभी किसी को पकड़ कर भी ले जाते और अक्सर तो वे दो-चार दिन में लौट ही आते थे पर एक-दो बार ऐसा भी हुआ कि गया हुआ व्यक्ति कभी वापस नहीं आया। ये बूट जब भी गाँव में आते गाँव वालों की साँसें अधर में टँग जाती कि न जाने कब किसकी शामत आ जाए। पर इस बार के बूटों को देखकर गाँव वाले सिहर उठे थे। उनकी थप-थप बता रही थी कि आज कुछ अनहोनी होगी। ये बूट इस से पहले इतनी संख्या में कभी नहीं आए थे। बूटों की कारवाई शुरू हुई। एक-एक को घर से बाहर निकाल कर एक गोल घेरे में संगीनों के साए में इकठ्ठा कर दिया गया। संगीनें तनी हुई थीं, लोग सिकुड़े हुए थे। एक-एक घर की पूरी तसल्ली से तलाशी ली गयी और फिर मर्दों और छोटे बच्चों को घेरे से निकाल कुछ बूटों के साथ नीचे सड़क पर और फिर वहाँ से एक ट्रक में भरकर छावनी के अंदर पहुँचा दिया गया। मर्द चिल्लाते रहे, बच्चे बिलकते रहे, औरतें दुहाई देती रहीं पर सब बे-असर। ले जाते वक्त रुकैया किसी तरह से एक बूट के हाथों से छूट कर इसरा से लिपट गयी थी। वह बूट उसको पकड़ने के लिए जब दुबारा उसकी ओर लपका तो एक ऑफिसर से लगने वाले बूट ने उसे मना कर दिया। उस ऑफिसरनुमा बूट की आँखों में रुकैय्या को देखकर कुछ अजीब सा उभर आया था और फिर...

...और फिर तीन दिन बाद जब मर्द और बच्चे भूखे-प्यासे अपने-अपने घरों को लौटे तो सब कुछ लुट चका था। घरों का सारा सामान बिखरा पड़ा था। औरतें जहाँ-तहाँ निढ़ाल पड़ी हुई थीं, चुप...बिल्कुल चुप।

ग़ुलाम और परवेज़ ने जब मुश्ताक़ के साथ घर में प्रवेश किया तो दौड़ कर अपनी माँ से लिपट नहीं सके। वे अपनी बहन रुकैया को भी आवाज़ नहीं

दे सके। वे बस चुप-चाप अपनी माँ को देखे जा रहे थे। मुश्ताक़ भी चुपचाप बस अपने घर की दीवारों को घूर रहा था। इसरा लगभग अधनंगी हालत में, एक टूटी हुई चारपाई पर लेटी हुई थी और चुपचाप खला में घूरे जा रही थी। उसके कपड़े जगह-जगह से फटे हुए थे। हाथ और पैरों पर खरोंच के निशान साफ़ दिखाई पड़ रहे थे जिनसे खून बह-बह कर काले निशान के रूप में जमा हो गया था। अचानक वह उठी और ग़ुलाम और परवेज़ को लगभग भींचते हुए ज़ोर-ज़ोर से रोने लगी। और ठीक उसी वक़्त, सारे गावँ की औरतों ने, जैसे वे इसरा के रोने का इंतेज़ार कर रही हों, एक साथ अपने-अपने बच्चों, पतियों और घर के दूसरे मर्दों से लिपट कर रोना शुरू कर दिया। उनके रोने की आवाज़ ने पूरे गाँव को शोक की एक चादर से ढक दिया। बादाम के पेड़ों से सारे जामुनी और किरमजी रंगों के फूल झर गए और उदासी रंग के फूलों ने उनकी जगह ले ली। गिलहरियाँ जो पेड़ों पर बादाम की फ़सलों का इंतेज़ार करते हुए खुशी से नाच रही थीं, न जाने कहाँ छुप गयीं।

कुछ देर बाद इसरा का रोना जब सुबकियों में बदल गया तो मुश्ताक़ को रुकैया का ख्याल आया। वह पिछले तीन दिनों से सबसे ज़्यादा रुकैया के बारे में सोच रहा था। घाटियों में उगने वाले फूलों से भी कोमल, अपनी बेटी रुकैया के बारे में। गाँव के और मर्दों के साथ उसको भी अंदाज़ा हो चुका था कि ये बूट अब क्या करने वाले हैं। पर वह मजबूर था। वह मर का भी अपने गाँव नहीं पहुँच सकता था। चाहकर भी रुकैया और इसरा को उन ज़ालिमों के चंगुल से नहीं बचा सकता था। वह खुद उन ज़ालिम बूटों के सख्त पहरे में था। उसने अपने बे-छत वाले अल्लाह को याद किया और मन ही मन मन्नत भी माँगी कि उसके रुकैया और इसरा को कुछ न हो। वह वापस जाकर चाहे जैसे भी हो, मस्जिद की छत तैयार कराएगा। पर न जाने क्यों, उसको अपनी ही मन्नत पर यक़ीन नहीं हो रहा था। उसे न जाने क्यों ऐसा लगने लगा था कि उसने अल्लाह को उन बूटों के साथ ही देखा था और जब वह ऑफिसरनुमा बूट उसकी बेटी को घूर रहा था तो अल्लाह कहीं आस-पास ही मुस्कुरा रहा था।

और तीन दिनों के बाद जब बूटों ने उनको घर जाने की आज़ादी दी थी, गाँव के सब मर्दों के साथ-साथ मुश्ताक़ भी तीर की तरह अपने गाँव की ओर भागा, गरचे ग़ुलाम और परवेज़ की उँगलियाँ पकड़े होने और तीन दिन से लगभग कुछ न खा पाने की वजह से वह दौड़ नहीं सकता था। और वही क्या, सारे गाँव वालों की हालत ऐसी ही थी। फिर भी जितनी तेज़ी से हो सका, वे पहाड़ों पर चढ़े, तंग घाटियों में उतरे, पत्थरों से टकराये, झाड़ियों में उलझे और अपने

गाँव की सीमा पर आकर चुप-चाप खड़े हो गए। सामने गाँव की एक दूसरे से दूर खड़े हुए मकान दिखायी दे रहे थे। बादाम के पेड़ भी दिख रहे थे। घरों के सामने फूलों की क्यारियाँ भी दिख रही थीं। मकानों से लगी हुई वे सीढियाँ भी दिख रही थीं जिनपर जब वे अपने खेतों और बगीचों से लौटते थे तो उनकी औरतें उनका इंतज़ार करते हुए खड़ी रहती थीं। पर अब सब के सब उसी गाँव की सीमा पर खड़े थे...चुपचाप। गाँव का उजाड़पन और ख़ामोशी उन्हें डरा रही थी। वे गाँव में जाने की हिम्मत नहीं कर पा रहे थे। ऐसे में मुश्ताक़ को बे-छत वाली मस्जिद की सफ़ेद दीवार दिखाई दी और साथ ही अल्लाह का मुस्कुराता हुआ चेहरा भी याद आया। उसने तेज़ आवाज़ में न जाने किसे एक गंदी गाली दी और ग़ुलाम और परवेज़ का हाथ पकड़े तेज़ी से अपने घर की ओर दौड़ पड़ा।

घर और इसरा की हालत और फिर इसरा के रोने ने उसे और बदहवास कर दिया था पर जब इसरा की हिचकियाँ सुबकियों में बदल गयीं तो उसे रुकैया का ख्याल फिर से आया।

"रुकैया...?" वह ठीक से बोल भी नहीं पा रहा था।

इसरा अब भी अपने दोनों बच्चों को अपने से चिमटाये हुए रोये जा रही थी। उसने बहुत मुश्किल से सामने वाले कमरे की तरफ़ इशारा किया। मुश्ताक़ तड़प कर सामने वाले कमरे की ओर बढ़ा। रुकैया ज़मीन पर पड़ी हुई थी। जिस्म पर कपड़े का एक छोटा सा टुकड़ा भी नहीं था। पूरे जिस्म पर जगह-जगह लगी हुई मिट्टी पर खून बह-बह कर जम गया था। आँखें दर्द और खौफ़ से बाहर की तरफ़ फटी पड़ी थीं। ज़मीन की पोली मिटटी कई जगह से उखड़ गयी थी। कई सालों बाद, एक दिन रोते हुए इसरा ने बताया था कि वह मरने से पहले बहुत तड़पी थी। इसरा ने जब उसको गोद में उठाने की कोशिश की थी तो वह तड़प कर गोद से बाहर चली गयी थी। उसके तड़पने से ही ज़मीन की मिट्टी अपनी जगह से उखड़-उखड़ गयी थी।

मुश्ताक़ ने कुछ नहीं किया। न रोया, न चिल्लाया। उसने एक नज़र रुकैया के बेजान जिस्म पर डाली, घर के कोने में रखा अपना बेलचा और कुदाल उठाया और बे-छत वाली मस्जिद के आँगन में पहुँच उसे खोदने लगा। गाँव के कुछ लोगों ने उसे ऐसा करते हुए देखा पर किसी ने उसे रोकने की कोशिश नहीं की। गाँव के पाँच घरों में मौत हुई थी। उसमें आठ साल की रुकैया से लेकर साठ साल की आमिना बी तक थीं और पाँचों को गाँव वालों ने उस बे-छत की मस्जिद में दफ़न कर दिया। न कोई नमाज़-ए-जनाज़ा पढ़ी गयी, न कोई फातेहा। मुश्ताक़ को लगा था कि उसने रुकैया को नहीं बल्कि मुस्कुराते हुए अल्लाह

को उस बे-छत वाली मस्जिद में हमेशा-हमेशा के लिए दफ़न कर दिया है।

"अब भी रुकैया याद आती है कभी-कभी। हम दोनों को गोद में बैठा कहानियाँ सुनाती हुई पर अब उसका चेहरा याद नहीं आता।" परवेज़ की आँखों के आँसू ने पूरे कमरे को नम कर दिया था। उसने जल्दी से अपनी आँखें दूसरी तरफ़ कर ली थी और हम सबके कपों में चाय डालने लगा था।

"वह ज़रूर माँ की तरह रही होगी।" ग़ुलाम की आवाज़ किसी दूसरी दुनिया से आती लग रही थी।

मैंने अपना एक हाथ ग़ुलाम के कंधे पर रख दिया। एक शर्मिंदगी से भरा हाथ। यह कहानी सुनने के बाद भी ज़िंदा रह जाने की शर्मिंदगी से भरा हाथ। मुझमें आगे सुनने की हिम्मत नहीं थी पर यह डर भी था कि अगर आज नहीं सुन सका तो शायद फिर कभी नहीं सुन पाऊँगा। दोंनो भाइयों को यादों की इस भयानक कोठरी में धकेलने के लिए बार-बार हिम्मत भी नहीं कर सकता। पर अब बात को आगे बढ़ाने के लिए कहने की हिम्मत भी नहीं हो रही थी। लगा, ग़ुलाम ने मेरे मन की बात पढ़ ली थी। वह बोला,

"भाईजान, चाय खतम कीजिए तो हम आगे बढ़ें। अब बात निकल आयी है तो आप सुन ही लीजिए। यूँ आधा दर्द बाँट कर क्या होगा?।"

और हम कपों में बची हुई आधी चाय खतम करने लगे।

उस भयानक घटना की लोकल राजनीति में क्या प्रतिक्रिया हुई, यह दोनों भाइयों को नहीं मालूम। पाँच साल की मासूम उम्र। वे तो ठीक से समझ भी नहीं पाए थे कि आखिर हुआ क्या था? रुकैया को दफ़ना कर जब मुश्ताक़ वापस आया तो दोनों ने बेक वक़्त पूछा था,

"रुक्का कहाँ है अब्बा?"

और तब पहली बार मुश्ताक़ रोया था। दोनों को अपने अगल-बगल में समेट कर और इसरा के कंधे पर अपना सर रख कर मुश्ताक़ 'रुक्का, मेरी रुक्का' कहकर और फूट-फूट कर रोता रहा। यहाँ तक कि उसके रोने की ताब न लाकर सूरज ढल गया और आसमान पर सितारे उग-उग कर उसके शोक में शामिल होने लगे। पर उसको दिलासा देने वाला भी कौन था? जो थे, उन सबके लिए उस रात आसमान में बहुत तारे उगे।

और ठीक तीसरे दिन, कुछ सामानों की पोटली बना मुश्ताक़, इसरा और दोनों बच्चे उस गाँव से निकल आए थे। कई दिनों के सफ़र के बाद वे श्रीनगर

पहुँचे थे। इसरा के कुछ रिश्तेदार वहाँ थे। उनकी मदद से मुश्ताक़ को एक जगह खलासी की नौकरी मिल गयी। मुश्ताक़ और इसरा जब तक जीते रहे, अपनी फूल सी नाज़ुक रुक्का को याद कर रोते रहे और दोनों बच्चों के बेहतर मुस्तक़बिल के सपने देखते रहे। पर मुश्ताक़ उसके बाद किसी मस्जिद में नहीं गया। यहाँ तक कि ईद-बकरीद के दिन भी नहीं।

दोनों बच्चे होनहार थे। बड़ा ग़ुलाम दस साल का होते न होते कालीन बनाने की कारीगरी में माहिर होने लगा था और उसकी महारत को देखकर कालीनों के एक ताजिर ने उसे अपनी फैक्ट्री में जगह दे दी थी जहाँ वह नए-नए डिजाइन बनाना सीखता भी था और खुद नए-नए डिजाईन बनाता भी था। पंद्रह का होते न होते वह इस काम में अच्छा-खासा मशहूर हो गया था और हालत यह हो गई कि बाहर से उसके काम की डिमाँड होने लगी। ग़ुलाम सिर्फ़ अपने काम में ही माहिर नहीं था, बिजनेस में भी होशियार था और उसकी इसी होशियारी और कारीगरी को देखकर और इस डर से कि ग़ुलाम कहीं और न चला जाए, फैक्ट्री मालिक ने उसे अपना पार्टनर भी बना लिया था। दिन बीतते रहे, ग़ुलाम मेहनत से अपना काम करता रहा, फैक्ट्री दिन ब दिन तरक्की करती रही और मुश्ताक़ और इसरा अपने ग़म भूल कर उसकी शादी के मंसूबे बनाने लगे। दोनों को रुकैया अब बेहद याद आने लगी थी और दोनों को लगता था कि शायद बहू की शक्ल में उन्हें रुकैया वापस मिल जाए।

छोटे परवेज़ को महीन कामों से कोई दिलचस्पी नहीं थी। उसको पढ़ने का शौक़ था और एक प्रोफ़ेसर के बेटे से उसकी दोस्ती हो गई थी, जिसके ज़रिये वह अपने शौक़ को परवान चढ़ा रहा था। उसको अपने दोस्त से तालीम हासिल करने के नए-नए ज़रिये पता चल रहे थे और एक सबसे खूबसूरत ज़रिये का नाम था दिल्ली। वह दिल्ली आकर खूब पढ़ना चाहता था और पढ़-लिख कर अपने दोस्त के अब्बू की तरह एक बड़ा प्रोफ़ेसर बनना चाहता था। वह अपनी क्लास में हमेशा अव्वल आता था और उसकी कामयाबी को देखकर मुश्ताक़, इसरा और ग़ुलाम फूले नहीं समाते थे। और परवेज़ भी ग़ुलाम की कामयाबी को देखकर खुश होता रहता और मन ही मन दुआ करता कि गुलामे को खूब अच्छी दुलहन मिले जो उसे प्यार से खूब सारा खाना खिलाये। बेचारा, दिन भर खटता रहता है और सूखकर काँटा हुआ जा रहा है। ज़िंदगी ठीक-ठाक गुजरने लगी थी, दु:ख कुछ कम होने लगे थे। मुश्ताक़ और इसरा अपने पुराने ग़म भूल फिर से खुश होने लगे थे और बहुत दिनों के बाद मुश्ताक़ फिर से ठहाके लगा कर हँसने लगा था।

फिर वही मौसम-ए-बहार के दिन थे। घाटियाँ फूलों से गुलरंग हो चुकी थी। बादाम के पेड़ों पर जामुनी और किरमजी रंग के फूल निकल आए थे, गिलहरियाँ बादाम की नई फ़सल का इंतेज़ार करते हुए खुशी से फुदक रही थीं कि अचानक बूटों की आवाज़ ने फिर से उनके घर को घेर लिया। पर इस बार के बूटों के रंग और आवाज़ में फ़र्क था। मुश्ताक़ अपनी नौकरी पर, ग़ुलाम अपनी फैक्ट्री और परवेज़ अपने दोस्त के प्रोफ़ेसर बाप से मिलने जाने की तैयारी में थे। इसरा दो दिन बाद अपने घर आने वाले एक मेहमान जिनकी बेटी के बारे में उसे पता चला था कि वह बला की खूबसूरत है और शादी की उम्र की है, की खुशी में घर की साफ़-सफ़ाई कर रही थी और साथ ही बहुत दिनों के बाद एक गीत गुनगुना रही थी। बूटों की आवाज़ से चारों सिहर उठे। इससे पहले कि मुश्ताक़ उन बूटों से कुछ कह पाता, इससे पहले कि ग़ुलाम बेहोश होकर गिरती हुई इसरा को सँभाल पाता, इससे पहले कि परवेज़ कुछ समझ पाता, बूटों ने परवेज़ को पकड़ा और बाहर खड़ी जीप में डाल कर वहाँ से किसी जिन्न की तरह गायब हो गए।

ग़ुलाम को समझ में नहीं आ रहा था कि वह क्या करे। अपनी बेहोश होकर गिरती हुई माँ को सँभाले, जीप के पीछे बदहवाश होकर भागते अपने बाप को पुकारे, परवेज़ को कौन लोग कहाँ ले गए, यह पता करे या और क्या करे? थोड़ी देर में उसे होश आया। उसने अपनी माँ को नीचे लिटाया। बाहर भीड़ इकट्ठी हो चुकी थी और उसमें से कुछ औरतें निकल कर इसरा के पास आ चुकी थीं। ग़ुलाम ने इसरा को उनके हवाले किया और बाप के पीछे तेज़ी से भागा।

इसरा तो उसी दिन दिल के दौरे में खतम हो गई। मुश्ताक़ को जैसे लकवा मार गया था। पर गुलाम ने किसी तरह से अपनी हिम्मत बचाए रखी और आखिर एक महीने की दौड़-धूप के बाद उसे पता चला कि परवेज़ पुलिस की क़ैद में है। परवेज़ के दोस्त के प्रोफ़ेसर बाप को भी पुलिस उठा ले गयी थी। उसके घर से कुछ संदिग्ध लिटरेचर मिला था और पुलिस को यक़ीन था कि उस प्रोफ़ेसर के घर से मुल्क के खिलाफ़ एक बड़ी साजिश रची जा रही थी जिसमें उस प्रोफ़ेसर के कुछ छात्र भी शामिल थे।

गुलाम अपनी सारी हिम्मत यकजा करके परवेज़ को पुलिस की गिरफ़्त से बाहर निकालने के जुगत में लगा हुआ था पर लगभग तीन महीनों तक जब वह परवेज़ से मिल भी नहीं सका तो उसकी हिम्मत टूटने लगी। वह कभी अपने गुमसुम बाप को देखता और कभी चूड़ियों के उन टुकड़ों को जो हार्ट अटैक से गिरते वक़्त इसरा के हाथों से टूट कर बिखर गए थे और जिन्हें गुलाम ने फेंकने

के बजाए, सामने एक तिपाई पर रख छोड़ा था। उन टुकड़ों को देखते-देखते उसे रुक्का की याद आने लगती और कुछ देर बाद माँ और रुक्का के चेहरे आपस में गडमड्ड होने लगते और थोड़ी देर बाद वे लंबे-लंबे बूटों में बदल जाते और तब वह बेहद डर जाता और 'परवेज़-परवेज़' चिल्ला कर रोने लगता और तब उसका गुमसुम बाप एक नज़र उठा कर उसकी ओर देखता और फिर आसमान की ओर मुँह उठाकर गाली जैसा कुछ बुदबुदाने लगता।

लेकिन परवेज़ को पुलिस से छुड़ाने के लिए गुलाम को ज़्यादा मेहनत नहीं करनी पड़ी। एक सुबह, जब उसने अपने फैक्ट्री मालिक से इस सिलसिले में बात करने जाने के लिए दरवाज़ा खोला तो एक गठरी जैसी चीज़ को अपने घर के सामने पाकर वह सन्न रह गया। शहर में होने वाली इस तरह की तमाम घटनाओं ने उसे बता दिया था कि वह गठरी नुमा चीज़ क्या हो सकती है पर फिर भी, वह मन ही मन यह बुदबुदाते हुए उस गठरी तक पहुँचा कि 'वह न हो...वह न हो'...पर वही था। परवेज़ एक ज़िंदा लाश की तरह सामने पड़ा हुआ था। वह बेहोश था। इस क़दर बेहोश कि दर्द से कराह भी नहीं सकता था। गुलाम ने बेहोश पड़े हुए परवेज़ को अपने दामन में धीरे से उठाया जैसे वह उसकी माँ हो और परवेज़ कोई नवजात बच्चा और फिर वह जितनी तेज़ी से हो सकता था, लोकल अस्पताल की ओर दौड़ पड़ा।

"मैं कुछ और चाय बनाता हूँ।" गुलाम बहुत मुश्किल से बोला। गीली हो चुकी उसकी आँखों में कोई चीज़ तैर रही थी-बेबसी, गुस्सा या कोई और चीज़, अंदाज़ा लगाना मुश्किलथा। शायद वह आगे की उस दास्तान को दुहराना नहीं चाहता था कि कैसे उसने परवेज़ की ज़िंदगी बचायी और इसके लिए उसे क्या-क्या सहन करना पड़ा।

कमरे में एक नमी सी फ़ैल गयी थी। कोई बोलना नहीं चाहता था। मैंने सर की जुंबिश से चाय के लिए हामी भर दी।

गुलाम चाय बनाने लगा। परवेज़ इस बीच चुपचाप बैठा, खला में घूरता रहा जैसे अपनी माँ और रुक्का को वहाँ देख रहा हो। इस बीच में मुझे मुश्ताक़ की याद आयी।

'और तुम्हारे अब्बू परवेज़...?" मैंने बहुत धीरे से पूछा।

"अब्बू...वे अब वहाँ हैं।" परवेज़ ने खला में घूरते हुए ही ऊपर की तरफ़ इशारा किया।

"ओह..."

"मुझे तो पता भी नहीं चला। नमाज़-ए-जनाजा भी मुझे नसीब नहीं हुई। मैं तो तब अस्पताल में बेहोश पड़ा था। सब कुछ गुलामे को ही झेलना पड़ा था।" उसकी आवाज़ उसी खला से आती लग रही थी।

"उनके साथ कुछ हुआ था क्या?"

"क्यों, अब तक जो हुआ था वह कम था क्या भाईजान?" यह चाय बनाते हुए गुलाम की आवाज़ थी।

मैं शर्म से कट सा गया।

"रुक्का की मौत ने ही उन्हें मार दिया था पर मेरे और परवेज़ की वजह से वे ज़िंदा बने हुए थे। जब ज़िंदगी ढंग की होने लगी थी, उनके अंदर फिर से जीने की ख्वाहिश भी जागने लगी थी। पर परवेज़ की गिरफ़्तारी और फिर अम्मी की मौत ने उन्हें बदहवास कर दिया। फिर भी किसी तरह वे ज़िंदा रहे लेकिन परवेज़ की हालत ने उन्हें एकदम से खत्म कर दिया।" वह साँस लेने के लिए रुका।

"मैं परवेज़ को लेकर सीधे अस्पताल भागा था। उन्हें खबर नहीं दी थी। होश भी कहाँ था। न जाने उन्हें कैसे खबर हुई? न जाने वे कैसे अस्पताल पहुँचे? बस मैंने उन्हें वहाँ देखा। उन्होंने एक नज़र मेरी ओर देखा और उनकी दूसरी नज़र परवेज़ पर पड़ी और वही उनकी आखिरी नज़र थी।"

मेरी नज़रें गुलाम के हाथों में थमे हुए कप पर जम सी गयी थीं। मैं कोशिश करके भी उसकी तरफ़ नहीं देख सका। हम तीनों धीरे-धीरे नून-चाय सुड़कने लगे। मैंने परवेज़ की आँखों से कुछ बहकर उसके कप में मिलते हुए देखा। मैंने मन ही मन न जाने किसको एक गाली दी। एक भयंकर गाली।

परवेज़ को ठीक होने में सात महीने लग गए। पूछताछ के दौरान उसके जिस्म पर जिस तरह से जुल्म हुए थे उसके बदले में कमर के नीचे का उसका पूरा बायाँ हिस्सा बेकार हो गया था। डाक्टरों का कहना था कि वह बच गया है यही बहुत बड़ा करिश्मा है। इस बीच, हालाँकि डाक्टर्स और गुलाम ने बहुत छुपाने की कोशिश की थी, फिर भी न जाने कैसे उसे अपनी माँ और बाप के मौत की खबर मिल चुकी थी। पर उसने देखा कि गुलामे किस तरह, सिर्फ़ उसे सदमा न पहुँचे इस बात को ध्यान में रख कर, माँ-बाप के मौत की खबर उससे छुपाने की कोशिश कर रहा था। उसने अपने आँसुओं को अंदर ही अंदर रोक लिया और गुलाम को यह एहसास नहीं होने दिया कि उसे माँ-बाप की मौत की मनहूस खबर मिल चुकी है। उसे जल्द ही यह भी पता चल गया कि

उसके कमर के नीचे का पूरा बाँया हिस्सा अब काम नहीं करेगा। उसने तब भी अपने आँसुओं को बहुत ज़ब्त करके रोक लिया था पर ठीक सात महीने तीन दिन बाद, जब उसको पहली बार बेड से नीचे उतारा गया और डॉक्टर और नर्सों ने उसे बैसाखी के सहारे चलाने की कोशिश की तो वह गुलाम के कंधे पर सर रख करफूट-फूट कर रो पड़ा और तब गुलाम भी अपने आँसुओं पर लगाम नहीं सका। दोनों भाई एक-दूसरे से बहुत देर तक लिपटे रहे और ग़मों का एक सैलाब उनकी आँखों से निकल-निकल वहाँ मौजूद सभी गैर-मुर्दा और मुर्दा चीज़ों को अपनी आगोश में लेता रहा।

अब गुलाम का मन कारीगरी और व्यापार में नहीं लग रहा था। उसे हर पल परवेज़ की फ़िक्र खाए जा रही थी। परवेज़ को हर वक़्त उसकी ज़रूरत थी। घर में कोई और था नहीं। बिजनेस से कमाया हुआ जो कुछ भी गुलाम के पास बचा था, उससे कहीं ज़्यादा परवेज़ के इलाज पर खर्च हो चुका था और गुलाम को परवेज़ की पढ़ाई की भी फ़िक्र थी। उसे पता था कि परवेज़ दिल्ली जाकर खूब ऊँची पढ़ाई करना चाहता था इलसिए एक दिन गुलाम ने चुप-चाप एक फ़ैसला कर लिया। परवेज़ को जब बैसाखियों की कुछ मश्क हो गयी और वह कुछ और ठीक हो गया, उसने उसे अपने फ़ैसले के बारे में बताया और बिना उसके जवाब का इंतेज़ार किए, अपना घर जिसे इसरा ने बहुत मेहनत से सजाया-संवारा था, अपने फैक्ट्री मालिक को सौंप, कुछ ज़रुरी सामान और परवेज़ को लेकर दिल्ली के लिए रवाना हो गया।

अस्पताल में दाखिल होते ही मैंने एक स्ट्रेचर देखा जिस पर एक दुबला-पतला नौजवान पड़ा हुआ था। खून से लथपथ, लगभग अचेत। कपड़ों के चिथड़े उड़े हुए, लंबे-लंबे बिखरे हुए बाल। पर सबसे पहले जिस चीज़ ने मेरा ध्यान खींचा, वह थी उसकी खून से सनी दाढ़ी।

"...दाढ़ी?" मैं धीरे से बुदबुदाया था।

"तो क्या मुसलमान भी...? पर मुसलमान कैसे घायल...?"

"देखने में तो कश्मीरी लगता है। कहीं यह बम तो नहीं फिट कर रहा था?" एक ख़ास तरह से ट्रेंड मेरे दिमाग ने काम करना शुरू कर दिया था।

मैंने कैमरा टीम को इशारा किया और स्ट्रेचर की ओर दौड़ पड़ा। बाईट शुरू हो चुकी थी। मेरे दिमाग में और चैनलों से आगे रहने की एक पूरी कहानी आकार ले चुकी थी और थोड़ी ही देर में पूरा देश सुन और देख रहा था कि राजधानी में हुए बम ब्लास्ट में एक कश्मीरी युवक घायल हुआ है और पुलिस

उसे संदिग्ध आतंकवादी मान कर अपनी जाँच आगे बढ़ा रही है।

पर कुछ दिनों में यह स्पष्ट हो गया कि वह युवक आतंकवादी नहीं था। पुलिस से पता चला कि उसका नाम गुलाम रसूल है और वह दिल्ली में अपने भाई के साथ रहकर कबाड़ी का काम करता है और बम-विस्फोट वाली जगह पर वह किसी से कबाड़ के बारे में कुछ बात करने के लिए आया था।

मैंने कई बार झूठ को सच और सच को झूठ बना कर दिखाया था और कभी पछतावा नहीं हुआ था पर पहली बार न जाने क्यों, अपनी गलत रिपोर्टिंग पर पछतावा हो रहा था। मैं कई बार अस्पताल गया पर हर बार उस नौजवान के मासूम चेहरे पर नज़र पड़ते ही, एक अजीब से एहसास और डर से भर कर मैं वापस आ जाता। एक हफ़्ते हो चुके थे। वह अब ठीक होने लगा था और उसे जनरल वार्ड में शिफ्ट कर दिया गया था। जनरल वार्ड में शिफ्ट होने के बाद मैंने एक लड़के को देखा जो बैसाखियों के सहारे चल रहा था और उस घायल लड़के की तीमारदारी में लगा हुआ था। पता चला कि उसका नाम परवेज़ रसूल है और वह उसका छोटा भाई है। मैं एक अजीब सी आत्म-ग्लानि से भरा हुआ था जिसे परवेज़ की बैसाखियाँ और गुलाम के मासूम चेहरे और मेंहदी रंग की दाढ़ी और घनीभूत कर रही थीं। मैंने कोशिश की पर अपने चैनल पर यह खबर चलवा पाने में असमर्थ रहा कि जिस कश्मीरी युवक के बारे में खबर चलाई गयी थी कि वह संदिग्ध आतंकवादी है, वास्तव में वह आतंकवादी नहीं बल्कि एक भोला-भाला कश्मीरी युवक है जिसकी दाढ़ी मेंहदी से रँगी हुई है और जिसका एक भाई है जिसके कमर के नीचे का पूरा बायाँ हिस्सा बेकार है और जो बैसाखियों के सहारे चल कर बम-ब्लास्ट में घायल अपने बड़े भाई की हिम्मत बढ़ाता रहता है और अकेले में न जाने किसे एक भयानक गाली देता रहता है और जिसकी बैसाखियाँ बम ब्लास्ट की शिकार एक ईमारत की खिड़कियों के बिखरे हुए शीशों की शक्ल अख्तियार कर लगातार मेरी आँखों में चुभती रहती हैं।

और तब मैंने परवेज़ से दोस्ती करने का और दोनों भाइयों के बारे में ठीक से जानने का फ़ैसला किया। परवेज़ की तरफ़ बढ़ाया गया दोस्ती का हाथ तो आसानी से थाम लिया गया पर उनकी कहानी जानने के लिए मुझे महीनों इंतेज़ार करना पड़ा।

परवेज़ को अपने पैरों पर खड़ा होने में सात महीने तीन दिन लगे थे, गुलामे ने एक महीने कम वक़्त लिया। इस दौरान वह लगातार अपने बिस्तर पर मौजूद, अपने छोटे भाई को बैसाखियों के सहारे दौड़-भाग कर अपनी खिदमत

करते हुए देखता रहा। बार-बार उसकी आँखों में आँसू आते, पर वह उन्हें बहुत मुश्किल से ज़ब्त कर लेता। इस बीच उसे और परवेज़ को पता चल गया था कि उसके कमर के नीचे का पूरा दायाँ हिस्सा अब बेकार हो चुका है और परवेज़ की ही तरह उसे भी अपनी बाक़ी ज़िंदगी बैसाखियों के सहारे गुज़ारनी होगी। परवेज़ यह खबर सुनकर शून्य सा हो गया था पर गुलाम ने यह खबर बड़ी हिम्मत के साथ सुनी और खबर सुनाने वाले डॉक्टर की तरफ़ देखकर हौले से मुस्कुरा दिया पर ठीक छः महीने तीन दिन बाद जब डॉक्टर और नर्सों ने उसे बैसाखी के सहारे चलाने की कोशिश की तो वह परवेज़ के कंधे पर सर रख कर फूट-फूट कर रो पड़ा और तब परवेज़ भी अपने आँसुओं पर लगाम नहीं सका। दोनों भाई एक-दूसरे से बहुत देर तक लिपटे रहे और ग़मों का एक सैलाब उनकी आँखों से निकल-निकल वहाँ मौजूद सभी गैर-मुर्दा और मुर्दा चीज़ों को अपनी आगोश में लेता रहा।

मुझे ऐसा लग रहा था जैसे मेरा पूरा वजूद ही नकारा हो गया हो। मैं बस चुपचाप उन्हें रोते हुए देखता रहा। मेरे अंदर इतनी हिम्मत भी नहीं बची थी कि उनमें से किसी एक के भी कंधे पर हाथ रखकर थोड़ी सी दिलासा दे दूँ।

गुलाम ने जब टेपरिकार्डर की आवाज़ बहुत तेज़ कर दी और शमीमा आज़ाद की आवाज़ घर्र-घर्र करते हुए अचानक ही बहुत तेज़ हो गयी तो मैंने चौंक कर देखा। परवेज़ मेरी तरफ़ देखकर मुस्कुरा रहा था। एक भीगी हुई मुस्कुराहट।

"लगता है आप कहीं दूर जाकर खो गए थे।" उसकी आवाज़ अब भी नम थी।

मैंने उसे बताना चाहा कि मैं कहाँ खो गया था पर कुछ कह नहीं पाया। मैं देख रहा था कि मेरे चैनल ने मुझे राजधानी में होने वाले गणतंत्र दिवस परेड के कवरेज की ज़िम्मेदारी सौंपी है। मैं अपनी कमेंट्री तिरंगे को कैमरे में फोकस करवाते हुए शुरू करता हूँ। लहराता हुआ तिरंगा कभी पूरी तरह कैमरे की गिरफ़्त में आ जाता है और कभी आधा-अधूरा ही। फिर कैमरा भारत के मानचित्र को दिखाता है। पर अजीब बात है। मानचित्र भी कभी पूरी तरह कैमरे के फोकस में होता है और कभी आधा-अधूरा ही। अब कैमरा भारत के अलग-अलग राज्यों से होता हुआ कश्मीर तक पहुँच चुका है। पर कश्मीर भी कभी पूरा दिखता है और कभी आधा-अधूरा। उस कभी-कभी पूरा और कभी-कभी आधे-अधूरे दिखते कश्मीर के पीछे सेना और पुलिस के जवान अपने-अपने करतब दिखाते चले जा रहे हैं...एक बच्ची कश्मीर के मानचित्र से बाहर निकल आयी है...उसके

हाथों में कई तरह के साज़ हैं जिन्हें वह बहुत ही जोश व खरोश के साथ बजा रही है और उसके होंठों से एक सुरीला नगमा फूटकर फज़ा में मुन्तसर हो रहा है...रुकैय्या...नहीं...हाँ...शायद...उसके पीछे-पीछे कुछ अजीब से लोग हैं... उनके हाथों में एक फ़तवा है...साज़ हराम हैं, मौसिक़ी हराम है, रक्श हराम है...टेपरिकार्डर से निकलने वाली मौसिक़ी तेज़ हो गयी है...गुलाम और परवेज़ उठकर नाचने लगे हैं...नाचते-नाचते वे एक दूसरे से लिपट जाते हैं...मैं उनकी ओर देखता हूँ...वे कभी पूरे-पूरे दिखाई देते हैं, कभी आधे-अधूरे।

'एडजस्टमेंट'

*

प्रतिमा सिन्हा

जैसे बारिश के बाद आसमान साफ़ हो जाता है ठीक उसी तरह रश्मि के दिमाग में सारी बातें साफ़ हो चुकी हैं लेकिन इस बेमौसम बारिश ने मन से आँख तक जिस कदर जल-जमाव कर दिया है कि उससे उबरने की कोई गुंजाइश फ़िलहाल नहीं दिखती। रसोई में सुमन को जल्दी-जल्दी काम निपटाने का निर्देश दे दिया है लेकिन ख़ुद उसके दिमाग को एक ही बात पिछले कई रोज़ से धीमे-धीमे मथ रही है। सिरदर्द फिर शुरू हो चुका है। चाय की प्याली लेकर कुछ पल के लिए बालकनी में टिक जाना भी आज राहत नहीं दे रहा। रत्नेश ने आज सुबह ही बताया। परसों शनिवार को दिन के दो बजे की फ़्लाइट है। अमिय को फाइनली चले जाना है। घर से दूर, उससे दूर। दिक्कत यह है कि रश्मि अभी तक यह बात स्वीकार नहीं कर पाई है। अभी तो उसने अमिय के बिना अकेले रहने की कोई तैयारी भी नहीं की है, फ़ैसले का तो सवाल ही नहीं उठता। इतना बड़ा फ़ैसला रत्नेश ने उसकी मर्ज़ी के बिना लिया है और रश्मि ख़ुद को ठगे जाने की शिकायत भी नहीं कर पा रही क्योंकि रत्नेश के हीशब्दों में "ये अमिय की बेहतरी के लिए ही है यार। तुम एक ज़िम्मेदार माँ हो कर नहीं समझोगी तो कैसे चलेगा?"

उसकी इस दलील ने रश्मि को हमेशा की तरह चुप करा दिया। वो कह नहीं पाई कि 'एक ज़िम्मेदार माँ' होना सिद्ध करने के लिए ये कीमत होती है क्या? वो हमेशा की तरह ये भी नहीं पूछ पाई कि इसकी, उसकी, हर किसी की बेहतरी के लिए सारे फ़ैसले करने का अधिकार हमेशा रत्नेश के पास ही क्यों रहता है? वो भी तो कुछ है। उसका भी तो कोई वजूद है, कोई राय है। किसी की भी बेहतरी के लिए सोच पाना उससे नहीं हो पायेगा, ऐसा क्यों लगता है

रत्नेश को?

घड़ी पर निगाह जाती है सात बस बजने ही वाले हैं। कुछ ही देर में रत्नेश आयेंगे अमिय को लेकर। ढेर सारे सामानों और गिफ्ट्स से उसे लादे हुए। यही तय हुआ है। हॉस्टल जाने की बात पर बुरी तरह अपसेट हुए अमिय को शीशे में उतारने के लिए रत्नेश ने वही तरीका आजमाया था जिसके लिए वो दुनिया भर में जाने जाते रहे हैं।

"तुम समझती नहीं हो रश्मि। काम अपने मुताबिक करवाना हो तो ये सब करना पड़ता है।"

किसी भी ख़ास मौके पर अफ़सरों और ठेकेदारों के घर गाड़ी भर-भर तोहफ़े पहुँचाते रत्नेश को टोकने पर यही उत्तर हमेशा हाज़िर रहता है। उनका हमेशा से ये गहरा विश्वास रहा है कि बिना घूस और उपहार दिए कोई काम नहीं करवाया जा सकता। बाहरी दुनिया में इस विश्वास की वजह वो समझ सकती है लेकिन जब रत्नेश यही फ़लसफ़ा अपने निजी रिश्तों पर लागू करते हैं तो रश्मि का मन कड़ुआहट से भर जाता है। जीवन में भावना, संवेदना, प्यार, स्नेह, अपनेपन की जगह को बाज़ार से ख़रीदे गए कीमती तोहफ़ों से कैसे भरा जा सकताहै? यह बात वो कभी नहीं समझ पाती। बस देखती रहती है, जीवन की हर तिक्तता-रिक्तता को अवसरानुकूल छोटे-बड़े तोहफ़ों से पाटते, पोंछते, संवारते रत्नेश को।

शादी के बाद पहली, दूसरी, तीसरी सालगिरहें बीतीं। कभी रत्नेश उस पार्टी में शामिल नहीं हुए जिसे वो ख़ुद हीप्लान और अरेंज करते थे। एक बार पहुँचे भी तो सबके वापस जाने के वक्त तक। रत्नेश की व्यस्तता और उससे भी कहीं ज़्यादा उनके स्वभाव से रश्मि ज्यों-ज्यों वाकिफ़ होती गयी, त्यों-त्यों उसने विरोध भी शुरू किया।

"क्या ज़रूरत है इस सब की। चलिए साथ-साथ मंदिर हो लेते हैं बस। भगवान का आशीर्वाद ही तो ज़रुरी है।"

"कैसी बात करती हो यार। आफ्टर ऑल मेरे फ्रेंड्स,कलिग्ज़, और ऑफिस वालों को तो पार्टी देनी ही होगी। उनके हर फंक्शन में नहीं जाते हम?"

रत्नेश सामाजिक आदान-प्रदान और दायित्वों की पूर्ति को सबसे ऊपर रखते थे। ये बात और कि इन सबके बीच रश्मि की सिर्फ़ रत्नेश के साथ मंदिर जाकर माथा टेकने की इच्छा हमेशा अधूरी ही रह गयी क्योंकि रत्नेश के मुताबिक ये तो कभी भी किया जा सकता था। जो कभी भी किया जा सकता था वही पिछले पन्द्रह सालों में कभी नहीं किया गया।

रश्मि बालकनी से किचन की ओर लौटते हुए रत्नेश को फोन लगाया "कब तक आ रहे हैं आप लोग?"

"मम्मा बस आ रहे..." रत्नेश ड्राइव कर रहे थे। फोन अमिय ने उठाया था। उसने चहकती हुई आवाज़ में बताया कि अभी वो रिबोक के शो रूम जा रहे हैं उसके बाद घर। साथ ही साथ अपनी वाली स्पेशल चीज़ मैक्रोनी बनाने की फ़रमाइश भी कर दी। अमिय की स्पेशल का मतलब होता है माँ के हाथ की बनी मैक्रोनी। सुमन कितना भी अच्छा पका दे उसे नहीं भाता। सौ शिकायतों की लिस्ट तैयार रहती है। बचपन से उसकी यही आदत है। चाहे कुछ भी हो खाना उसे रश्मि का बनाया ही चाहिए और कभी ज़्यादा मूड हो तो हाथ से खिलाने की फ़रमाइश भी अलग से।

अब क्या होगा? कैसे रहेगा वो हॉस्टल में? कैसे खायेगा माँ के हाथ का खाना बिना शिकायत के? रश्मि के पेट में मरोड़ सी उठी। रत्नेश से कहा था तो उनका जवाब था "रश्मि ये कुछ ज़्यादा ही नहीं हो गया? कम ऑन यार। कोई ममाज़ ब्वाय थोड़े ही बनाना है उसे। हॉस्टल में बच्चे जाते ही इसलिए हैं कि अकेले मैनेज करना सीख पायें। धीरे-धीरे वो भी सब सीख लेगा। मैंने भी सीखा था। क्लास नाइन्थ में हॉस्टल में गया। एक साल होम सिकनेस रही फिर सब ठीक हो गया। एक स्ट्रांग और सेल्फ़ इंडिपेंडेंट जेंटलमैन बन कर निकला।"

"लेकिन अमिय अभी क्लास फाइव में है। बहुत छोटा है। मेरे बगैर रहने की आदत नहीं है उसे...और मुझे भी उसके बगैर।" रश्मि ने आख़िरी बात बहुत धीरे से कही थी, शायद मन में ही। रत्नेश सुन नहीं सके थे। सुनकर भी फ़र्क नहीं पड़ना था।

"हॉस्टल के लिए निकलने का मतलब होता है बच्चे का अपना 'नीड़' अपना 'घोंसला' छोड़ कर उड़ जाना...फिर वो वापस नहीं लौटते। उसे कुछ दिन और हमारे साथ रहना चाहिए। अमिय को अभी कुछ और साल घर के प्यार-दुलार की, हमारी केयर की ज़रूरत है। क्लास नाइन्थ में ही भेजेंगे उसे भी। तब तक कुछ और समझदार हो जायेगा। अभी जल्दी क्या है?"

"जल्दी है। जितनी जल्दी लाइफ़ के साथ कदम मिलाना सीखे उतना अच्छा। आगे का टाइम हार्ड कम्पटीशन का है। मैं नहीं चाहता कि वो बाक़ियों से पिछड़ जाए। अभी उसे इण्डिया के वन ऑफ़ दी बेस्ट हॉस्टल में एडमिशन मिल रहा है। इस मौके को छोड़ना बेवकूफ़ी होगी। आगे चल कर इतनी आसानी से सीट नहीं मिलने वाली। इट्स फ़ाइनल। अमिय इज़ गोइंग टू हॉस्टल।" रत्नेश ने अपनी बात इतनी दृढ़ता से खत्म की जैसे कोई न्यायाधीश आख़िरी फ़ैसला

लिख कर कलम तोड़ दे। आगे किसी दलील की गुंजाइश नहीं थी। रत्नेश की डिक्शनरी में इमोशनल होने का मतलब बेवकूफ होना था।

किचन में सुमन ने अपना काम निर्देशानुसार जल्दी-जल्दी समेट दिया है। आज उसे भी घर जाने की जल्दी है। आते ही उसने रश्मि को बता दिया था। उसकी दस साल की बेटी को बुखार है। उसे जल्दी घर पहुँचना है। सुमन को जाने की इजाज़त दे कर रश्मि अमिय की फ़ेवरेट चीज़ मैक्रोनी बनाने में जुट गयी। मन का बवंडर बदस्तूर चलता रहा।

ऐसा भी नहीं कहा जा सकता कि रत्नेश घर-परिवार या रश्मि की फ़िक्र नहीं करते। कोई फरमाइश, कोई भी ज़रूरत, कैसी भी माँग उसे कभी दोहरानी नहीं पड़ी बल्कि अक्सर लगता जैसे चीजों की ज़रूरतों के मामले में रत्नेश को पूर्वाभास सा होता है। पुरानी टीवी की जगह नयी एलईडी लेने का तो कुछ यूँ हुआ कि रश्मि जब तक ये तय करती कि मार्च के महीने में तमाम टैक्स और देनदारियों के बीच इस किस्म का कोई खर्च किया भी जाए या नहीं, एलईडी घर पहुँच चुकी थी।

"अरे बाद में भी ली जा सकती थी न..." इस बात पर रत्नेश की प्रतिक्रिया थी "बाद में क्यों? तुम भी तो चाहती थी न कि मानसी दीदी के आने से पहले हम पुरानी टीवी बदल डालें? सो मैं बदल दी। " रश्मिलाजवाब हो गयी थी। ये तो सच था कि आठ सालों के बाद अमेरिका से आ रही बड़ी बहन के आने से पहले एलईडी लेने की ख्वाहिश उसके मन में थी लेकिन बिना कहे रत्नेश का समझ लेना उसे बहुत संतोष दे गया था। लेकिन हर भौतिक ज़रूरत पर सब कुछ बिना कहे समझ लेने वाले रत्नेश इतने सालों के साथ के बावजूद जब उसकी मानसिक और आत्मिक ज़रूरतों को नहीं समझ पाते हैं तो वो न चाहते हुए भी गहरे तक आहत होती है। आख़िर सब कुछ कितनी बार और कितनी तरह से समझाया जा सकता है? समाज में एक सुखी, सम्पन्न और संतुष्ट महिला की छवि उसे ख़ुश तो करती है लेकिन मन का कोई कोना जैसे अनसुना, अनछुआ ही रह जाता है।

कॉलबेल की आवाज़ आयी। दोनों लौट आये हैं। दरवाज़ा खुलते ही अमिय अपने दोनों हाथों में ढेर सारे पैकेट्स सम्भालता हुआ तेज़ी से अंदर घुसा और दौड़ कर सोफ़े पर चढ़ गया। "मम्मा ये देखो। आज पापा ने मेरी पूरी लिस्ट की शॉपिंग करवा दी। आई लव यू पापाऽऽऽ।" ये जुमला रत्नेश के लिए था।

"लव यू टू चैम्पियन।" रत्नेश के चेहरे पर चिर-परिचित मुस्कान थी विश्व-विजेताओं सरीखी। उन्होंने गर्वीली आँखों से रश्मि को देखा। मानो कह रहे

हों 'देखा, एवरीथिंग इज़ ओके नाऊ।' रश्मि ने गहरी साँस लेकर बेटे को देखा तो मन ऐंठने सा लगा। उसके दूर जाने के ख्याल ने फिर उदास सा कर दिया।

पिछले पन्द्रह दिन से अमिय रो-रो कर हलकान था। "मम्मा मुझे नहीं जाना।" उसे हॉस्टल नहीं जाना था। उसे इस बात से भी कोई फ़र्क नहीं पड़ता था कि उसका एडमिशन शहर ही नहीं बल्कि देश के सबसे महंगे और प्रतिष्ठित बोर्डिंग स्कूल में कराया जा रहा है। पिता द्वारा उसका 'उज्ज्वल और सफल भविष्य' सुनिश्चित किया जा रहा है। दस साल के नन्हे बच्चे से इतने कैलकुलेशन की उम्मीद भी नहीं की जा सकती। अपने भविष्य से निस्पृह अमिय अपने वर्तमान के लिए बेचैन था। हॉस्टल में मम्मा नहीं होगी। दोस्त नकुल नहीं होगा। फिर वो वहाँ क्या करेगा? कैसे रहेगा? पापा ने कहा 'वहाँ नए दोस्त मिलेंगे।'

"लेकिन नकुल तो नहीं।" अमिय इस डील से सहमत नहीं था। यही समय था जब रत्नेश को अपनी मैन्युपुलेट करने की कला का परीक्षण और क्रियान्वयन उस दस साल के बच्चे पर करना था। इसमें वो कभी नहीं हारे थे। बड़ी-बड़ी डील की थी उन्होंने। उन्हें मालूम था अपनी बात कैसे मनवाई जाती है। उन्होंने वही किया।

अमिय को उसकी पसन्द की हर चीज़ मिलेगी। उसकी हर फ़रमाइश पूरी की जायेगी। वो सारे गिफ़्ट्स अभी ही दिला दिये जायेंगे जिसकी लिस्ट उसने बर्थडे के लिए बना कर रखी है। सबसे विशेष बात वेकेशन में हॉस्टल से लौटने के बाद उसे उसकी मनचाही जगह पर घुमाने ले जाया जायेगा। मम्मा तो हमेशा उसकी है, उसके साथ है और रहेगी। हर मंथ मिलने आयेगी। और रही बात दोस्त की, तो हो सकता है कि अमिय से हॉस्टल की तारीफ़ सुन कर नकुल के पापा भी अगले साल उसे उसी हॉस्टल में भेज दें। तो दोनों दोस्त फिर मिल जायेंगे।

एक दस साल के बच्चे को बहला देने के लिए ये पर्याप्त था, शायद बहुत ज़्यादा। अमिय का रोना-धोना रत्नेश को भी बर्दाश्त नहीं था सो उन्होंने ऐसी योजना तैयार की कि वो सचमुच रोना भूल गया। आज उसकी फ़रमाइशों की फ़ाइनल लिस्ट भी पूरी हो गयी थी। वो खिलखिला रहा था।

"सो चैम्पियन, आर यू रेडी टू रॉक?" रत्नेश ने विजयी स्वर में पूछा।

"यस पापा" अमिय ने मानो डील पर अपना फ़ाइनल सिग्नेचर किया।

रश्मि इस डील की मूक गवाह थी बस।

"सो लेट्स प्रिपेयर। परसों सुबह की फ़्लाइट से हमें निकलना है। सारी पैकिंग अच्छे से देखना क्योंकि उसे तुम्हें ही अनपैक करना होगा। और आगे से सारी चीज़ें भी ख़ुद सम्भालनी होंगी।"

"बट पापा, आपने तो कहा था कि वहाँ हॉस्टल में वार्डन अंकल-आँटी होते हैं जो..."

"होते हैं लेकिन तुम केयरलेस नहीं हो सकते। वो हॉस्टल होगा घर नहीं।"

अचानक अमिय के चेहरे पर मानो हल्का भूरा रंग उतर आया। वो माँ से चिपक गया। बात मुँह से निकलने के साथ ही रत्नेश को अपनी गलती का एहसास हुआ। उन्होंने अमिय को पुचकारते हुए कहा "...एंड आई नो दैट माय चैंपियन विल मैनेज एवरीथिंग।" अमिय थोड़ी चुप रहा लेकिन फिर माँ के हाथों फ़रमाइश पर बनी चीज़ मैक्रोनी और अभी-अभी खरीदे गए पसन्दीदा स्पोर्ट्स शूज़, जैकेट, बैट और स्कूल बैग ने उसका मूड ठीक कर दिया। लेकिन रश्मि वहीं अटकी रही। 'वो हॉस्टल होगा घर नहीं। ये क्या बोल रहे हैं रत्नेश और अब क्यों बोल रहे हैं? क्या समझाना चाहते है बच्चे को, जो ख़ुद नहीं समझना चाहते?'

शनिवार जैसे सीधे दोपहर से ही शुरू हुआ। तैयारी, नाश्ता, एयरपोर्ट और फिर शाम तक अमिय के नए ठिकाने हॉस्टल तक सारा समय यूँ बीता जैसे काँच के गोल कंचे ढलान पर लुढ़का दिए गए हों। रत्नेश की अमिय के सामने रखी गयी तमाम शर्तों में से एक यह भी थी कि रोना बिलकुल नहीं है। रोने की कोई बात ही नहीं है। हैप्पी-हैप्पी मूड में मम्मा-पापा को बाय बोलना है जब वो दोनों उसे हॉस्टल में छोड़ कर लौट रहे हों। रश्मि को पता था कि यह शर्त सिर्फ़ अमिय के लिए नहीं थी, उस पर भी लागू होती थी। नए स्कूल पहुँचने के बाद एडमिशन सम्बन्धी सारी औपचारिकतायें पूरी कर लेने तक रश्मि ने अपने पर कड़ा अंकुश लगाये रखा। आँसू जैसे आँखों की देहरी पर टक्कर मार रहे थे लेकिन रश्मि ने ख़ुद को अजब ढंग से पथरीला बनाये रखा। बल्कि कुछ को तो ऐसा लगा जैसे पिता से ज़्यादा माँ को बेटे को छोड़ने की जल्दी हो। सारी औपचारिकतायें पूरी करने के बाद रत्नेश ने सुपरिन्टेन्डेन्ट से कहा..."अगर बच्चे के एडजस्टमेंट में कोई प्रॉब्लम हो तो हम एक-दो दिन होटल में रुक सकते हैं। इफ़ यू सजेस्ट..."

"नहीं, नहीं बिलकुल नहीं मिस्टर शुक्ला। एवरीथिंग इज़ ओके। आप लोग जा सकते हैं। वैसे भी हम बच्चे का बार-बार पेरेन्ट्स से मिलना प्रेफ़र नहीं करते। शुरूआत में तो बिलकुल नहीं। ऐसे बच्चा खामख्वाह इमोशनल होता है और एडजस्ट होने में टाइम लगाता है। एक बार वो सेट हो जाए तो आप लोग नेक्स्ट छुट्टियों में एक राउण्ड लगा सकते हैं। फ़ोन वीक में एक बार अलाउड है। आपको हालचाल मिलता रहेगा।"

सुपरिन्टेन्डेन्ट डॉ. कालरा ने इत्मीनान से कहा। रश्मि ने अपने अन्दर एक

पूरी दुनिया को उलटते-पलटते हुए महसूस किया। जिस बच्चे की सूरत देखे बिना सुबह-शाम नहीं होती हो अब उससे मिलने के लिए परमीशन लेनी होगी। जिसकी बक-बक उसका जीवन संगीत थी, उससे बात के लिए कोई एक दिन तय होगा।

अमिय वादे के मुताबिक बिना रोये वार्डन के साथ हॉस्टल में चला गया, ऐसी तसल्ली रत्नेश ने ज़ाहिर की। मगर उसके कुछ कहने के लिए थरथराते होंठों और डबडबाई आँखों की उदासी शायद रश्मि ही देख पायी।

बच्चे को हॉस्टल के सुपुर्द करके दोनों होटल लौटे तो लगा जैसे करने को कोई काम ही बाक़ी न रहा हो। अगले दिन फ्लाइट से वापस लौटते हुए दोनों ख़ामोश थे। बातों के गुब्बारे उड़ाने वाला अमिय साथ नहीं था। कुछ वक़्त बाद रत्नेश ने विन्डो सीट पर खिड़की की ओर मुँह घुमाये बैठी रश्मि की हथेलियों को अपने हाथ में थामते हुए हौले से कहा, "रश्मि, आख़िर तो बच्चों को दूर भेजना ही पड़ता है। ये सच है न? सब सीख लेते हैं एडजस्टमेंट...एन्ड ही इज़ वेरी स्मार्ट। बहुत जल्दी एडजस्ट कर लेगा। सब कुछ मैनेज करना सीख जायेगा। डोन्ट वरी।"

रश्मि ने धीरे से रत्नेश की ओर सिर घुमाया, "जानती हूँ। वो सीख जायेगा एडजस्टमेंट। मैनेज कर लेगा सब कुछ...आपके बिना रहना भी..., मेरे बिना जीना भी...बस मुझे कुछ देर लगेगी एडजस्ट करने में।"

रत्नेश के हाथों में रश्मि की हथेलियाँ भीग गयी।

उसने फिर से अपना मुँह खिड़की की ओर घुमा लिया।

ग्रेशम का सिद्धांत

*

शक्ति प्रकाश

तो मैं संपादक बन चुका हूँ, जो मेरे वरिष्ठ हैं उन्हें आश्चर्य के साथ कुढ़न हुई होगी, लेकिन फेसबुक पर उनके बधाई सन्देश आ रहे हैं, वे मुझे इसके योग्य घोषित कर रहे हैं। नवलेखकों की आँतें मरोड़ ले रही होंगी लेकिन उनके संदेशों में बधाई के अलावा और भी कुछ है, उनके अनुसार मेरे समकालीन वरिष्ठ मुझसे तुलना के योग्य नहीं रहे, वे प्रोपेगंडा और चमचई से यहाँ तक पहुँचे हैं और मैं योग्यता से। अब मैं दिवंगत व्यंग्यकारों से तुलना के योग्य हो चुका हूँ। कुछ को तो मेरे संपादक बनने से हिंदी साहित्य में क्रांति की उम्मीदें हैं, बुर्जुआ का पतन होने वाला है और सबको समान अवसर मिलने वाले हैं। खैर अपनी योग्यताओं और सीमाओं के बारे में मुझे कोई खुशफहमी नहीं, मैं जानता हूँ कि व्यंग्य लेखन के लिए तीन गुणों का होना अनिवार्य है—ज्ञान, ऑब्जरवेशन और कल्पना शक्ति। इनकी महत्ता भी इसी क्रम में है, यानी सबसे पहले ज्ञान जो मेरे पास बहुत सीमित मात्रा में है, यहाँ ज्ञान का मतलब सिविल इंजीनियरिंग में कॉलम या बीम डिजाईन करना नहीं है, ज्ञान का मतलब देशी विदेशी साहित्य, समाज शास्त्र, अर्थ शास्त्र, दर्शन, धर्म, इतिहास, भूगोल, विज्ञान से है, जो मेरे पेशे और व्यस्त नौकरी के कारण मैं पर्याप्त मात्रा में हासिल नहीं कर पाया । अब आप कहेंगे कि जब मेरे पास व्यंग्य की पहली योग्यता पर्याप्त मात्रा में नहीं तो लिखता क्यों हूँ? जवाब ये कि मेरे पास बाकी दो तो हैं, कई के पास एक भी नहीं फिर भी लिख ही रहे हैं और छप भी रहे हैं। हालाँकि मैं इस कमी को अपने लेखन में ज्ञान की बातें न करके छिपा जाता हूँ और बाकी दो से काम चला लेता हूँ फिर भी छिप नहीं पाता और इस बारे में सब जानते हैं, इस मसले पर सब एक राय हैं कि मेरा लेखन कस्बाई है, जिसे पढ़ने में मजा तो आता है

लेकिन कोट करने लायक नहीं। लेकिन जो भी हो अब मैं संपादक हूँ, सवाल ये कि मैं संपादक हूँ किसका? और किस प्रकार बना? ये समझाने के लिए मुझे फ़्लैश बैक में जाना होगा।

बात करीब पच्चीस साल पुरानी है, पढ़ाई पूरा करने के बाद मैं नौकरी की प्रतीक्षा कर रहा था यानी बेरोजगार था, बेरोजगारी में मेरी मित्रता नगर के कुछ मान्यता प्राप्त रंगदारों से भी हुई तो मेरे पड़ोसी और आस पास के लोग मुझे भी रंगदार मानने लगे थे, मुझे भी इसमें कभी ऐतराज नहीं रहा क्योंकि रंगदार समझा जाना बेरोजगार समझे जाने से हर सूरत बेहतर था। मोहल्ले में चोरी चकारी या छेड़छाड़ होने पर सारे बेरोजगारों के चरित्र प्रमाणपत्र उनके पड़ोसियों से सत्यापित कराये जाते मगर मुझसे कोई पूछता तक न था। हालाँकि मेरे कब्ज़े में दो वोट भी नहीं थे पर सभासद के चुनाव में हमेशा, विधान सभा चुनाव में अक्सर, लोक सभा चुनाव में कभी कभार, गालिबन हर दल के प्रत्याशी मुझसे राम राम करने आते, इंग्लिश शराब की क्रेट भी लाते, जो ईमानदारी से मैंने कभी नहीं ली। दुकान वाले मुझे उधार देने में सम्मान महसूस करते थे, रिक्शे वाले मुझे रिक्शे में बैठाने के लिए आपस में झगड़ते थे। इसी माहौल में एक दिन लगभग सोलह साल का ग्यारहवीं में पढ़ने वाला एक लड़का मेरे पास आया था। उसकी बड़ी बहन पिछले दो साल से दसवीं में अंग्रेजी में फेल हो रही थी और इस बार उसका सेण्टर हमारे मोहल्ले के हाई स्कूल में पड़ा था, लड़का दूर की रिश्तेदारी भी लाया था जिसके अनुसार वह हमारी भाभी का दूर का भाई होता था, मुझे वह मुलाकात याद है और इसलिए खास याद है कि तीन दिन बाद मेरा साक्षात्कार उसकी बहन से हुआ था, सुन्दर थी, बल्कि इतनी सुन्दर कि पहली मुलाकात में मुझे उन परीक्षकों पर क्रोध आया था जो उसे दो साल से फेल कर रहे थे। हालाँकि नकल की तलबगार होने के बावजूद उसने मुझमें कोई रूचि नहीं दिखाई फिर भी मैंने उसकी मदद की थी, यूँउसका निवेदन सिर्फ अंग्रेजी में नकल कराने का था पर मैंने स्कूल के हेड मास्टर के पांव छूकर भाईसाब की साली को पास कराने का आशीष माँगा तो मेरे रंगदार होने के भ्रम के चलते इतने में ही हेडसाब निहाल हो गए और उसे हर विषय में नकल मिली नतीजतन उसकी छः में से पाँच विषय में विशेष योग्यता थी, सबसे कम नंबर उसके अंग्रेजी में ही थे, फिर भी इकसठ या बासठ तो थे ही, कुल मिलाकर वह सम्मान सहित उत्तीर्ण हुई थी। बाद में मैंने भाभी से बात चलाने के लिए मक्खन लगाया तो उस तक बात पहुँचने के पहले ही भाभी ने मुझे वह दर्पण दिखा दिया जिसमें मेरी बेरोजगारी, रंगदारी और सूरत साफ साफ दिख रहे थे, तब मुझे लगा

कि नकल वाकई बुरी चीज़ है और इसे तत्काल प्रभाव से बंद होना चाहिए।

खैर वो लड़का होशियार था, जब तक बहन परीक्षा देती वो हमारे घर पर बैठकर पढ़ता था, बाद में वह लड़का आई.ए.एस. बना तो भाभी के पास भी कहने के लिए 'अपना राहुल' आ गया था, भले ही वो मुझे हमेशा भैया कहता रहा था लेकिन लोगों को बताने के लिए मेरा एक साला आई.ए.एस. था। आज कल वह संस्कृति मंत्रालय में सेक्रेटरी था, पिछले दिनों पुस्तक मेले में अपनी किताब का हश्र देखने के लिए मैं दिल्ली गया था, जो देखने गया वह संतोष जनक नहीं था तो ख्याल आया कि अपना राहुल भी यहीं है उससे ही मिल लिया जाय। तब मैं उसके मंत्रालय गया, उसके आई.ए.एस. बनने के बाद हमारी यह पहली मुलाकात थी, किन्तु वह मुझे भूला नहीं था।

'आइये भैया, नमस्कार' वह खड़ा हुआ

'नमस्ते राहुल, कमाल है पच्चीस साल बाद भी पहचान लिया'

'सही बताऊँ तो जब आपने गेट पास लिया तब फोन आ गया था। आप खासे तंदुरुस्त हो गए हैं, बिना सूचना के मिलते तो शायद...लेकिन भूलने लायक तो आप हैं नहीं, उस वक्त आपने काफी मदद की थी हमारी'

'छोड़ो यार, नकल कराना भी कोई मदद है?' मैं हँसा, जैसे कल की बात रही हो

'अरे नहीं भैया, दीदी को दसवीं कराना जरूरी था, दो साल से इंग्लिश में लुढ़क रही थी जो दसवीं में कम्पलसरी थी, उसके बाद इंग्लिश छोड़ दी, फिर बी.ए. एम.ए. पी-एच.डी., मॉरिशस में प्रोफेसर हैं जीजाजी, दीदी भी वहीं लग गईं, बहुत सुखी हैं, आपको अक्सर याद करती हैं, हाथरस वाले भैया की नेचर, कोऑपरेशन की तारीफ आज भी करती हैं'

'बड़प्पन है उनका' मैंने बेहद सभ्यता से कहा, हालाँकि मुझे पच्चीस साल पहले की गई गलती का बेहद मलाल था, यदि वह दो साल और फेल होती तो भाभी की हिम्मत मुझे दर्पण दिखाने की न होती, खुद भाभी भाईसाब को मनाती और वह मॉरिशस युनिवर्सिटी की प्रोफेसर मेरे लिए करवा चौथ का व्रत रख रही होती खैर...तभी राहुल के असिस्टेंट ने अन्दर प्रवेश किया—

'सर अमुक जी का पत्र आया है'

'क्या लिखा है?'

'वो सर ऑनरेरियम बढ़ाने का लिखा है, नहीं तो वे असमर्थ हैं'

'ठीक है जाओ, चाय भिजवा देना'

'ये अमुक जी तो बड़े साहित्यकार हैं?' उसके जाते ही मैंने पूछा

'काहे के बड़े? हिंदी की दो कौड़िए हैं, नहीं मिलता तो पेट पीटते हैं, पेट भर दो तो आपके दरवाजे के सामने ही हगते हैं' वह हिकारत से बोला

'अरे नहीं सम्मान के योग्य हैं'

'छोड़िए भैया, आप कैसे आये दिल्ली?'

'यूँ ही' मैंने उसकी निगाहों में हिंदी लेखकों का सम्मान देखते हुए कहा

'यूँ ही किसके पास इतना वक्त है, बताइए शायद मैं आपका अहसान उतार सकूँ' वह हँसा

'तब रहने ही दो' मैं हँसा

हालाँकि वह अहसान को बीच में न घुसेड़ता तो शायद मैं उसके मंत्रालय की लाइब्रेरी के लिए दस बीस किताबें खरीदने की बात कह सकता था, क्योंकि मेरा अहसान ज्यादा बड़ा था, मेरी वजह से आज उसकी बहन विदेश में थी और यूनिवर्सिटी में प्रोफेसर भी, उस अहसान को इतनी आसानी से नहीं उतारा जा सकता। खैर उसे गलती का ख्याल आया—

'मेरा मतलब था रिश्तेदार होते किस लिए हैं, आप कभी भी मदद माँगेंगे मैं हाज़िर हूँ'

'कुछ नहीं आज कल मैं भी हिंदी लेखक हो गया हूँ' मैं हँसा।

'अरे? और नौकरी?' उसे मेरी मूर्खता पर यकीन नहीं हुआ।

'वो भी है, एक किताब छपी थी उसे ही देखने आया था पुस्तक मेले में' मैं हँसा।

'तब ठीक है, ये तो अच्छी बात है, नाम और प्रकाशक लिखकर दे दीजिये दस बीस कॉपी मंगवा लूँगा, उधर दीदी भी मँगवा लेंगी और हाँ मेरा मसला भी हल हो गया' उसने सहानुभूति में चैन की साँस ली।

'कौन मसला?'

'अरे वही अमुक जी वाला, स्साले के दिमाग ख़राब हो गए हैं, हमारी त्रैमासिक पत्रिका है, उसमे आधा मैटर तो मंत्रालय का होता है, बाकी कविता, कहानी, व्यंग्य वगैरा के लिए एक ऑनरेरी संपादक होता है जिसे मैटर कलेक्ट करना होता है, संपादन करना होता है एक इशू के दस हज़ार देते हैं हम, करना कुछ नहीं, अब आपके अमुकजी को रकम कम लग रही है, यूँ मैं दीदी को संपादक बना दूँ पर ब्लड रिलेशन है, आपको बना देते हैं।'

'मैं?' मैंने आश्चर्य से कहा।

'रकम कम है?'

'अरे नहीं यार मैं इस योग्य नहीं' मैंने शिष्टाचार में वास्तविकता बयान की

'किताब लिखी है ना? बड़े प्रकाशक ने छापी है ना? बहुत है।'

'नहीं भाई, संपादन काफी बड़ी जिम्मेदारी है।'

'अजी घंटा, लाओ मैं करूँ संपादन।'

'संपादन का मतलब प्रूफ चेक हो तो कर लोगे मगर रचना का मूल्यांकन?'

'वो किसे करना है? अमुक जी भी चेले चंटी को ही छापते थे।'

'मगर मेरे पास तो चेले चंटी कुछ नहीं।'

'मैं आपको लैटर देता हूँ, उसे स्कैन करके फेसबुक और ट्विटर पर डाल देना, मिनट में तेरह की दर से चेले बनेंगे।'

'मगर योग्यता?'

'कैसी योग्यता? किसी चायवाले की जानकारी होती है पी.एम. बनने लायक? अवसर का लाभ लो भैया, अच्छा यदि आपने दीदी को नकल न कराई होती तो वह पी-एच.डी. कर पाती? उसकी शादी मॉरिशस के प्रोफेसर से होती? वह प्रोफेसर होती? लेकिन वो है, अब किसके पैंदे में गूदा है कि उसकी योग्यता पर सवाल उठाये? सवाल योग्यता का नहीं अचीवमेंट का है, अब आप कहें कि आपने उसे नकल कराई थी तो आपका ही मजाक बनेगा, अब अपने बायो डेटा में आप ठोंक कर संपादक संस्कृति मंत्रालय भारत सरकार लिख सकते हैं, हमारी वेब साईट पर आपका फोटो होगा और आप जैसे नवलेखक के लिए यह उपलब्धि ही होगी, ये लीजिये।'

उसके बाद उसने मेरे उत्तर की प्रतीक्षा नहीं की और पत्र में से अमुक जी का नाम हटाकर मेरा नाम लिख एक प्रति मुझे पकड़ा दी जिसकी स्कैन कॉपी मैं फेसबुक और ट्विटर पर डाल चुका हूँ। हालाँकि फेसबुक पर मैं बिलकुल भी मशहूर नहीं दोस्तों की संख्या भी करीब दो सौ है, जिनमें करीब पचास मेरे सहकर्मी हैं, पचास रिश्तेदार और परिचित, पचहत्तर मित्रों के मित्र, शेष पच्चीस नवलेखक और वरिष्ठ। हालाँकि मेरे स्तर के कई मित्रों के पाँच पाँच हज़ार मित्र भी हैं, पर मेरे पास न इतना समय है और न धैर्य कि चालीस हज़ार को फ्रेंड रिक्वेस्ट भेजूँ और तब चार हज़ार मित्र बनाऊँ, मुझे तो राम राम का जवाब न मिले, कोई फोन न उठाये तो पच्चीस साल पहले का अपना रंग याद आ जाता है, जी करता है इग्नोर करने वाले के गाल पर चार छ: सूँत दूँ, पर वक्त और हैसियत के मद्‌दे नज़र सब्र करना होता है। हालाँकि किताब छपने के बाद कुछ मित्रों की राय पर मैंने सौ डेढ़ सौ फ्रेंड रिक्वेस्ट भेजी थी और सात आठ का जवाब भी आया था, बाद में पता चला कि वे सब भी मेरे जैसे ही थे। तब से मैं न फालतू फ्रेंड रिक्वेस्ट भेजता हूँ न अपरिचितों को स्वीकार करता हूँ और

अब तो फ्रेंड रिक्वेस्ट आती भी नहीं। परसों जब से मैंने संस्कृति मंत्रालय के पत्र की प्रति चिपकाई है मेरे पास साढ़े सात सौ फ्रेंड रिक्वेस्ट आ चुकी हैं, मेरे व्यंग्य जो फेसबुक पर मैंने डाले हैं और जिन्हें अधिकतमबारह लाइक मिलने का पिछला रिकॉर्ड था, उन पर लाइक तीन से चार गुने हो गए हैं, हालाँकि तीन चार बड़े लोगों ने मुझे अनफ्रेंड भी कर दिया है, पर साढ़े सात सौ की तुलना में ये नगण्य है।

मैं संपादक हो चुका हूँ, पिछले दो दिन में मेरे पास अढ़ाई सौ सन्देश और बहत्तर रचनाएँ आ चुकी हैं अभी डेड लाइन खत्म होने में तेरह दिन बाकी हैं, ये संख्या कहाँ पहुँचेगी मुझे अंदाज़ा नहीं, लेकिन दिक्कत ये है कि चौदह रचनाएँ मेरे सहकर्मी, मित्र और रिश्तेदारों की हैं, अधिकतर कवितायेँ हैं, इनमें से किसी की हैसियत—'खत लिखता हूँ खतावार हूँ, बीवी बच्चे मर गए खुद बीमार हूँ' से अधिक नहीं, एकाध कहानी भी है जिसका प्लाट टी.वी. सीरियल 'हमारी बहू ललिता' के बहत्तरवें एपिसोड से अठानवे फीसद मेल खाता है, आप शक न करें कि मुझे सीरियल पसंद हैं, कुछ सीरियल खाने के वक्त आते हैं, आपके पास भागने का भी विकल्प नहीं होता। एकाध व्यंग्य भी है जो कई जगह से कट पेस्ट किया गया है और कुल मिलाकर यह हरिशरद शुक्ल जैसे किसी व्यंग्यकार का बन गया है और किसी मतलब का नहीं रहा, बेहतर था कि वह किसी एक का लिखा ही भेज देता और मेरे न पढ़ा होने की सूरत में मैं एक रिश्तेदार को तो ओब्लाईज़ कर सकता था। मैं जानता हूँ कि यही रचनाएँ मुझे अधिक दु:ख देने वाली हैं, ये वे लोग हैं जिनकी रचना न छापने की सूरत में रचनाकार का सामना मुझे बार बार लगातार करना है और ये सामना कभी भी व्यक्तिगत शत्रुता के स्तर पर पहुँच सकता है। हालाँकि मुझमें मना करने का नैतिक साहस होना चाहिए, लेकिन हो नहीं सकता क्योंकि मैं भी व्यक्तिगत संबंधों से बना संपादक हूँ।

जो नवलेखकों या कवियों की रचनाएँ है, वे मैंने अभी देखी नहीं, उनके साथ लगे पत्र सभी पढ़ लिए हैं, इनमें से आधे लोगों ने मेरा सद्य: प्रकाशित उपन्यास पूरा पढ़ा है जबकि प्रकाशक के अनुसार अभी तक चालीस प्रतियाँ ही बिकी हैं जिनमें मैं जानता हूँ कि तीस मेरे विभाग ने ही खरीदी हैं, चार मेरे मित्रों ने। खैर उन्होंने वाक्य कोट किये हैं तो मानना पड़ेगा, लेकिन उन्होंने जो वाक्य कोट किये हैं वे मेरे उपन्यास के सबसे साधारणवाक्यों में से हैं, अब आप कहेंगे जिन्हें मैं साधारण खुद स्वीकार कर रहा हूँ वे वाक्य मैंने लिखे ही क्यों थे, भाईसाब चार सौ पेज के उपन्यास का हर वाक्य कालिदास की सूक्ति तो नहीं

हो सकता, खुद कालिदास का हर वाक्य सूक्ति नहीं, उपन्यास में बहुत अच्छे वाक्य भी थे उनमें से एक भी कोट नहीं किया गया था। मुझे याद आ रहा है मेरे उपन्यास की एक समीक्षा तथाकथित जी ने लिखी थी जो एक मैगजीन में छपी भी थी, चूंकि यह समीक्षा मेरे बहुत पीछे पड़ने पर लिखी गई थी, तथाकथित जी लिखना नहीं चाहते थे इसलिए उन्होंने जान बूझकर बहुत साधारण वाक्य उठाये थे और एकाध वाक्य में सम्पादन की कलाकारी किताब छपने के बावजूद दो शब्द अपनी मर्जी से जोड़कर कर दी थी, जिससे वह वाक्य घटिया और अश्लील लग रहा था। शर्तिया इन सभी लोगों ने वह समीक्षा पढ़ ली है। नव लेखिकाओं ने फोटो भी भेजे हैं, इनमें कुछ फोटो बेहद मोहक हैं, ऐसा लग रहा है मानो मैंने किसी मोडलिंग कंपनी की पत्रिका के लिए आवेदन माँगे हों। कुछ के पत्र प्रेम पत्र होने के काफी नजदीक हैं, यदि ये मेरी पत्नी के पल्ले पड़ जाएँ तो भले मेरे डर से कुछ न कहे पर मेरी गैर मौजूदगी में मेरी दराज अवश्य खोलना चाहेगी। इस सब से मेरी समझ नहीं आ रहा कि हिंदी लेखन जिसमे न पैसा है, न प्रसिद्धि और न ग्लैमर उसके लिए ऐसे फोटो, ऐसे निवेदन दिल पर पत्थर रख कर ही भेजे होंगे, जब दिल पर पत्थर ही रखना है तो मुँबई जाकर सीरियल अभिनेत्री का संघर्ष झेलने में क्या बुराई है? पुरुष लेखकों ने मेरी तारीफ के जो कृत्रिम पुल बाँधे हैं, उनसे मैं सहमत तो नहीं प्रफुल्लित अवश्य हूँ लेकिन उन्हें ये मुगालता क्यों है कि एक सरकारी पत्रिका में छपने से वे मोहन राकेश या नागार्जुन बन जायेंगे। खैर ये उनकी सरदर्दी है मेरी तो तारीफ ही है।

तेरह दिन बाद मुझे रचनाओं का चयन करना है, जहाँ तक व्यंग्य का प्रश्न है, परसाई जी के अलावा मुझे अपने लिखे व्यंग्य ही सर्वाधिक अच्छे लगते हैं, फिर भी अच्छे बुरे व्यंग्य की पहचान तो मुझे है, इतना तो है कि चार में से एक निकाल सकूँ, कहानी भी देख ली जाएँगी पर कविता मेरे पल्ले नहीं पडतीं उसमे भी नई कविता? मेरे हिसाब से नई कविता आलसियों का उपक्रम है, न पिंगल, न तुक, न छंद, न रस, न अलंकार। पहले एक बढ़िया सा निबंध लिखो, छप जाये तो ठीक, न छपे तो उसके पैराग्राफ उठाकर बेतरतीब हिज्जे बना दो जैसे—

हम लाँच करेंगे एक योजना
बहकने वाले युवाओं को प्रोत्साहित करने के लिए
समाज आबादी बलात्कार योजना
होगा जिसका नाम
हर गाँव में चिन्हित किये जायेंगे कुछ खेत, खलिहान, बुर्जी, बिटोरे
ये होंगे उन लोगों के

जिन्होंने हमें नहीं दिया था वोट पिछले चुनाव में
उन पर किया जायेगा कब्ज़ा
पुआल आदि बिछाकर इस योग्य बनाएगी हमारी ब्रिगेड उस जमीन को
कि किसी प्रकार का कष्ट न हो बलात्कारी को
पूरा ध्यान रखा जायेगा इस बात का
कि जो हम देंगे वोट
उनकी लड़कियों पर नहीं बहकेगा कोई
यदि हमे वोट देता हो पूरा गाँव
तो मदद की जाएगी लड़कियाँ उठवाने में
पड़ोसी गाँव, तहसील, जिला, प्रदेश औरदेश से भी

दरअसल ये नई कविता नहीं मेरे व्यंग्य का एक पैराग्राफ है, जो तोड़ मरोड़कर लिखा गया है, उस व्यंग्य में ऐसे बीस पैराग्राफ थे, यदि मैं चाहता तो दो घंटे में ऐसी बीस कवितायें लिख सकता था और एक पूरे दिन में काव्य संग्रह। मुझे ये नई कविता निबंध ही नज़र आती है पर दिक्कत ये कि अब कोई पुरानी कविता लिखता नहीं। पिंगल या बहर की बात करते ही आस्तीने चढ़ाने लगते हैं भाई लोग। ये सब मैंने आपको तो बता दिया है किन्तु सार्वजनिक स्वीकारोक्ति में मुझे दिक्कत हो सकती है, खैर इसके लिए मुझे किसी की मदद लेना होगी, मैं जानता हूँ कि मदद एक से माँगूंगा तेरह फोन आ जायेंगे क्योंकि जिसे मैं फोन करूँगा वह छब्बीस को बता चुका होगा। तो ठीक है मैं अपने परिवार की ही मदद लूँगा, मेरा बेटा आठवीं में पढ़ता है, सब्जी भाजी ले आता है, साइकिल से स्कूल भी चला जाता है, कुशाग्र भी है, टी.वी. सीरियल्स से चिढ़ता है, सिर्फ कार्टून और डिस्कवरी देखता है। आप कहेंगे कि संपादन के लिए ये सारी बातें योग्यता किसतर हैं? दरअसल मैंने डिग्री कॉलेज की एक महिला लेक्चरर को अपनी आठवीं में पढ़ने वाली बेटी से बी.ए. फायनल की कॉपी चेक कराते हुए देखा था, मेरी आपत्ति पर उन्होंने ऐसी ही कुछ योग्यताएँ अपनी बेटी में बताई थीं। मेरा बेटा तब चौथी में पढ़ता था, तभी से मेरे मन में भी इच्छा थी कि मैं भी अपने बेटे की योग्यताएँ साबित करूँ, मेरे पास यूनिवर्सिटी की कॉपी तो आने वाली नहीं, यही सही। वैसे भी कुछ स्थापित लोगों की कविता आ ही जाएँगी उनमें क्या चेक करना, एक दो नव लेखक या लेखिका को छापना है, हो जायेगा, फिकर नॉट, मैं अपनी पीठ ठोंकता हूँ।

अचानक राजेश जी का फोन आता है, राजेशजी मेरे पहले परिचित साहित्यकार हैं और मेरे प्रशंसक भी। अब तक तेरह साहित्यकार मेरी मुफ्त

कॉपी जीम चुके हैं, समीक्षा छोड़िए फेस बुक तक पर जिक्र नहीं किया, इस भले आदमी ने मेरी किताब खरीदी थी और उसकी समीक्षा रीजनल पेपर और फेस बुक पर छापी भी थी। लोग उन्हें दक्षिणपंथी मानते हैं पर मुझे इससे कोई भी फर्क नहीं, मेरे लिए वे अच्छे व्यक्ति पहले हैं उनका पंथ बाद की बात, वे कुछ भी देंगे मैं छापूँगा।

'कैसे हैं सत्यकाम जी' वे पूछते हैं।

'एकदम बढ़िया, आप सुनाएँ।'

'फेस बुक पर तो बधाई दे दी मैंने सोचा फोन पर भी...'

'कैसी बात करते हैं राजेश जी, आप क्यों औपचारिक होते हैं।'

'नहीं सर अब तो संपादक हैं आप।'

'तो संपादक क्या भगवान का बेटा होता है?' मैं सगर्व कहता हूँ।

'बेटा? बाप समझते हैं भाई लोग, मगर आपकी बात अलग है आप तो शुरू से डाउन टू अर्थ हैं।'

'और सुनाइए?' भले उनका अहसान हो पर मैं चाहता हूँ कि एक बार वे भी निवेदन करें।

'अरे सर तहलका मचा है साहित्य जगत में, क्या पटखनी दी है आपने अमुकजी को।'

'अरे नहीं भैया, उन्हें ऑनरेरियम कम लग रहा था, चिट्ठी लिखी थी, अब सरकारी संस्था में बारगेनिंग थोड़े होती है, उन्होंने हमें बना दिया।'

'मगर सर आपने बताया नहीं इतनी पहुँच है आपकी?'

'अरे सा...साल भर पहले एक व्यंग्य भेजा था, इन्होंने छापा नहीं, सेक्रेटरी के पल्ले पड़ गया उसने प्रभावित होकर बुला भेजा बस' मैं सँभलता हूँ क्योंकि गर्वित होने में सच निकलते निकलते बचा है।

'अरे? ऐसा लाख में एक बार होता है, फिर तो वाकई साहित्यप्रेमी आदमी है' साफ है वे उत्तर से संतुष्ट नहीं।

'हाँ भला ही लगा।'

'सुना है अलीगढ़ का है' वे कुरेदते हैं।

'अलीगढ का तो उप राष्ट्रपति भी है' मैंने व्यंग्य में कहा, वे मेरे पक्ष के हैं उन्हें ये अन्वेषण नहीं करना चाहिए।

'खैर, बहुत कुढ़े हुए हैं भाई लोग, कुछ ने तो आपको अनफ्रेंड भी कर दिया' वे हँसते हैं।

'अरे आपको भी पता चल गया।'

'पता? हमें तो ये भी पता चल गया कि आपके खिलाफ मुहिम भी छिड़ी है कि आपकी मैगजीन में सीनियर्स रचनाएँ न भेजें।'

'क्यों?'

'क्योंकि आपने गलत तरीके से अमुकजी से पत्रिका छीनी है।'

'क्या गलत था भाई? इन्होने असमर्थता जताई, मुझे अवसर मिला मैंने लपक लिया।'

'वे कहते हैं आपको अमुकजी से अनुमति लेनी चाहिए थी'

'अमुकजी मुझे जानते तक नहीं, तब अनुमति का क्या मतलब?'

'यही तो जलन है सर जिसे लोग ठीक सेजानते तक नहीं वह सम्पादन करेगा?'

'जानने से क्या? सवाल ये है कि सामने वाला योग्य है या नहीं' ये कहते हुए मेरी जुबान हलके से काँपती है।

'अरे सर आपकी योग्यता का मैं कायल हूँ, पर स्थापित लोग माहौल बना रहे हैं आपके खिलाफ।'

'रचनाएँ नहीं देना है, न दें, अपना ही नुक्सान करेंगे, प्रेमचंद, जयशंकर प्रसाद और बच्चन की छापने से रोक लेंगे? मान देय बचेगा और इनसे अच्छा तो नए लोग लिख रहे हैं।'

'वो तो है, मैंने एक कहानी भेजी है सर।'

'आप कुछ भी भेजिए राजेश जी, स्पष्ट गाली गलौज न हो, सब छपेगा।'

'ठीक सर शुभकामनायें।'

मैं लैप टॉप खोलता हूँ तैतीस रचनाएँ, दो सौ बारह फ्रेंड रिक्वेस्ट, बाईस बधाइयाँ और मिलती हैं, मैंस्वीकार करता हूँ, अब मुझे अपना काम शुरू कर देना चाहिए, मैं रचनाएँ देखता हूँ तो दो वरिष्ठ उनमें हैं, मैं बिना देखे राजेश जी के साथ उन्हें भी सलेक्ट कर लेता हूँ। अब मैं रिजेक्शन करने वाला हूँ, पहले बिना पढ़े रिजेक्शन वाला साहित्य खोजता हूँ। ये।।ये पुस्तक मेले में मिला था मगर उम्र में छोटा होने के बावजूद इसने नमस्ते नहीं की, इससे मैंने समीक्षा लिखने के लिए तीन बार कहा पर इसने नहीं लिखी, इसकी बुआ मेरे पुश्तैनी गाँव में शत्रु पक्ष में ब्याही है, इस लड़की की सूरत अच्छी नहीं, ये अमुक जी के स्टेटस पर हमेशा कमेंट करती है, ऐसे बयालीस कारण मैं खोज लेता हूँ और बयालीस लोगों को बिना देखे राईट टू रिजेक्ट के अधिकार का प्रयोग कर रिजेक्ट कर देता हूँ। फिर हर रचना की दो लाइन या एक पैरा पढ़कर पैंतालिस नव लेखकों को और रिजेक्ट कर देता हूँ। आज के लिए इतना काफी है।

मैं सुबह सोकर उठता हूँ, राहुलका फोन आ जाता है।

'कैसे हैं भैया?'

'अच्छा हूँ, काफी मेटर आ गया है।'

'वो ठीक है, आज आप फ्री हैं? दिल्ली आ पाएँगे?'

'तुम कहोगे तो आ जाऊँगा।'

'तो आ जाइये।'

मैं तीन घंटे में दिल्ली पहुँचता हूँ, राहुल मेरा ही इंतजार कर रहा है।

'आइये भैया' वह घंटी बजाकर चाय का आदेश देता है।

'कुछ इमरजेंसी थी?'

'कुछ खास नहीं' कहकर वह कुछ अखबार मेरी ओर बढ़ाता है।

उन अखबारों में कुछ ख़बरें हैं, जिनमें संस्कृति मंत्रालय में चल रहे भ्रष्टाचार खास तौर पर पत्रिका के संपादक को लेकर राहुल पर कीचड उछाला गया है। हैडिंग कुछ इस प्रकार हैं–'संस्कृति मंत्रालय में संपादक की खरीद फरोख्त', 'जो लिखना नहीं जानते वे बनेंगे संपादक', 'रिश्तेदारी निभा रहे सचिव महोदय'

'अरे? मगर रिश्तेदारी का कैसे पता चला इन्हें?'

'आप आये थे, तब ऑफिस वालों के सामने भैया कहा था आपको, इनमें से किसी ने बका होगा।'

'अब?'

'अब क्या? अमुक जी को सहलाना होगा।'

'मतलब?' मैं आशंका से भयभीत होता हूँ।

'मतलब, उसे भी इन्वोल्व करना होगा'

'अब तुम बेइज्जती कराओगे यार?' मैं असहाय होता हूँ।

'नहीं भैया नेगोशिएशन करेंगे।'

'मैं तो एक ही नेगोशिएशन जानता हूँ यार, जो हम ठेकेदारों से करते हैं'

'ये भी तो ठेकेदार हैं' वह हँसता है।

'कमाल है? तुम इतने बड़े अधिकारी और दो रूपये के अख़बार से डर गए।'

'मैं नहीं डरा, साला मंत्री पोंक गया, कहता है इलेक्शन है।'

'तुमने बताया नहीं कि अमुकजी ने चिट्ठी दी थी?'

'बताया, वह कहता है कि अमुकजी ने मना किया तो उसकी बराबरी का विमुखजी पकड़ते, तुमने रिश्तेदार ही पकड़ लिया।'

‘रिश्तेदारी साबित करें।’

‘भैया वो पत्रकार हैं, कुछ भी साबित कर देंगे, गधे के सर पर सींग भी, फिर रिश्तेदारी तो है, एक बार हमारे और आपके गाँव जाने की देर है कुछ भी ले आयेंगे, हो सकता है ये भी कि आपने दीदी को नकल कराई थी, उसके बाद जो ये हगेंगे न मैं बर्दाशत कर पाऊँगा न आप।’

‘यार प्रपोजल तो तुम्हारा ही था, मुझे ही कब खुजली थी संपादक बनने की?’ मैं खीजता हूँ।

‘हाँ, मुझे पता नहीं था कि वो हरामी पत्रकार भी है, इन स्सालों ने हर जगह कब्ज़ा किया हुआ है, अख़बार, टी।वी।, साहित्य, राजनीति, खैर आपकी बेइज्जती नहीं होगी, बुलाया है उसे।’

चाय आ जाती है, थोड़ी देर मौन रहता है, हम चाय सुड़कते हैं, अचानक अमुकजी अपने दो चेलों के साथ अन्दर घुसते हैं और ‘नमस्कार सर’ कहकर बेफिक्री से कुर्सी पर जम जाते हैं, हालाँकि वे मुझे किसी अन्य परिस्थिति में मिलते तो मैं चरण स्पर्श अवश्य करता पर इस समय हम प्रतिद्वंदी हैं, मैं उनकी ओर देखता भी नहीं।

‘बताएँ सर’ वे राहुल की ओर देखते हैं, बदले में राहुल उनके चेलों को, अमुकजी समझ जाते हैं।

‘तुम लोग बाहर बैठो’ वे आदेश देते हैं, चेले निकल जाते हैं।

‘आप सत्यकाम जी’ राहुल मेरा परिचय कराता है।

वे मुझे ऊपर से नीचे तक घूरते हैं।

‘तो तुम हो सत्यकाम? आगरा से हो? नाम सुनने में नहीं आया कभी?’

‘कमाल है कितना तो सुन लिया’ मैं हँसता हूँ।

‘इस घटना के पहले नहीं सुना।’

‘इनकी किताब माहेश्वरी प्रकाशन ने छापी है’ राहुल कहता है।

‘इन्होने अच्छा लिखा होगा पर ये प्रकाशक तो पैसे लेकर किसी को भी छाप देते हैं’ वे कहते हैं।

‘छापते तो संबंधों और धौंस पर भी हैं’ मैं कहता हूँ।

‘छोडिये, मतलब की बात करें’ राहुल बीच में बोलता है।

‘कीजिये’ अमुक जी कहते हैं।

‘आप क्या चाहते हैं?’

‘हम क्या चाहते हैं आपको पता है’ वे कहते हैं।

‘आपने खुद असमर्थता जताई थी।’

'ठीक है मगर आपको भी तो बात करना चाहिए थी, कल को पत्नी आत्महत्या की धौंस दे तो उसका गला दबा देंगे आप?' वे विद्रूपता से हँसते हैं ।

'गला तो नहीं दबायेंगे लेकिन विकल्प मौजूद हो तो मरने से रोकेंगे भी नहीं'

'अरे बड़े निष्ठुर हैं आप?' वे खिलखिलाते हैं।

'काहे का निष्ठुर? यदि बीवी को दिक्कत है तो संवाद करे, मरने की धौंस देने वाली को तो मर ही जाना चाहिए।'

'भले उससे बढ़िया विकल्प मौजूद न हो।'

'मेरा विकल्प मैं तय करूँगा।'

'तब बुलाया क्यों है सर?' वे मुस्कराते हैं।

'क्योंकि आप अख़बारबाजी कर रहे हैं, कपड़े फाड़ रहे हैं, मेरे भी अपने भी और इनके भी, आपको इसकी आदत हो पर मुझे नहीं है, अब आप बराय मेहरबानी काम की बात करें' वह खीजता है।

'चलिए, मैं उसी मानदेय में तैयार हूँ, बात इज्ज़त की है।'

'और ये?' वह मेरी ओर इशारा करता है।

'आप समझिये।'

'आप समझिये मतलब? आपकी इज्ज़त इज्ज़त इनकी केजरीवाल का गाल?' वह उत्तेजित होता है।

'आप रास्ता निकालिए।'

'ये इशू ये ही निकालेंगे, अगला इशू आप देख लीजिये।'

'इशू ब्रेक होने में भी अच्छा नहीं लगेगा, इन्हें अतिथि संपादक बना दीजिये'

राहुल मेरी ओर देखता है, मैं बोलता हूँ—

'जो रचनाएँ मैंने मंगा ली हैं वे?'

'इस इशू में रचनाएँ तुम्हारी रहेंगी, कम पड़ें तो मैं दे दूँगा, मानदेय बाँट लेंगे, आपस की बात है' वे कुशल व्यापारी की तरह कहते हैं, उनकी वैश्यवृत्ति से मुझमें भी प्रेरित कम्पन होते हैं—

'इसके अलावा आप मेरी किताब की समीक्षा लिखकर दो चार जगह छपवा देंगे तो मुझे भी अच्छा लगेगा।'

'अब तो अपने आदमी हो यार, खुद लिख लाना, हमें तो पढ़ने की फुर्सत है नहीं, छपवा देंगे अपने नाम से।'

'एक और निवेदन था आपके चेले चंटी इसे फेस बुक, ट्विटर पर मुद्दा न बनायें' मैं हथियार डालता हूँ।

'जब हमारे साथ नाम छपेगा तब तुम भी हमारे चेले ही हुए, क्यों बनायेंगे?

हा...हा...हा...'

वे छठवीं शताब्दी के किसी धार्मिक नेता की तरह गर्दन पर तलवार रख, मुझे घुटनों पर लाकर अपने समुदाय में शामिल करते हैं, मुझसे और राहुल से हाथ मिलाकर निकल जाते हैं, उनके जाने के बाद मैं राहुल से कहता हूँ—

'तुमने तो जगदम्बिका पाल बनवा दिया यार।'

'सॉरी भैया, मैं कम्पनसेट कर दूँगा, बहुत काम है मेरे पास लेखकों और कवियों के लिए' वह मुस्करा कर मेरा कन्धा दबाता है।

मैं चला आता हूँ, घर आकर मैं लैप टॉप खोलता हूँ, फ्रेंड रिक्वेस्ट अभी भी आ रही हैं, रचनाएँ अभी भी आ रही हैं, पर मेरी रूचि अब उनमें नहीं, मैं अमुक जी को फ्रेंड रिक्वेस्ट भेजता हूँ, उनका एक चेला जो फेस बुक पर मेरा मित्र है उसका स्टेटस मेरी वाल पर अचानक चमकता है—

'बादशाह जहाँगीर की जान एक बार एक भिश्ती ने बचाई थी, बदले में उसने बादशाह से एक दिन का राज्य माँगा और उस एक दिन में उसने चमड़े के सिक्के चला दिए थे। आप कल्पना कर सकते हैं कि आज भी ऐसा हो सकता है...'

उस पर तीन सौ लाइक हैं, पैंतीस करीब कमेंट्स भी, जिनमें अमुक जी का भी कमेंट है–'हा..हा...हा..' साफ़ हैकि अमुक जी वादाखिलाफी कर रहे हैं, मुझे रहा नहीं जाता,मैं भी कमेंट करता हूँ–

'वैसे ये किस्सा शायद हुमाँयू का है लेकिन वो भिश्ती अपने समय से बहुत आगे था हुज़ूर, उसने चमड़े के सिक्के सोलहवीं शताब्दी में चलाकर बादशाह को अर्थ शास्त्र समझाया था, बादशाह नासमझ था तो इसमें भिश्ती का दोष नहीं उस भिश्ती की सोच पर ही इक्कीसवीं शताब्दी में कागज़ की मुद्रा चल रही है, जो चमड़े से भी सस्ती है।'

मैं खीजते हुए, ये लिखकर लैपटॉप बंद कर देता हूँ पर उनका मुँह कभी बंद नहीं कर सकता जो आइन्दा वक्त में ग्रेशम को भी भिश्ती बताएँगे, जिसने कहा था—'बुरी मुद्रा अच्छी मुद्रा को चलन से बाहर कर देती है।'

बहुत से कुछ ज़्यादा

*

सपना सिंह

उसने एक्टिवा स्टैंड पर खड़ी की, सीट उठाया, पानी की बोतल, पर्स निकाला... हाथों का ग्लब्स, समरकोट और चेहरे को ढँकने वाला दुपट्टा लपेटकर डिग्गी में डाला और लॉक लगाकर ऑफिस की ओर बढ़ते हुए हाथ घड़ी पर नजर डाली, साढ़े दस बजने ही वाले थे...उफ लाख चाहो समय से दो-चार मिनट पहले पहुँचने की पर देर हो ही जाती है। मैडम की भृकुटी आज भी चढ़ी ही होगी। ये नया नियम भी तो उन्होंने ही निकाला है। अभी तक सब अपनी अटेंडेंस डिपार्टमेंट के रजिस्टर पर ही लगाते थे, पर अब सारे रजिस्टर प्रिसिपल ऑफिस में मौंजूद हैं...वहीं जाकर साइन करो साढ़े दस से लेट हुए कि आधे दिन की छुट्टी मंजूर।

सभी प्रिंसिपल मैम को मन ही मन गरियातें हैं, इस नये नियम ने सबको परेशान कर रखा है, अब तक सब अपनी मर्जी के मालिक थे, जब जिसकी पहली क्लास होती उससे पाँच-दस मिनट पहले कॉलेज पहुँचता और अंतिम क्लास के बाद कॉलेज छोड़ देता। टाइम-टेबल बनाये ही ऐसे जाते थे कि साढ़े दस बजे आने वाला दो-ढाई बजे फुर्सत, और पॉच बजे तक कॉलेज में रहने वाले प्रोफेसर्स की आमद बारह तक। बरसों से ऐसा चलता आ रहा है,अब ये नया नियम। ऐसे नियम कानून की किसी को आदत नहीं...सो अच्छी अफरा-तफरा मची है। वह हड़बड़ाते हुए ऑफिस की ओर बढ़ती है, अभी तक मैम ने उस पर कोई रिमार्क नहीं किया है...मैडम अरुणा और मैडम शीला बरामदे की सीढ़ियाँ उतर रही हैं...उसने दोनों का अभिवादन किया और ऑफिस में घुस गई। प्रिंसपल मैम ने उड़ती सी दृष्टि उस पर डाली और मैडम आर्या से सरगोसियों में कुछ बतियाने लगी, उसने उन दोनों का भी अभिवादन किया और रजिस्टरों की भीड़ में अपना रजिस्टर तलाशते प्रिंसिपल मैम के ऊपर फिर नजर

डाली, उनकी उपस्थिति से यों भी कोई निर्लिप्त रह ही कैसे सकता है...इतना चकाचौंध करता व्यक्तित्व है उनका। नख से शिख तक सुन्दरता की मूर्ति। भक्क गोरा रंग जिस पर थोड़ा भी गुस्सा या खुशी लाली बनकर छिटकने लगती। देह दृष्टि से लेकर नाक-नक्श सभी सुन्दरता के पैमाने में फिट्ट। हिन्दी की मिताली दी उन्हें शिवानी की नायिका कहतीं...अरुणा मैम आहें भरतीं...बाप रे अभी इतनी अपीलिग हैं जवानी में तो मार-काट मचा दी होंगी। मार-काट शायद सच-मुच मची हो...ऐसी चर्चा थी कि किसी जमींदार परिवार के बिगड़ैल बेटे ने सरेआम उठवा लिया था इनको।

मैडम आर्या अब भी सरगोशियों में बातें कर रहीं थीं। चमची आज कल मैडम को अपनी मारूति में ढोती है, डॉक्टर बाजपेयी के सामने वो दोनों कितनी कंट्रास्ट दिखती है। मोटी,नाटी,बेडौल डॉक्टर आर्या और सूखी साँवली बदसूरत वो खुद डॉक्टर सुरेखा शर्मा। कहाँ डॉक्टर बाजपेयी की चकाचौंध करती खूबसूरती और कहाँ वो दोनो बदसूरती की पराकाष्ठा। जानें मैडम आर्या कैसे बर्दाश्त करती हैं, उसे तो कॉम्पलेक्स होने लगता है। अपने रंग रूप को लेकर काम्पलेक्स तो उसे बचपन से रहा है, खास तौर पर जब सामने उससे ज्यादा या उससे बहुत ज़्यादा खूबसूरती हो। हॉस्टल में उसकी पहली रूम मेट माला बनर्जी कैसी खूबसूरत थी, यों भी उसे अपने से ज़्यादा साफ चमड़ी खूबसूरत ही लगती फिर माला तो कुछ ज़्यादा ही साफ सुन्दर थी। वह कमरे में रहती तो उसका मन किसी काम में नहीं लगता था। एक आँतक सा महसूस होता, कमरा बदलती तो किस बहाने से। पर इसकी जरूरत ही नहीं पड़ी थी, वह खुद ही कमरा बदलकर चली गई थी। शायद उसकी बदसूरती उसे असह्य लगी हो।

ऑफिस से बाहर निकली ही थी कि मोबाइल बज उठा "तु साला काम से..." ये यीशू भी...! कितनी बार डाँट चुकी हूँ कि ऐसी बेहुदा रिंगटोन मेरे सेल पर मत डाउनलोड किया करो पर...उधर से मर्दाना आवाज मैं राजेश खरे ओ! हाँ कहिए! जल्दी में उसने स्क्रीन पर उभरा हुआ नाम नहीं पढ़ा था। इनका नं. तो फोन बुक में है उसकी आवाज का टोन सहज ही उतार पर आ गया।

हाँ कहिए!

मैं भोपाल जा रहा हूँ..."तो मैं क्या करूँ?" दिमाग में बजा पर मुँह से हूँ, हाँ ही निकला। 'आपने जो मकान बुक किया है वो किस सोसाइटी में है? जा रहा हूँ तो सोचा देख भी लूँगा। अब ये मकान की बात इन्हें कैसे पता चली? फिर, अभी उसने फाइनल कहाँ किया है? इस सन्दर्भ में दो एक बार ही तो गई है भोपाल, अकेली औरत के लिए सब कुछ इतना आसान है क्या?'

अरे! अभी कुछ फाइनल नहीं हुआ है और फिर आपको दूर भी पड़ेगी वो जगह...बेकार परेशान होंगें।

कैसी परेशानी? अपनी चीज की पूँछ परख तो की जानी चाहिए। आप बिल्डरों को नहीं जानती, बताते कुछ हैं और करते कुछ हैं फिर अकेली औरत जानकर तो और मनमानी करते हैं। लगा बात लम्बी खिंचेगी सो व्यवधान डालना जरूरी लगा। जी वो सब तो बाद की बात है, देखिए अभी मेरी क्लास है बाद में बात करते हैं। कहकर उसने खट से मोबाइल का स्विच ऑफ किया और क्लास में घुस गई।

पढ़ाते वक्त वह अपने आप को हर तरफ से काट लेती है। सिर्फ सुरेखा शर्मा सहायक प्राध्यापक जूलोजी रह जाती हैं पर आज मन में कहीं कुछ अटक गया है, ये आदमी गाहे बगाहे उसको उसके अकेली होने का अहसास दिलाता रहता है। कितनी आसानी से उसके सम्भावित आशियाने को 'अपनी चीज' कह गया अभी तो उसका कोई रिश्ता बना भी नहीं है?

पैंतालिस मिनट की क्लास तीस मिनट में ही खत्म कर वह डिपार्टमेंट में आ गई। डॉ. सर्वदा शुक्ला बैठे थे, हेड ऑफ डिपार्टमेंट और उसके पी.एच.डी. गाइड। और कोई दिन होता तो वह इस समय का सदुपयोग कर लेती पर आज कुछ भी कहने करने का मन नहीं कर रहा है। पर ऐसे तो वही सब बातें दिमाग में घुमड़ेंगी। अगली क्लास डेढ़ घंटे बाद है तब तक कुछ काम ही कर डालें। उसने पेपर पेन निकाल लिया। सर के पास कुर्सी खींचकर बैठ गई। अगले कुछ पलों में पूरी तन्मयता से अपने रिसर्च सम्बधी मैटर डिस्कस कर रही थी, यही तो उसकी विशेषता है कैसी भी मनोदशा हो, भीतर कितनी भी उथल पुथल मची हो अपने काम को वह इन सबके प्रभाव से परे रखती थी।

शिक्षक, माता, पिता, की औलादों के पास सिवाय लक्ष्य के और कुछ नहीं होता और लक्ष्य प्राप्ति के लिए होती है पसीना बहाऊ, कमरतोड़ मेहनत, कोई शार्ट कट नहीं। वह माता पिता की शुक्रगुजार है भाइयों की तरह ही भरसक उसे भी सारी सुविधाएँ दी। शायद उसका रंग रूप भी उसका कारण रहा हो। विवाह बाजार में तो उसके भाव शून्य ही थे। कैसे तो उठते बैठते अम्मा तरह-तरह के लेप, उबटन लगाने को दिया करती थीं। संतरे के छिलकों का, चिरौंजी, कच्ची हल्दी का, पर क्या मजाल त्वचा के रंग में कोई तो फर्क आ जाये। फेयर एंड लवली माँ ने ही खरीदी थी। तब से लगा रही है, आज भी लगाती है इतना सब करते माँ ये सोच भी नहीं सकती थी कि वो किस कदर उसके अस्तित्व को नकार रही है। वो जो है, जैसी है, वैसी ग्राह्य नहीं, अपनी जननी को भी नहीं।

अंदर से बहुत-बहुत असहमति के बावजूद वह चुपचाप तरह-तरह के उबटन अपनी त्वचा पर लीपती-पोतती, शायद बचपन का वो कॉम्पलेक्स ही है कि वो खूबसूरती बरदाश्त नहीं कर पाती है।

घर जाने के लिए वो डिपार्टमेंट से बाहर आती है, सामने कैमेंस्ट्री की अरूणा मैम और मैथ्स की शालिनी सीढ़ियों से नीचे उतरते दिखती है, उन दोनों को देखकर उसकी चाल धीमी हो जाती है। कुछ लोगों के लिए नौकरी कितनी गैर जरूरी होती है, अब इन अरूणा मैम को ही लो, रईस परिवार की एकलौती बेटी, पति डी.डी.ए. में इंजीनियर, हर छुट्टियों में दिल्ली भागती है। गर्मियों में जहाँ बाकी प्रोफेसर्स सेन्ट्रल री वैल्यूशन की कॉपी जाँचने लू खाते यूनिवर्सिटी भागते हैं, कौन कितनी कॉपियाँ जाँचता है, होड़ मची रहती है, इन्हें इस सबसे कोई लेना-देना नहीं। ये तो कॉलेज की फैशन आइकॉन है। लेटेस्ट साड़ी, पर्स और चप्पल से लैस। पोर्च तक आते-आते हिन्दी वाली दोनो मैम भी साथ हों लीं। पानी गिर रहा था लिहाजा पोर्च में आकर खड़ा होना पड़ा। अरूणा और शालिनी मैम अपनी मारूति से जाएँगी। हिन्दी वालीं अपने पतियों के साथ। पानी धीमा हो रहा है। बघेल सर ने अपना छाता खोला और बाहर जाते हुए अपनी ही धुन में बोले मैडम लोग अपनी छातियाँ खोल लें। रिटायरमेंट के करीब पहुॅच चुके बघेल सर के ऐसे अश्लील फिकरों और सूक्तियों का पुरुष प्रोफेसर हँसी दबाकर आनन्द उठाते हैं, और महिला प्रोफेसर अनसुना करने की कोशिश करती हैं। बेवजह कहीं दूर अपनी निगाहें गड़ा लेतीं है। औरतों लड़कियों को यूँ भी बच बचा कर कतरा कर अनसुना अनदेखा करने की आदत पड़ी होती है। भीतर ही भीतर गुस्से से उबल पड़ने के बावजूद चेहरा सपाट बनाये रखना। अभी उसी दिन बैंक में वो अपनी लाइन में खड़ी थी, कानों में बजा...मादर...सिर भन्ना गया कनखियों से देखा तो तीन भद्र पुरुष खड़े आपस में बातें कर रहे थे। अच्छे सलीके का पहनावा बता रहा था उच्च पदस्थ हैं...पर आपसी बातचीत में वही माँ-बहन की गाली। बिना इसके यहॉ के पुरुषों की बात ही नहीं पूरी होती...मन हुआ था...जाकर कहे...थोड़ी सी भाषा दुरूस्त कर लीजिए आपके व्यक्तित्व से मेल नहीं खा रही है आपकी भाषा। पर ऐसी आपत्तियाँ तो महिलाओं के मन में ही रहती हैं, दर्ज कहाँ हो पाती हैं। ऐसे ही शब्दों का पुलिंग क्या होता है किसी हिन्दी वाले से पूछे मालूम होगा उन्हें? पता नहीं पर, मन में तीव्र इच्छा होती है जानने की और फिर पूरा जोर लगाकर उच्चरित करने की।

घर आ गया था, तो क्या सारे रास्ते सोचती रही थी। पोर्च के एक कोने में एक्टिवा खड़ी करनी पड़ती है। मकान मालिक की कार हमेंशा बेढ़ंगे तरीके

से खड़ी रहती है। ऐसी कि आना जाना मुश्किल होता है। लोग किरायादारों को इतना गर्जुआ समझ लेते हैं। भोपाल में फ्लैट वाला मामला जम जाता तो वहीं ट्रांसफर करा लेती। कुछ एक बार ही गई है वहाँ पर, पूरा शहर उसे पसन्द आया है, ओल्ड सिटी का तो पता नहीं पर न्यू सिटी सुरूचिपूर्ण नजर आती हैं। कोई आपा धापी, भाग-दौड़ नहीं, एक इत्मिनान सा हर ओर...आश्चर्य होता है इस शहर को देखकर। इतनी बड़ी त्रासदी को देखा-भुगता है इसने।
खिड़की से झांककर देखा यीशू सो रहा था। टी.वी. ऑन ही था...ये लड़का भी। ताला खोलकर अंदर दाखिल हुई। अभी-अभी बारिश होने से भयंकर उमस थी। कूलर ऑन करके वहीं पसर गईं। आँखें वृत्ताकार घूम गईं। करीने से सजा चीनी-मिट्टी के छोटे-छोटे गमलों में मनी प्लाँट के पौधे आँखों को राहत देते हैं। उसके और ईशू के ढेरों फोटो एक कोलॉज में। इस कमरे के बाद एक लॉबी जिसमें ओपेन किचन भी है, दीवाल से लगे प्लेटफार्म और कैबिनेट्स के साथ। बाकी दोनो कमरों और वॉश एरिया के दरवाजे इसी लॉबी में खुलते हैं। सब कुछ उसकी सुविधा के अनुसार थोड़ा फैला थोड़ा सिमटा, लोगों ने कहा भी—सिर्फ दो लोगों के लिए तीन कमरों वाला घर...क्या जरूरत थी...थोड़े छोटे में भी रहा जा सकता था...फिर इतना सब सामान रखने की जमा करने की क्या जरूरत? दो तख्त रख कर भी तो काम चलाया जा सकता था। लोगों की मानसिकता ही बन गई है...अकेले आदमी या अकेली औरत की कुछ जरूरत ही नहीं होती है, उसने कई ऐसे आदमियों को देखा है...जो अपनी बैचलर लाइफ बड़े ही बेढंगे तरीके से जीते हैं, कमाएँगे हजारों, लाखों में...पर रहेंगे एक कमरे में या दोस्तों के संग करके, वो ऐसे नहीं रह सकती...उसे तो सब कुछ चाहिए...व्यवस्थित और सुविधा जनक।

अपना ही शरीर उठाये नहीं उठ रहा, थकान से पूरा शरीर ऐंठ रहा है, शरीर उसे इतना नहीं थकाता...जितना मन। मन में कोई बात चुभी नहीं कि फिर वह शारीरिक रूप से भी अस्वस्थ महसूस करने लगती है। राजेश के फोन के बाद से ही अपसेट है वो, उठकर यीशू के कमरे में गई...वह अभी सो ही रहा था, खाने की थाली वहीं पड़ी थी, कितनी बार समझा चुकी है...खाने के बाद थाली हटा दिया करे। पर वो क्यों सुनेगा...? इसकी ये कुछ आदतें एकदम से उसकी याद दिला देती हैं...कॉलेज से लौटती थी...तो पूरा घर अस्त व्यस्त मिलता, कुछ नहीं तो कम से कम सामान को उसकी नियत जगह पर रखदो... इतने से ही घर बहुत से फैलाव से बच जाता है...पर वह क्यों समझे?

तुम्हारी ड्यूटी तो सिर्फ कुछ घंटों की है...मेरी तो प्रायवेट जॉब है...कभी-

कभी तो बारह घंटे काम करना पड़ता है...। उसका कुछ भी कहना उसका धौंस जमाना लगता अपनी सरकारी नौकरी का, उन आठ वर्षों में बहुत खँगालने पर भी उसे एक लम्हा नजर नहीं आता जब उसने दाम्पत्य का सुख जाना हो, अपने लिए एक हिकारत को अपने शरीर की एक-एक हरकत से वह उस पर बड़े ही निर्दयी तरीके से जाहिर भी कर देता था, वह कब तक झेलती सब कुछ। प्रेम का सम्बन्ध खूबसूरती से होता है...बदसूरत लोग किसी भी चीज के लिए नहीं होते शायद? सारा साहित्य, सारी कला, सारी फिल्में, सबकुछ में सुन्दरता की यशोगाथा, ये करीना, कैटरीना.. ये टी.वी. सीरियल्स की नायिकाएँ...हर तरफ सिर्फ खूबसूरती। उसे दहशत होती है, वह टी.वी. पर अक्सर फैशन चैनल्स देखता...लान्जरी पहन कर कैटवॉक करती सुन्दरियाँ, उसे वो अंग्रेजी सीरियल पसंद था...जिसमें वो बड़े-बड़े वक्षों वाली सुन्दरी बिकनी पहने समुद्र तट पर लोगों को बचाती फिरती हैं।

फ्रिज खोलने बंद करने की आवाज से जान गई यीशू उठ चुका है, इसका कोई काम भड़ भड़ाक किये बिना पूरा कहाँ होता है। उमस और गर्मी अकबकाहट पैदा कर रही थी...मन हुआ कहीं घूम आये। यीशू भी कई दिनों से कह रहा है उसके सभी दोस्त चौराहों पर सजी दुर्गापूजा की झांकियाँ देख आये हैं। यीशू को तैयार होने को कह...वह भी मुँह धोने चल दी।

एक्टिवा पर पीछे यीशू को बैठाकर जब वह मार्केट की ओर चली तो हवा के झोंके चेहरे को छूते भला सा एहसास जगाते रहे। सच एक्टिवा ले लेने से कितनी सुविधा हो गई है, जीवन में रफ्तार आ गई है, कई ऐसे काम जो जरूरी होते हुए भी टल जाते थे, अब आसानी से मैनेज हो जाते हैं। हर कहीं जाने के लिये रिक्शा करो...कितना महँगा पड़ता था, आटो इस कदर ठँसे होते हैं कि बैठने का जी नहीं करता, महँगा अलग पडता है, अच्छा खासा अर्न करने के बावजूद वह सस्ते मंहगे के चक्कर से निकल नहीं पाती, बचपन के संस्कार हैं...मन सस्ती चीजों की ओर ही दौड़ता है।

दुर्गापूजा के दिन हैं, सड़को पर भीड़ की भरमार है, चौराहों का तो बुरा हाल है, ट्रैफिक के शोर के बीच माता के गीतों की कानफोडू आवाजें, हिन्दी फिल्मो के लोकप्रिय गानों पर भजनों की परोडी इन्हें सुनकर जाने कौन से भक्त आस्था या शान्ति महसूस करते होंगें। बहुत पहले पापा की कहीं बात याद आती है—भजन वही है जिसे सुनकर आपसे आप ऑखों में पानी आ जाये...आजकल के भजन सिवाय ध्वनि प्रदूषण के कुछ नहीं देते...हार्ट अटैक वाले आदमी का हार्ट फेल हो जाये ये सामर्थ्य जरूर है इस संगीत में। मम्मी रोको न...मुझे ये

वाली दुर्गा देखनी है, यीशू के कहने पर उसने एक्टिवा रोक दी इतनी हजहज में उसे घबड़ाहट होती है।

रात ग्यारह बजे जब बिस्तर पर गयी तो बेहद थकान होने के बावजूद नींद कोसों दूर थी।कॉलेज में उसके सैपरेशन के बारे में पूरी तरह से किसी को नहीं पता, सब अपने-अपने कयास लगाते हैं और अपने निष्कर्ष भी। सीधे तौर पर उससे किसी ने नहीं पूछा...फिर वह क्यों बताये? समझौते-सफाई की कोशिश दोनो में से किसी ने नहीं की थी। वह अच्छी तरह जानती थी कि उसके विवाह में महत्वपूर्ण भूमिका उसकी नौकरी की है। उसका साधारण रंगरूप जो अक्सर बदसूरत लगता था उनके आपसी सम्बधों में पहले दिन से ही एक ठंडी तटस्थता का कारण बन गया था, छोटी मोटी किचपिच लगी रहती थी, वह शुरू से चाहता था उनका ज्वाइन एकाउंट हो...अलग से उसका कोई पासबुक न हो, पैसों के इनवेस्टमेंट के बारे में वह उससे मशाविरा करती जरूरी थी...उसे बताती भी थी...पर सबकुछ पूरी तरह उस पर नहीं छोड़ा था उसने।

उसे तो औरतों सख्त नापसंद थीं जो कमाकर तो खुद लातीं और पैसों का सारा हिसाब पति के जिम्में छोड़े रहतीं। ये औरतें रिश्तों में तो सारी अपनीयत उड़ेल देंगी, पर रूपये पैसे, जायदाद बैंक बैलेंस...इसमें अपनीयत या दावा दिखाने में अपनी हेठी समझेंगी, उसकी मॉ भी तो कामकाजी थीं...घर की अर्निंग मेम्बर पर अपनी हर जरूरत के लिए पापा के सामने हाथ फैलाये रहतीं, शायद इसी तरह मर्द का अहम संतुष्ट होता है, माँ व्यावहारिक थीं...जरा सा झुककर उन्होने अपने लिये तमाम राहतें जुटा लीं थीं...और वह है कि हिसाब किताब बड़ी अक्लमंदी से करने के बावजूद रिश्तों के गुणा भाग में फेल हो गई।

यों माँ उसका आदर्श थीं भी नहीं, हॉस्टल में रहने के कारण उसे बहुत सी चीजें अकेले मैनेज करना आ गया है, किसी से पूछकर...या किसी को बताकर कुछ करने या निर्णय लेने की आदत तभी से छूट गई। नौकरी मिली तो ये भावना और पुख्ता हो गई, एक अच्छी नौकरी...कितना कुछ आसान कर देती है, जैसे पैर जमीन पर मजबूती से खड़े हों, जैसे रीढ़ की हड्डी में आप से आप सीधापन आ गया हो...अपना खुद का कद बलिश्त भर ऊँचा महसूस होने लगा हो।

आज रविवार था...रोज जैसी भड़भड़ाहट नहीं थी, यीशू को भी सोने दिया उसने...। चाय और पेपर लेकर...खिड़की के सामने कालीन पर ही बैठ गई,.. सुबह की धूप पूरे कमरे में अन्दर तक आती है...रोज तो नहीं पर छुट्टी के दिन आधा पौन घंटा वह यहीं बैठती है चाय और पेपर के साथ, पेपर में आज भी मुम्बई में बिहारियों और पूर्वी उत्तर प्रदेश वालों के साथ हो रही ज्यादतियों की

खबरें उसके भीतर गुस्सा जागती हैं। राजनीतिज्ञों से ज्यादा उसे आम आदमी पर गुस्सा आता है...जो राजनीतिज्ञों का मूल मकसद जानते हुए भी अपने आपको इनके द्वारा इस्तेमाल होने देता है...फिर क्षेत्रवाद, जातिवाद है कहाँ नहीं...हर जगह तो है। ये तो इंसान की जन्मजात प्रवृत्ति है।, हॉस्टल के दिनों में कैसे तो आप से जौनपुर, गोरखपुर,बनारस की लड़कियाँ अपनी तरफ का भाव जगाती थीं। यात्रा में भी अगर पता चल जाये सहयात्री अपने क्षेत्र, शहर या गॉव का है तो उसके प्रति मैत्री भाव जग जाता। ऐसे ही विदेश में रहने वालों को भारत के किसी भी प्रांत के रहवासी अपने से ही लगते होंगे। इतने वर्षों से वह स्वयं मध्य प्रदेश में कार्यरत है फिर कभी कभी कितनी अजनबियत का एहसास होता है। कॉलेज में तो यू.पी. और एम.पी. लॉबी चलती है, दरअसल कई प्रोफेसर पी.एस.सी. द्वारा चयनित होकर आये हैं, जिनमें से ज्यादातर यू.पी. और इलाहाबाद वि.वि. प्रोडेक्ट हैं, वह भी उनमें से एक है। एम.पी. वालों को यू.पी. वालों से जाने कैसी प्रतिस्पर्धा रहती है उन्हें लगता है यू.पी. वाले अपने को ज्यादा सुपीरियर समझते हैं।

फिर से उन्ही का फोन है इस बार साथ चलने का अनुरोध है...यीशू के युनिट टेस्ट का बहाना कर टाल जाती है। कॉलेज में दो एक लोगों से उसके गहरे आत्मीय सम्बन्ध हैं। लीना मैम और अनिरूद्ध सर दोनो पति पत्नी बेहद सज्जन और समझदार, यहीं पास में दो घर छोड़ के रहते हैं यीशू का तो वह दूसरा ही घर समझो। उनके बच्चो से भी खूब हिला मिला है। आज कल जाने क्यों पहले जैसी ऊष्मा नहीं महसूसती। लगता है दोनों उससे कतराने लगे हैं, कुछ उखड़े से...शायद उसके नये सम्बन्ध की वजह से। लीना दी ने दी साफ-साफ कहा भी था—तुम एक जंजाल से निकलकर दूसरे जंजाल में फँसने जा रही हो...अब अपने नहीं यीशू के विषय में सोचो...इतना बड़ा लड़का आसानी से किसी को अपना पिता नहीं स्वीकार पायेगा।

उसके जीवन का केन्द्र अब यीशू है...वही होना चाहिए। अपने बारे में सोचना अपने लिए कुछ करना लोगों को हास्यस्पद क्यों लगता है, क्यों एक अड़तीस साल की बदसूरत औरत को अपने बारे में नहीं सोचना चाहिए...क्या उसके देह, मन नहीं होते...उनकी देह में जरूरतें नहीं जागतीं, पति के सामने याचक बनी रहे...हमेशा उसकी मर्जी जब चाहे पुचकार सहला दे...जब चाहे दुत्कार दे...आठ वर्षों में दाम्पत्य का यही तो स्वाद चखा था उसने...सखाभाव जैसा सहजीवन उसका काम्य तो सिर्फ इतना सा था, नहीं मिला फिर क्यों रहे वह असह्य परिस्थिति में। वह छोड़ आयी उसे, छुटा हुआ तो वह पहले से था...अब

कानून रूप से छूट गया। वह फिर से साथी चाहती है...अपना घर लेना चाहती है, क्या उसका ये सब चाहना एकदम गलत है...क्यों उसे उस बजबजाते रिश्ते को ढोते रहना चाहिए, ऐसी अपेक्षा एक स्त्री से ही क्यों? पुरुष जब चाहे सब छोड़ चल देता है...महात्मा बन जाता है। बुद्ध, राम उन्नीसवीं सदी के राहुल सांस्कृत्यायन सब पूजनीय हो जाते हैं, स्त्री छोंड़े तो सभी निगाहें वक्र हो जाती हैं, भीतर भले संडाध हो पर सतह पर सब कुछ चिकना-चुपड़ा नजर आये। यों भी फटे, गुदड़ी-कथड़ी को सीना संवारना ही लड़कियों का सलीका माना जाता रहा है, टूटा-फूटा...कबाड़ कचरा, हटाओ फेंको कुछ नहीं...सब सहेजो सजाओ...इसी में सुघड़ता है। वह नहीं रही इतनी सुघड़ कभी भी। फटा-चिटा कपड़ा हो या रिश्ता...उसे नहीं सीना...किसी टूट-फूट की मरम्मत नहीं करनी उसे...कचरा-कबाड़ अगर इकट्ठी करती रही तो घर कबाड़खाना हो जायेगा... साँस लेने की जगह कहाँ बचेगी...उससे घुटन नहीं बरदाश्त...ये नया रिश्ता भी क्या एक नये तरीके से उसे स्वतंत्र करेगा, पता नहीं क्यों दुख, संतास, तनाव... ये शब्द डराने लगे हैं। उम्र के साथ सहन शीलता चुक रही है। वह पूरी तरह खुलकर साँस लेना चाहती है...और अपनी हर साँस को अपने पूरेपन के साथ महसूसना चाहती है...क्या उसकी ये चाहत बहुत से कुछ ज्यादा है?

बड़े भाईसाब

*

तसनीम खान

रविवार के दिन भी इस गली में सन्नाटा पसरा रहता। गर्मी की भरी दोपहर में निकलता भी कौन, जब सूरज यूँ तपता कि सावन में अकेला मन। अभी भी सन्नाटा ही था इतना कि कुत्ते भी गली के बीचोंबीच से अंदर जाने के रास्ते पर बनी पोल के नीचे की ठंडी मिट्टी पर चुपचाप लेटे थे। इन कुत्तों के पास ही कुछ खटिया भी लगी थी, जिन पर कुछ बुजुर्ग आँखें मूंदे करवट ले रहे थे। यह सहजीवन भी अजीब है। जब दो जातियाँ इस सूरज की उगलती आग पर निढाल हो जाती हैं तो एक-दूसरे को ठेलने की जगह, एक साथ बैठी नजर आती हैं। पोल की ठंडी रेत और इसके गुम्बद की आड़ में सोने के लिए न तो कुत्तों को फुरसत थी कि उन बुजुर्गों पर भोंकते और न ही उन बुजुर्गों को कोई मतलब कि उन्हें वहाँ से दुत्कारते। दोनों ही एक-दूसरे को बिना परेशान किए, कुदरत का कहना मान रहे थे, जैसे दोनों के पास और कोई विकल्प ही न हो। यह भी अच्छा ही है कि कोई विकल्प नहीं था, वरना तो दोनों एक जमीन के टुकड़े पर एक साथ न होते। उन दिनों इस मोहल्ले के घरों में दिन में आठ-दस घंटे बिजली न रहना आम बात थी। और बिजली भी ऐन उसी वक्त जाती, जब सूरज अपना ताव दिखा रहा होता और लोग टेबल पंखे के आसपास अपने लिए जगह खोज रहे होते। उनका आराम करने का मन बनाना बिजलीघर वालों को इतना नागवार गुजरता कि ठीक उसी समय वो अघोषित बिजली कटौती शुरू कर देते।

तो साहब पूरी गली में सन्नाटा पसरा था। किसी पंखे की आवाज तक न आ रही थी और न ही किसी मिनख के बोलने की। बोलते भी क्या, गर्मी से बचने का जतन करें कि बात में अपनी ऊर्जा गँवाएँ।

जब गली सूनसान थी, उसी समय वो दोनों मोड़ से गली के अंदर दाखिल

हुए। अपनी एक आँख से वो साथ चल रही बीवी को तिरछी नजर से देख रहा था। चेहरे से पसीना टपक रहा था कि ललाट पर लगा लाल तिलक भी धुलने लगा, पसीना टपके भी क्यूँ न चार किलोमीटर पैदल चलकर यहाँ आया था। साथ लगभग भागते हुए चल रही बीवी जो थी, लम्बा पेट तक का घूँघट निकाल, अपनी सीधे पल्लू की साड़ी की आगे की सलवटें पकड़ कभी उठाती, कभी गिराती। गली के मोड़ तक पहुँचते-पहुँचते पेंटर चचा ने आँखें फाड़ ली। एक पत्थर की आँख और एक ठीक आँख। जो ठीक थी, वो अभी और लाल करने की फिराक में थे, ताकि उनका गुस्सा साफ दिखाई दे सके। बीवी भी कहाँ पीछे रहने वाली थी, कुछ-कुछ सुबकना शुरू कर दिया घूँघट में। जाने यह घूँघट इस मारवाड़ के गाँव में कबसे रिवाज बना है, पर घूँघट की ओट से लाभ उठाना औरतों ने सीख ही लिया था। भले ही सुनने वाले को शक हो कि रोने वाली नहीं रो रही, पर मानना तो पड़ता ही है कि रो रही है। मर्द इसीलिए शक नहीं करना चाहते कि ऐसे में फिर घूँघट का विश्वास नहीं रहेगा और उनकी औरतें इसे हटाना सीख जाएँगी। भले ही बीसवीं सदी का आखरी दशक चल रहा हो, दुनिया इक्कीसवीं सदी और चाँद पर जाने की बातें करती हो, पर इस कस्बे में तो भई ऐसा ही था।

तो पेंटर चचा अपनी एक आँख लाल करते और उनकी बीवी यानी चाची अपने घूँघट को ठीक करते सुबकते हुए घर की फाटक पर पहुँच गई। फाटक का एक पल्ला हमेशा बंद ही रहता और जो खुलता, उससे चिपककर खड़ी चाची को पेंटर चचा ने कोहनी से दूर करने की कोशिश की और आगे होकर खुद अंदर चले। कसमसाती हुई चाची उनके पीछे चल दी। फाटक खुलने की आवाज से ही चौक में पलंग पर बैठ पंखा झल रही भाभी ने जाली के दरवाजे से बाहर झांका। जौहर की नमाज पढ़ पलंग पर आ बैठे बड़े भाई साहब ने जवाब के इंतजार में उनकी ओर देखा।

'पेंटर भाईसाब हैं। हाँ, बहू भी है साथ।'

यह कहते भाभी पलंग से उठ गई और जाकर जाली का दरवाजा खोल दिया। पेंटर चचा ने हमेशा की तरह दूर से ही नमस्ते किया और चाची नीचे बैठ पंजे से लेकर घुटने तक के पैर दबाने लगी। उनका सुबकना भी धीरे-धीरे चल रहा था। उन्हें पता था कि धीरे-धीरे सुबकने पर भी भाभी सुन लेती और कारण जरूर पूछती।

'अरे, उठो। कितनी बार कहा है, यह पैर दबाना छोड़ दो। लम्बा घूँघट छोड़ दो, पर तुम तो इतने सालों में जरा भी नहीं बदली।'

‘रे बा दयो भाभी, बड़ां की इज्जत करबा भूल जायली।’

पेंटर चचा का तंज सुन चाची झल्ला गई। भाभी हमेशा की तरह बिना कुछ बोले चौक की ओर चल दी। और पीछे-पीछे दोनों।

‘बड़ा भाईसाब न ढोक।’

पेंटर चचा ने पलंग पर बैठे बड़े भाईसाब के पैर पर हाथ लगाया।

‘बैठ, बड़े दिन बाद आया।’

‘बहू भी आपको ढोक दे रही है।’ भाभी ने कहा तो बड़े भाईसाब ने बिना देखे हाथ से आशीर्वाद का इशारा कर दिया।

दोनों कमरे में जा बैठी। हमेशा की तरह भाभी पलंग पर थीं तो चाची उनके कदमों में नीचे बैठी थी। भाभी का ध्यान खींचने के लिए वो लगातार सुबके जा रही थी। भाभी समझ चुकी थी कि आज फिर कोई जूतम पैजार का किस्सा है। उन्होंने कहा तो कुछ नहीं बस चाची के कंधे पर थपकी दी। पलंग के साथ वाली कमरे की खिड़की चौक में लगे बड़े भाईसाब के पलंग पर खुलती। वहीं एक ओर भाभी थीं तो दूसरी ओर बड़े भाईसाब।

‘हाँ, भई, अब फूटी आँख ही तरेरता रहेगा कि कुछ कहेगा भी। देख कैसे गुस्से में नथूने फूला रहा है बैठा—बैठा।’

‘ई नौटंकीबाज लुगाई न समझा ल्यो भाईसाब। नी तो की बुरा हो जावेलो तो मने दोस मत दीजो।’

यह सुनते ही झुक कर बैठे बड़े भाईसाब कुछ सीधे हुए और आँखें फाड़ ली।

‘अरे ओ पेंटर, ये तेरी गालियाँ और तैश मेरी फाटक से बाहर छोड़ आया कर। समझा।’

पेंटर चचा को डोज मिल गया। आधा-अधूरा लगा टीका भी पसीना पौंछने में उतर चुका था और आँखों का गुस्सा जाता रहा। अकड़कर बैठे पेंटर चचा पर बड़े भाईसाब के शब्दों ने ऐसे असर किया कि वो झुक कर बैठ गए।

‘और की करूँ भाईसाब। बताओ। पतो है क म्ह सुबह पाँच बज्या ही पूजा कर चाय पीउ हूँ, तो बो आ छह बजे सक लावे। खाणो के टैम होवे जद तो या चूल्हो सिलगावणे बैठे है। साग बनावे जिको लूण घणो कर देवे और म्हे कुछ केवूं तो आपरी रीस टाबरा पर निकाले है। म्ह तो परेशान हो ग्यो ई से।’

भीतर से सुबकने की आवाज तेज हो गई। बड़े भाईसाब ने खिड़की पर तिरछी नजर डाली और पेंटर चचा की ओर रूख किया।

‘तो क्या करेगा। मशीन समझ रखी है उसे। वो चाहे तब काम करे, ना

मन तो ना भी करे। और चूल्हा कब तक सुलगवाएगा। गैस लाकर दे इसे।'

'हाँ, गैस दिलाद्यो इनै। जणा सगला ने सुलगा देवेगी।' पेंटर चचा ने मुँह बिगाड़ा।

बीच में ही भाभी ने खिड़की में से बड़े भाईसाब को इशारा किया।

'बहू कह रही है कि इन्हें आज भी मारा।'

यह कहते सुनते ही चाची की सुबकियाँ रोने में बदल गई थी। कभी पैर आगे करती तो कभी बाजू आगे करती भाभी को अपने जख्म बता रही थी। जबकि पैर और बाजू दोनों ही कपड़ों से ढके पड़े थे। जख्म कहीं दिखाई नहीं दे रहे थे, फिर भी वो दिखाने की पूरी कोशिश कर रही थीं।

बड़े भाईसाब ने बस गुस्से में पेंटर चचा को देखा। उन्होंने अपने एक सही आँख उनसे बचाने की कोशिश की और दूसरी ओर ताकने लगे।

'कई करूँ भाईसाब। ओ ही मजबूर करे है। जबान ना चलावे तो क्यूँ मारू म्ह।'

'देख भई, मैं पहले ही कह चुका हूँ। औरत पर हाथ उठाए तो मेरे घर आने की जरूरत नहीं। इसके बाद भी सोच रहा कि मैं तेरा कुछ पक्ष लूँगा तो तू गलत है।'

'थै लियो कद हो म्हारो पक्ष। रोजीना ही थे तो इकी ही सुणो हो। जियाणे सारो कसूर तो म्हारौ ही रे ग्यो। म्ह ही पागल हूँ, जीको हाथ उठाउं।'

इस बार नौटंकी की बारी पेंटर चचा ने लपक ली और बड़े भाईसाब को सोचने पर मजबूर कर दिया। वो कुछ सोचते, इससे पहले ही अंदर सुबकते हुए धीरे-धीरे चाची भाभी से अपना दुखड़ा कहने लगी। चाची इतनी आवाज में बोलती कि भाभी कान में सुन बड़े भाईसाब से कह दें। वो बड़े भाईसाब के सामने न बोलती। उनके यहाँ जेठ से आवाज का भी परदा था। यानी आवाज भी जेठ के पास नहीं पहुँचनी चाहिए।

भाभी बोली—'बहू कह रही है कि यह वक्त पर सब बना देती है, पर भाईसाब बात-बात पर गलती निकालते हैं और पीहर भेज देने की धमकी दी।'

'क्यूँ तेरे घर में बहू के रहने की जगह नहीं है क्या? इतना बड़ा घर किस काम का। इसीलिए ब्याह कर लाया कि बात-बात में पीहर भेजने की धमकी दे रहा है। वैसे भी तुझ काणा को दे कौन रहा था बेटी। अहसान मान बहू का कि तुझे इतने नाज-नखरो से रख रही है। ऐसे तो नहीं कटने वाली। और ऐसे तो तेरी-मेरी भी नहीं कटने वाली।' बड़े भाईसाब ने पेंटर चचा के आगे हथेली लहराते हुए कहा।

'बस म्नै गाल्याँ काढ ल्यो थे। इकी छाती भी ठंडी पड़ जासी। म्ह ते यूँ आवू हूँ कि थे कि समझाओ इन्नै। म्हारा जीणा हराम कर रख्यो ह।'

और कमरे से फिर सुबकियाँ विलाप में बदल गई। चाची के रोने वाले टेप रिकॉर्ड को मालूम है कि कब बेस बढ़ाना है और कब घटाना है। और यह रोना जेठ की हमदर्दी में बदलकर उसके पास वापस लौटता।

'चल अब गुस्सा छोड़। बहू तू भी रोना बंद कर। यूँ लड़ते रहोगे तो बच्चों को क्या अच्छा माहौल दोगे तुम लोग। यह छोटी-छोटी बातें छोड़ो और हँसते-खेलते रहो।' बड़े भाईसाब ने अपना आखिरी हथियार डाला।

'भाईसाब म्ह तो यही चाउ हूँ क सुख साँति बनी रे। पण ओ ही ताव दिलावे है।'

'ये क्यूँ दिलाएगी ताव। तेरा ही दिमाग खराब है, पल-पल में गुस्सा फूट पड़ता है। देख, उस दिन भी तू तौकीर पर कैसा पिल पड़ा था।'

'तो, कईं करतो। म्हारे बड़े भाईसाब ने कोई की कैवे और म्ह बर्दाश्त कर ल्यूँ की। नी, म्ह तो कौन करूँ।'

बड़े भाईसाब हँस दिए। हाथ की थपकी पेंटर चचा की जाँघ पर मारी।

फैसला कुल मिलाकर चाची के पक्ष में हुआ था, सो वो घूँघट में हाथ डाले अपनी आँखें पौंछने का आखिरी वाला उपक्रम करने लगी।

बड़े भाईसाब को सभी बड़े भाईसाब ही कहा करते। अपने परिवार में सबसे बड़े बेटे थे। मोहल्ले में भी लोग ही इज्जत देते। यह मोहल्ला आधा तो काजियों का था और आधा तिवारियों की गली के नाम से जाना जाता। पर पूरा ही मोहल्ला काजियों से लेकर तिवारियों तक के घरों के लोग उन्हें बड़े भाईसाब ही कहते। कस्बे में बड़ी इज्जत थी। बाप-दादा की तरह यह भी इज्जतदार वकील थे इस कस्बे के। सारे अपने मसले लेकर यहीं आते। कभी बरामदे में बैठ जाते तो नमस्ते करने वालों से लेकर सलाम करने वालों तक की लाइन लग जाती। वो सिर पर टोपी लगाए, तसबीह फिराते इशारे में ही सभी का जवाब दे देते।

पेंटर चचा से भाईसाब का बचपन का याराना था। दोनों पाँचवीं तक पीलती स्कूल में पढ़ा करते। पीलती स्कूल उनके बचपन में कस्बे में एक ही स्कूल था। जो कस्बे की आबादी से कुछ दूर था। स्कूल का नाम क्या था, यह तो किसी ने नहीं देखा, पर उसकी दीवारें पीली मिट्टी को घोल को पोती गई थीं, सो वो इस कस्बे वालों के लिए पीलती स्कूल था। कोई पंद्रह-बीस बच्चों में मुसलमानों के घर से एक ही बच्चा आया करता और वो थे बड़े भाई साहब। बड़े भाईसाब पढ़ने में भी अव्वल थे तो शरीर लम्बा-चौड़ा हुआ करता। कक्षा

में सबसे लम्बे और रौबदार दिखाई पड़ते। इसीलिए ज्यादातर बच्चे भाईसाब ही कहते और पेंटर चचा ने भी तभी से बड़े भाईसाब कहना शुरू कर दिया था। पेंटर चचा ने तो पाँचवीं पढ़ पढ़ाई से इतिश्री कर ली और अपने पुश्तैनी काम दरवाजों, दीवारों पर रंग करने में लग गए।

बड़े भाईसाब का रौब पेंटर चचा पर ऐसा रहा कि वो हर काम उनसे पूछ कर करते। वैसे भी बड़े भाईसाब ज्यादा पढ़ लिए वो ज्यादा समझदार हैं, यही बात उसके मन में रम गई। घर में रसोई बनवानी हो, घर की मरम्मत कराने, माँ—बापू को इलाज के लिए कौनसे शहर ले जाना है, से लेकर बच्चों को कौनसी स्कूल में पढ़ाना है और बच्चों की सालगिरह पर कितना खर्च करना है, सवामणी के चूरमे में क्या—क्या डलेगा, तक की राय बड़े भाईसाब के घर के चौक में बैठकर ही ली जाती। पेंटर चचा के चाचाओं के साथ का जमीन के बंटवारे का विवाद भी बड़े भाईसाब ने ही सुलझाया था।

इस पर जब बड़े भाईसाब ने उनसे कोई फीस ना ली तो वो अपना एक प्लॉट अपने भतीजे यानी बड़े भाईसाब के बेटे को देने पर अड़ गए, जिसे वो प्यार से बंट्या कहते।

'नहीं, भाईसाब, थानै म्हारी सौगन। ओ जमीन तो बंट्या क नाम ही करसू।'

'यह नहीं हो सकेगा पेंटर। अपने घर के काम करने की भी फीस लूँगा क्या। या फिर तू अहसान मानकर मुझे शर्मिंदा करना चाह रहा है। अहसान उतारना चाह रहा है।'

पेंटर चचा ने हाथ जोड़ लिए।

'ओ कई, कहो हो भाईसाब। म्ह थाको काई अहसान मानसू और इस लायक तो म्हारी दमड़ी ही कोनी कि म्ह थानै की दे सकूँ हूँ। ओ तो म्हारा भतीजा का हक देवणो चा रया।'

'नहीं पेंटर। उसका हक तो यही है कि तू उसे प्यार से बंट्या कह देता है।'

और यूँ पेंटर चचा जमीन के कागज वापस ले गए, कि कहीं बड़े भाईसाब नाराज न हो जाएँ। उनके दिल में बड़े भाईसाब के लिए इज्जत और बढ़ गई।

उनका ईद मिलन और दीवाली का स्नेह मिलन भी बड़े भाईसाब के इसी चौक में निपट जाया करता। सबसे बड़ी बात कि पेंटर चचा और चाची की लड़ाई भी इस चौक में आकर ही खत्म हुआ करती। जब तक बड़े भाईसाब से लानतें-मलानतें न खा लेते, पेंटर चचा के दिमाग को सुकून न मिलता।

अब लोग इसे गंगा-जमनी तहजीब कह लेते हैं, पर यह मारवाड़ी, उर्दू, हिंदी तहजीब थी। एक ओर से पूरी मारवाड़ी तो दूसरी ओर उर्दू, हिंदी के शब्दों

के साथ मारवाड़ी टोन हुआ करता। मारवाड़ की हवा-पानी की तासीर ही ऐसी है कि उर्दू, हिन्दी क्या, अंग्रेजी बोल लो, पर वो मारवाड़ी टोन न जाया करता। यहाँ की बोलियाँ ऐसी ही हैं, जैसे एक ही राग पर कई सारे गीत गाए जा रहे हों।

तो, बड़े भाईसाब से लानतें-मलानतें खाकर पेंटर चचा के दिमाग को सुकून मिल जाता तो बड़े भाईसाब के साथ चौक से बाहर फाटक से पहले बने बगीचे में चक्कर लगा लेते।

'देख ल्यो भाईसाब। म्ह कीयो हो नी, इ जगा चायना गुलाब घणो ही उपजसी।' पेंटर चचा ने कुछ अकड़ते हुए गुलाब पर हाथ फिराया और अपनी एक आँख की भौहें चढ़ाकर बड़े भाईसाब की ओर देखा।

'अरे भई, पेंटर। तेरी पारखी नजर का ही मुरीद हूँ मैं। एक से एक दरख्त लगाकर चमका दिया, इस छोटे से बगीचे को।'

बड़े भाईसाब ने उसके कंधे पर हाथ मारा। घमंड में पेंटर चचा ने सीने में हाथ बाँध लिए और मुस्काने लगे।

'अबके नयो रातरानी लगा देउ। देख जो, कियाँ महकसी पूरो घर। पूरो घर कांई पूरो महल्लो महक सी।'

'रातरानी देख, वो फैल रही तेरी लगाई हुई। रातभर महकती है।'

अपनी याददाश्त कम जान पेंटर चचा थोड़े सकपकाए। सीने पर बँधे हाथ नीचे हो गए।

'मतलब अबकी नयी आई है रातरानी। बी की खुसबू घणी तेज है।' उन्होंने अपने आपको सही करने की कोशिश की।

बगीचा बड़े भाईसाब के घर में जरूर था। पर देखभाल सारी पेंटर चचा ही किया करते। नए पौधे लगाने, पुराने पौधे हटाने, दूब काटने, दूब के किनारे मेड़ बनाने का काम वो ही सप्ताह में एक बार आकर कर देते। महीने में एक बार घर के आँगन में बकरियों की मींगनियों से सुखाई खाद भी पीसकर पौधों में डाल जाते।

बगीचा हरा होता रहा, महकता रहा और दोस्ती फलती रही। बच्चे बड़े हुए पेंटर चचा और चाची का झगड़ा खत्म तो नहीं हुआ पर कम हो गया था। पर बड़े बेटे की शादी होते ही फिर नया कलेश घर में था। अब बहू की लड़ाई भी काजियों के मोहल्ले के इस चौक में आ जाया करती।

'भाभी आज तो गजब ही कर दी यो तारो, बहू की बात में आ हिस्सो माँग लियो। काल सूँ बाप को कालजो खा रयो। थांको देवर कीसो है, थै जाणो

हो वां को गुस्सैल सभाव। वा भी ठान लिया कि तारो नै घर के बारे काढ़ ही दम लेसी। म्ह कांई करूँ, कठै जाउं। दोनों बातां म म्हारो तो घर बिगड़सी।'

चौक में पलंग पर बैठी भाभी के कदमों में घूँघट कर बैठी चाची आज अकेली आई थी। भाभी से कही तो खिड़की के उस ओर कमरे में बैठे बड़े भाईसाब ने भी कान लगाके सुन ली। भाभी के कुछ कहने से पहले ही पेंटर चचा के घर फोन लगा दिया।

'तारो, अभी के अभी घर आओ।'

'जी ताउ जी।' बस इतना भर जवाब आया

कुछ ही देर में हाथ जोड़े तारो बड़े भाईसाब के कदमों में बैठा था।

'क्या है यह सब। माँ-बाप इसीलिए पालते हैं कि तुम उनसे हिस्सा माँगों। क्या हिस्सा है तेरा। कुछ नहीं मिलेगा तुझे। जाना है तो अपने दम पर जा।'

'ताउजी, म्ह काँई करूँ बताओ। माँ और आपरी बीनणी रोजीना की लड़े। म्ह काम करबा न जाउ क आँकी लड़ाइयाँ सुलटातो रहूँ। म्ह परेशान हो ग्यो। मने कौन चाहिजे हिस्सो। म्हा तो आने और थांकी बीनणी, सब ने छोड़ जांसू।'

तारो रुआँसा हो गया।

'हूँ। तो यह है बात। बहू यह तो ठीक नहीं। छोटी बहू तो अभी नई है। उम्र में भी छोटी है। लड़ने से काम थोड़े ही चलेगा। तू तो बड़प्पन रख। उसे भी समझा। बेटी बनाकर बात कर। बात मानेगी। यूँ तारो को परेशान करोगे, कल के दिन यह छोड़ जाएगा, तब क्या कर लोगे तुम लोग। भलाई यही है कि समझदारी दिखाओ।'

सालों में पहली बार बहू को बड़े भाईसाब से कुछ सुनने को मिला। हमेशा उनका पक्ष लेने वाले बड़े भाईसाब आज उसे समझा रहे थे। वो घूँघट की ओट में शर्मिंदा हो गई।

'भाभी, भाईसाब ने कै द्यो। जियाँ कहसी, बो ही करसू। आगै सूँ कोई शिकायत न आवेगी।'

चौक की यह बैठकी कभी खत्म न होती। अब इस बैठकी में बड़े हो चुके बच्चे भी शामिल होते। अब पेंटर चचा बंट्या से अपने पक्ष में हामी भराने में लगे रहते और बंट्या पेंटर चचा का पक्ष भी लेता। बैठकी में पेंटर चचा का सुकून बड़े भाईसाब से लानतें मलानतें खाने की बजाय बंट्या का पक्ष लेने में होता।

अक्टूबर में फिर इसी चौक में बैठकी लगी। इस बार लड़ाई नहीं, अपने चार बेटों में से सबसे छोटे बेटे की शादी पर राय लेने आ पहुँचे पेंटर चचा और चाची।

'भाईसाब बे कैवे है कि नौम्बर क सावा में शादी कर ल्यो। अब कियाँ करूँ। नौम्बर में तो आ ग्या मुर्रम। म्है और भाईसाब मुर्रम क जलूस की तैयारयाँ करसी क शादी की।'

'हाँ, तो मोहर्रम कौनसा हमारा रास्ता रोक रहा है। एक बार तू शामिल नहीं होगा तो क्या हो जाएगा। तू तो भगवान का नाम लेकर हाँ कर दे।'

'बहू कह रही है कि इसके बाद सावे अगले साल मार्च में आएँगे। तब तक लड़की वाले नहीं रूक सकते। तब उनके बेटे की शादी करनी है उन्हें।' भाभी ने हमेशा की तरह खिड़की से बहू की बात रखी।

'हाँ, तो कोई परेशानी नहीं है। छह नवंबर का कह रहे हैं ना। कर लेंगे शादी। बोल देना समधी को।'

'अब थै ही देख ल्यो। मनै तो जंचे कौने। मोहर्रम का ढोल मा आपणे घरै डीजे बाजे जणा चोखा कौने लागे।'

'फालतू बातों से काम नहीं चलता पेंटर। अच्छे काम जब हो, तब कर ही लेना चाहिए। मोहर्रम तो वैसे भी चार तारीख को ही हो जाएगा। अपनी शादी तो छह को है ना। कर ले।'

और यूँ शादी की तारीख भी यहाँ तय हो गई।

चाँद की एक तारीख से मुहर्रम के मातमी ढोलों की आवाज चारों ओर से सुनाई देने लगी। बड़े भाईसाब के पैर में अब दिक्कत होने लगी थी, सो छड़ी लिए चारों मोहल्लों के एक चौक में बज रहे ढोलों को देखने चल पड़े। ढोल तो क्या देखने थे, वहाँ हथाई पर उनके हमउम्र मिल जाया करते तो, ढोलों की तेज आवाज के बीच भी चिल्ला-चिल्लाकर बातें कर लिया करते।

ठीक इसके दूसरे दिन गणेश मंदिर जाकर दोनों परिवार शादी का कार्ड चढ़ाकर गणेश जी को न्यौता भी दे आए। इधर पेंटर चचा शादी में व्यस्त हो चले तो, बड़े भाईसाब और भाभी मुहर्रम में।

चाँद की नौ तारीख को शाम को कस्बेभर के ताजियों का मुकाम तक पहुँचने का जुलूस निकला। ढोलों की आवाज पर पेंटर चचा बार-बार उठ खड़े होते, ताजियों को कंधा देने की चाह में, पर बाई यानी उनकी माँ पकड़ बिठा लेती।

'सगणा के टैम कठै जासी मोहर्रम म।'

वो बेमन से बैठ गए। बचपन से अब तक हर साल ताजियों को कंधा देते आए हैं और आज घर में बैठना उन्हें नागवार गुजर रहा था। अभी कुछ ही देर में बेटे के तेल बान की रस्म थी।

उनका मन ऐसा खराब हुआ कि तेल बान तो होता रहा, वो तो अपने

कमरे में चादर ओढ़ सो गए।

इधर भाईसाब ताजियों पर चढ़ने वाले सेहरों के जुलूस में वो छड़ी के सहारे चारों मोहल्लों के चौक में पहुँच गए। आधी रात तक ताजियों के सामने दुआएँ माँगते रहे कि हरेंद्र की शादी ठीक से निपट जाए। बिना पेंटर के उठाए किसी झगड़े के। वो जानते थे कि पेंटर घर का कोई काम लड़े बिना पूरा न करता।

पर पेंटर चचा तेल बान तक तो किसी से भी नहीं लड़े। कमरे की चारपाई पर गहरी नींद सोए रहे। सुबह तारो ने झिंझोड़ उठाया तो चौंक गए।

'कंई हुयो तारो।'

'पापाजी, ताउजी चालता रया।'

'हैं, कई कैवे है। होश में कौने के। उन्होंने तारो को झिंझोड़ा।'

'हाँ, पापाजी, ताउ जी नै दिल को दोरों पड़ ग्यो।' यह कहते हुए तारो फूट-फूटकर रोने लगा।

पेंटर चचा वहीं चारपाई पर ढह गए। कई देर तक तो जुबान ही नहीं खुली। घूँघट काढे रोती चाची भी उनके कदमों में बैठ गई।

'ई तो नी हो सकै है। ई तो नी हो सकै है। बड़े भाईसाब इयाँ कियाँ चालता रै सके। घर तो काम पड्यो है।' वो अचानक उठे और दौड़ पड़े दरवाजे की ओर। बाई ने हाथ पकड़ रोक लिया।

'कांई गजब करै है, पेंटरया। गणेशजी नै नौत दीयो, घर में थाम रोप दीयो। अब न जा सकै है तू बठै।'

पेंटर चचा बिफर पड़े।

'कीयाँ कौन जा सकूँ हूँ। म्हारा बड़ा भाईसाब चालता रिया और म्ह अठे बैठ शादी माँडू। ओ नी हो सके है।'

'तू कांई समझै है, आ सुन म्हारो कलैजा ठंडों है। आग बाल री है। पर कांई करा, छोरा आपां तो कौन जा सकां। समझले, अपसगुन कौन करणो।'

चाची भी पेंटर चचा को हाथ जोड़ समझाने लगी। भाइयो ने पकड़कर उन्हें बैठा लिया और कहा कि वो बड़े भाईसाब को कंधा देने नहीं जा सकते। वो खामोश बैठे रहे। बिलकुल नहीं लड़े। उनकी एक आँख रोए जा रही थी।

घर में मेहंदी, हल्दी की खुशबू और गीतों की आवाजों के बीच मातमी धुनें पेंटर चचा को सुनाई दे रही थी। याद आया। आज ही है मुहर्रम। आज तो ताजिए दफनाए जाएँगे और बड़े भाईसाब भी। और दोनों को कांधा न देने का मलाल कभी पेंटर चचा को उद्वेलित करता तो उनकी आँखों से बहते आँसू, इस गुस्से को ठंडा करते जाते। वो अपने कमरे से बाहर ही न निकले।

और मुहर्रम की इस दस तारीख को बड़े भाईसाब ताजियों की मातमी धुन में दफनाए गए।

रातीजगा की रात इस घर के कच्चे आँगन में डीजे लग गया। परिवार के जवान लड़का-लड़की अपने मारवाड़ी गीत तय कर रहे थे कि किस—किस पर डांस करना है। डीजे जैसे ही शुरू हुआ और पहले गीत की तेज आवाज के साथ ही पेंटर चचा अपने कमरे से बाहर निकले और कच्चे आँगन में आकर बड़ा स्पीकर उठाया और उसे फेंक दिया। अचानक कच्चे चौक में बैठी औरतों और जवानों में सन्नाटा छा गया। पेंटर चचा चिल्ला रहे थे।

'बेसर्मो, म्हारो भाई मर ग्यो और था नै नाचबा की सूझ री। भागो, भागो अठै सूँ। कोई नी नाचसी, कोई शादी कौन होसी अठै।'

पेंटर चचा के भाइयो और चाची समेत रिश्तेदारों ने गुस्से में कांप रहे पेंटर चचा को पकड़ा। किसी तरह कमरे में ले जाकर समझाया और इस बात पर राजी हुए कि यहाँ डीजे नहीं बजेगा, पर सगणा के गीत औरतें गा लेंगी।

दूसरे दिन सुबह फेरे होते ही पेंटर चचा चुपचाप वहाँ से निकल गए। आशीर्वाद समारोह में सब उन्हें ढूँढते रहे। पर वो तो अपने बड़े भाईसाब के चौक में बैठे थे।

'बंट्या, कठै छोड़ आयो रै म्हारा भाई नै। ले चल मनै भी। माफी माँग ल्यूँ। सारी उमर म्ह परेशान करता रया वा नै। और आखिरी टैम पर कांधों भी कौन दे सक्यो।'

वो बंट्या के साथ अब इस कब्रिस्तान में थे और बड़े भाईसाब की कब्र से लिपट कर रो रहे थे। रोकर जैसे ही दिल हलका हुआ कुछ याद आया उन्हें। कब्र के सिरहाने की मिट्टी को अपने हाथ से हटाकर गड्डा किया। साथ लाए थैले से छोटा सा पौधा निकाला और वहाँ मिट्टी से ढक दिया। थैले में पड़ी पानी की बोतल निकाली और पौधे को सींच दिया।

'ओ रातरानी है भाईसाब। नई वाली। ई की खुशबूतेज आसी।'

यह कहते वो तेजी से कब्रिस्तान से निकल गए।

चरित्र प्रमाण-पत्र

*

सीमा शर्मा

नागफनी के काटों-सी चुभती धूप ने उसके माथे और गले को घमौरियों से भर दिया था। धूप उसकी तांबई कनपटी को भी जला रही थी। लाडो ने एक बार आगे देखा। लम्बी कतार थी। पलट कर देखा तो कतार की पूंछ काफी दूर तक चली गई थी।

भीड़ बीच में घुसना चाहती थी। लेकिन लाइन में खड़े लोग थोड़ी-थोड़ी देर में उन्हें बंदर की तरह घुड़क देते थे। लाडो भी चाहती थी कि उसका नंबर जल्दी आ जाये। कतार में होकर भी एक-दो बार उसने हौले से धक्का मारा था। लाइन थोड़ा बिगड़ी भी, लेकिन पुलिस वालों के डंडे ने फिर से सब को सीधा कर दिया। उसे खड़े-खड़े डेढ़ घंटा हो गया था। अभी जाने और कितनी देर तक ऐसे ही लगे रहना होगा। ऊपर से गोद में आठ महीने का झलरिया बच्चा, जो बार-बार ब्लाऊज के अंदर हाथ डाल रहा था। जब कुछ पा नहीं सका तो ब्लाऊज के ऊपर से मुँह लगा कर उसे गीला कर दिया। लाडो बार-बार उसका मुँह हटा कर आँचल ठीक कर रही थी। लेकिन अब तक उसकी लार और दूध की लिसलिसाहट का निशान बना चुका था। भूखे बच्चे की तकलीफ देखी नहीं जा रही थी। लेकिन करती क्या? अगर उसे दूध पिलाने लगती तो लाइन आगे खिसक जाती और उसका काम अधूरा रह जाता।

जैसे–जैसे धूप तेज हो रही थी भूख के मारे बच्चे की बिलबिलाहट बढ़ती जा रही थी। लगभग ढाई–तीन घंटे हो चुके थे। बच्चे को दूध न पिला सकने के कारण उसकी छातियाँ तन गईं। लग रहा था, सीने में दो गरम–गरम अंगारे रख लिए हों। अगर उन्हें बच्चे के मुँह से न लगाया तो वह लावा बन कर बह जायेंगे। छातियाँ अंदर से जला रही थीं और धूप बाहर से। लाडो परेशान थी।

दूर खड़ा बड़ी–बड़ी मूछों वाला कांस्टेबल बहुत देर से उसे ताड़ रहा था। उसको लाडो की विवशता थोड़ा विचलित कर रही थी। लेकिन उसे सहूलियत देने का मतलब था लाइन का लहरा जाना। फिर लाठी भांजने के अलावा कोई चारा नहीं बचता। लाडो को चरित्र प्रमाण-पत्र बनवाना था। लेकिन उस अनपढ़ को पता नहीं कि चरित्र प्रमाण-पत्र होता क्या है और बनेगा कैसे? सबकी देखा-सीखी वह भी लाइन में लग गई थी। उसके अंदर अजीब-सी हलचल मची थी। खिड़की पर बैठा आदमी इसे बनाएगा कैसे? अचानक उसे याद आया कि एक एक्सरा मशीन भी तो होती है। जिसमें पूरे शरीर का फोटू आ जाता है। ससुरी चमड़ा के अंदर घुस कर फोटू निकाल लेती है। शायद उसी से हमारे चरित्र का भी फोटू खींच ले खिड़की वाला साहब। उसे अच्छी तरह याद था जब एक बार उसका चचेरा भाई रामऔतार पेड़ से गिरा था, तब भी तो उसके हाथ का फोटू हुआ था।

एक्स-रे मशीन के बारे में सोचते हुए लाडो की परेशानी कुछ कम हो रही थी। एक बार चरित्र का फोटू हो जाए, झंझट छूटेगा। जल्दी काम मिल जायेगा, तो बनवारी का इलाज शुरू करा सकेगी। अभी तो दवा-दारू के नाम पर वही लाल दवा और भूरा मलहम, जो सरकारी अस्पताल से मिला था। यहाँ आने से पहले दर्द से कराहते बनवारी के अँगूठे पर उसने लाल दवा लगा कर दर्द की गोली खिला दी थी। पर जाने क्यों आराम नहीं था। चार ही दिन में कैसा बीही (अमरूद) जैसा मुँह रह गया है।

उस दिन सुबह से हल्की बूंदा–बांदी हो रही थी। तेज़ शीतलहरी भी चल रही थी। देर से ही सही, बाज़ार में दुकानें सज गई थीं। लेकिन चारों ओर सन्नाटा पसरा हुआ था। मानो सजी बारात से दूल्हा बिदक कर चला गया हो। चारों तरफ केवल बूँदों का शोर था। बीच–बीच में एकाध ऑटो भर्र-से निकल जाता तो बूँदों और सन्नाटे की जुगलबंदी टूटती। आज स्कूली बच्चे ऑटो से बाहर नहीं झूल रहे थे, बल्कि ऑटो भी ठीक से पूरी सीट भरा नहीं था। शिफ्ट बसें भी अधभरी थीं। सड़क किनारे लालू भाई की दुकान की भट्टी धुआँ फेंक रही थी। मतलब अभी चाय नहीं चढ़ी थी।

बनवारी को बोहनी की चिंता थी। उसने जेब टटोली। मगर हाफ कट चाय के लिए दो रुपए नहीं निकले। तलब जोर मार रही थी। उधर लाडो की बातें याद आ रही थीं, कि आते समय आलू लेते आना, कई दिनों से तरकारी नहीं

खाई। बनवारी अपने ही गुड़नतान में था। तभी एक ऑटो ठीक उसकी फट्टी के सामने आकर रुका। ऑटो में सवार स्कूली बच्चे बड़े जोश में दिख रहे थे। अचानक चार बच्चों ने उसकी दुकान को घेर लिया और एक ने जूता सामने रखते हुए कहा, "अंकल, जल्दी से कील ठोक दो।"

बनवारी ने जूता हाथ में लिया और उलट-पलट कर पारखी नज़रों से देखता हुआ बोला, "केवल एक कील नहीं लगेगी बेटा, पूरा सोल निकला पड़ा है। पाँच रुपये लगेंगे, बोलो तो ठोकूँ?"

स्कूली बच्चे हड़बड़ी में तो पहले ही थे, चारों ने एक साथ कहा, "हाँ-हाँ, देंगे पाँच रुपये, जल्दी लगाओ।"

उधर से ऑटो वाला पों–पों हॉर्न बजा रहा था। तिपाई में जूता फँसा कर बनवारी ने कील मारी तो सीधी उसके अँगूठे से आर-पार हो गयी। खून का एक पतला फव्वारा छींटों के साथ जूते को रँगता हुआ जमीन पर फैल गया। चारों लड़के डर के मारे एक साथ चीख पड़े—खूऽ ऽ ऽ न। जैसे उन्होंने सचमुच किसी का क़त्ल होते देख लिया हो। वह खुद भी हैरान था। ऐसा कैसे हुआ। इतना अनाड़ी तो वह नहीं था। बच्चों के गरम खून की रफ़्तार मंद पड़ गयी थी। बड़ी कोशिशों के बाद बनवारी के अंगूठे से कील बाहर निकाली गयी। वह लकड़ी के बक्से में रखा गंदा कपड़ा फाड़ कर अंगूठे को बाँध रहा था कि एक लड़का दौड़ कर पान की गोमती से चूना माँग लाया और घाव में लपेट दिया। बनवारी ने बड़ी मुश्किल से जूते में कील ठोंकी। इस बीच किसी भी बच्चे ने फिर से 'जल्दी करो' नहीं कहा। उन्हें साँप सूँघ गया था। जूता पहनने के बाद पाँच का सिक्का सामने रखते हुए बच्चे ने सलाह दी, "अंकल टिटनेस का इंजेक्शन लगवा लेना।"

बदले में बनवारी मुस्कराया। ये भी कोई इंजेक्शन लगवाने वाली चोट है। नाजुक जमाने के बच्चे। उसने मन ही मन सोचा। बात आई-गई हो गई। उसने अँगूठे में बँधी पट्टी को भी निकाल फेंका। चोट लगी है, इसकी याद तभी आती जब वह दुकान की साफ-सफाई करता या कचरा और बहेतू जानवरों की लीद-लेंड़ी उठा कर फेंकता। क्योंकि ऐसे में अक्सर ठेस लग जाती या गंदगी घाव में भर जाती। कुछ दिनों से उसे हल्का बुखार रहने लगा था। बीच-बीच में गर्दन भी ऐंठ जाती। गर्दन ऐंठते ही उसका दिल जोर-जोर से धड़कने लगता। एक दिन अचानक दुकान जाते समय बनवारी को चक्कर आ गया। जबड़े आपस में जुड़ गए। लाडो ने चम्मच डाल कर जबड़ों को अलग करने की कोशिश की थी। मगर जब वह नाकाम रही तो दौड़ कर पड़ोसियों को बुला लाई। पड़ोसी

कैसो-मैसो लाद-फाँद कर सरकारी अस्पताल ले गए। डॉक्टर ने बुखार की दवा देकर घर भेज दिया। लेकिन जब दूसरी बार जबड़े जुड़ने की बात डॉक्टर को बताई गई तब जाकर उसने ठीक से जांच-पड़ताल के बाद टिटनेसकी आशंका जताई। लाडो को पता था कि सरकारी अस्पताल में कुछ होना-जाना नहीं है। वह बनवारी को घर ले आई।

पूरे पाँच दिन हो चुके। बनवारी ने दुकान नहीं खोली थी। जो कुछ भी राशन घर में था, फुर्र हो गया था। ऐसे में फांका मारने की नौबत आ गयी थी।। भाइयों-पट्टीदारों की असमर्थता भी सामने आ चुकी थी। तब लाडो को लगा कि घेटी में बँधा चार आने भर का मंगलसूत्र किस काम आएगा। अच्छा तो यह है कि इसे बेच कर दवा और राशन ले आये। लेकिन बनवारी ने ऐसा नहीं करने दिया।

इसी दौरान किसी ने बताया कि एक बड़ी थर्मल पावर कम्पनी में निर्माण कार्य जोरों पर है। वहाँ काम आसानी से मिल जायेगा। काम लंबा चलेगा और मजदूरी भी अच्छी मिलेगी। उसे रोटी के साथ-साथ पति के इलाज की भी चिंता सता रही थी। इस सूचना से बड़ी तसल्ली मिली।

बनवारी जबसे लाडो को ब्याह कर लाया था, खुद ही घर की सारी जिम्मेदारी उठाता रहा। लाडो घर देखती। वह गुल्लक की तरह गदराये बदन और नाटे कद की साँवली औरत थी। बहुत मुँहफट। लेकिन सिर का ऊपरी माला काफी हद तक खाली था। कारण कि उसने कभी स्कूल का मुँह नहीं देखा। मजदूर माँ-बाप की इकलौती बेटी। गरीबी का दुलार भी अजीब होता है। शानो-शौक़त भले ही पूरी न हो लेकिन माँ-बाप पगड़ी की तरह सिर पर धरे घूमते हैं। माँ ने कई पत्थर पूजे तब जाकर सूखे में एक बिरवा जामा था। बड़वी बिटिया। दुलारे-दुलार मिला तो दिमाग चलाने की नौबत ही नहीं आई। अब जब अपने घर में मुसीबत टूटी, तो लाडो को परिवार की ढाल बनना ही था।

पड़ोसी कल्लू राम और सुखवरिया उसी थर्मल पावर कंपनी के निर्माण कार्य में लगे थे। उन्होंने आसानी से काम मिल जाने का भरोसा दिलाया। उसे और क्या चाहिए था। बच्चे को गोद में लिया और कल्लू व सुखवरिया के पीछे-पीछे यह सोच कर चल दी कि अगर आज ही काम मिल गया तो शाम को लौटते समय आलू और आटा खरीद लायेगी। साथ ही बनवारी की दवा भी।

कल्लूराम ने जिस जीन्स और टी-शर्ट पहने व्यक्ति की ओर इशारा किया, वह युवा था और काफी जोर-जोर से फ़ोन पर बातें कर रहा था।

"जा मिल ले, यही ठेकेदार है।"—कल्लूराम ने बडे विश्वास से कहा। लाडो संकुचाते हुए उसके करीब पहुँची। 'क्या बोलूँ...कैसे बोलूँ' वह सोच ही

रही थी कि ठेकेदार की नज़र उस पर पड़ गई। उसने अनदेखा किया और फ़ोन पर लगा रहा। कुछ देर तो लाडो ने इंतज़ार किया, लेकिन जब उससे रहा नहीं गया, तो बोल पड़ी, "साहब काम मिलेगा?" ठेकेदार का जबाब सुने बगैर वह सारी बात एक साँस में कह गई, "बहुत परेशान हूँ, दो दिन से कुछ खाया नहीं है, घर का सारा राशन ख़तम हो गया है, पति बीमार है।"

फोन पर बात कर रहे ठेकेदार की नज़र मिक्चर बना रहे मिस्त्री पर टिकी हुई थी, ताकि सीमेंट—बालू का अनुपात देख सके। लाडो ने फिर कहा, "साहब...।"

ठेकेदार झल्लाया, "क्या है?" मगर अगले ही क्षण सहज हो गया, "काम चाहिए?"

लाडो ने सिर हिला कर हामी भरी।

"अपना परिचय-पत्र और चरित्र प्रमाण-पत्र दिखा।"

लाडो आश्चर्य से ठेकेदार के चेहरे को देखती रही।

"परिचय और चरित्र-प्रमाण पत्र चाहिए। वरना कैसे पता चलेगा तू कौन है, कहाँ से आई है। यहाँ का नियम है। इसके बिना तो गेट पास भी नहीं बनेगा।"

पूरी बात लाडो की समझ में नहीं आई। फिर भी उसने ठेकेदार की बात पर सहमति जताई,"आप ठीक कह रहे हैं।"

ठेकेदार दूसरी तरफ़ निकल गया। लाडो ने कल्लू को बताया कि ठेकेदार ने कोई कागज माँगा है। कहता है, उसके बिना काम नहीं मिलेगा। यह सब बताते हुए वह रुआँसी हो गयी। कल्लू ने समझाया कि परिचय-पत्र और चरित्र प्रमाण के बिना यहाँ काम नहीं मिलता। ठेकेदार ग़लत नहीं कह रहा। वह तो देना ही पड़ेगा। लाडो उदास हो गई। कल्लू ने बताया कि चरित्र प्रमाण-पत्र थाने से बन जायेगा। रही बात परिचय-पत्र की तो आधारकार्ड या वोटरकार्ड से काम चलेगा। ग़नीमत थी कि पहचान-पत्र उसके पास था। पर चरित्र प्रमाण-पत्र के बारे में सोच कर मन भारी होने लगा।

लाइन में लगी लाडो को करीब दो घंटे से लगातार निहारता सिकुड़ा दलाल उसकी एक-एक हरकत पर बड़ी बारीकी से नज़र रखे हुये था। लाडो की बेबसी और लाचारी उस सिकुड़े की आँखों में धीरे-धीरे चमक पैदा कर रही थी। लाडो का बच्चा भूख से बिलबिला रहा था। वह पत्थर की तरह ठोस होती अपनी छातियों को नरम करना चाहती थी। लाइन में आगे लगी एक बुजुर्ग महिला बारी आने

के बाद ऑफिस के अंदर से रोतली सूरत बना लौट रही थी। उसे देख कर लाइन में खुसफुस हुई। जब वह लाडो के पास से गुजरी तो उसने पूछ लिया, "का भईल काकी?"

महिला ने निचोडे हुए नींबू की तरह मुँह बना कर थाना प्रभारी से लेकर सरकार तक की दाई—महतारी कर दी। लाडो समझ गयी कि इसका चरित्र नहीं बन पाया होगा। एक्सरा मशीन की पकड़ में आया ही नहीं होगा। बुढ़ापे में ऐसी मुश्किल आती होगी। यह सोच कर उसे बुढ़िया पर तरस आने लगा। फिर कनखियों से उसने खुद को देखा। उसे तसल्ली हुई। अभी सब कुछ सही सलामत है। वह बेसब्री से अपनी बारी का इंतजार करने लगी।

शाम ढलने को थी। लौटते पक्षियों की चियू-चियू उसे बनवारी की याद दिला रही थी। वह भी तो उसकी बाट जोह रहा होगा। हर चिलकन को यह सोच कर बर्दाश्त करता होगा कि लाडो आयेगी तो दर्द की दवा लायेगी। देखते ही देखते ऑफिस का गेट बंद हो गया। लाडो की बारी नहीं आ पाई। लाइन भीड़ में तब्दील हो चुकी थी। चारों ओर अफरा-तफरी मच गई। ऐसे में किसी को धक्का मारना बेहद आसान था। लेकिन खुद को धक्के से बचा लेना उतना ही मुश्किल। वह बच-बचा कर निकल रही थी। तभी ऐसा लगा कि कोई उसका बायाँ हाथ खींच रहा है। वह खिंचती चली जा रही थी। जब तक उस चेहरे को देख पाती, उसने खुद को भीड़ से हट कर एक डग्गा के पास खड़ा पाया।

यह सिकुड़ा दलाल था, जो सारा दिन लाइन में लगे लोगों को एक-एक कर कोने में ले जा कर खुसफुसाता था। उसी ने भीड़ से खींच कर उसे यहाँ किनारे ला खड़ा किया था और खुद डग्गे से ओढ़का हुआ था।

"ऐ बाई, सुबह से देख रहा हूँ रगड़ाई जा रही है भीड़ में?"

लाडो अटपटिया गयी कि सिकुड़ा काहे इतनी पूछताछ कर रहा है और काहे इतना मेहरबान हुआ जाता है। चरित्र मेरा और तकलीफ इसको। हालाँकि वह कुछ बोली नहीं। सिकुड़े ने फिर कहा, "बहुत परेशान लग रही है? मैं तेरी मदद कर सकता हूँ।"

उसका सारा ध्यान लाडो के छोटे से मंगलसूत्र पर था। सिकुड़े की सहानुभूति पाते ही लाडो रो पड़ी। कुछ ही देर में उसने अपना सारा हाल कह सुनाया।

"साहब कैसे बनता है चरित्र?...हमें नहीं पता।"

बकचोद औरत। सोच कर सिकुड़ा हँसने लगा। लाडो को बड़ा गुस्सा आया कि उसके हाल पर वह हँस रहा है। अगर वह सिकुड़ा ना होता तो अभी

इसे तनेन देती।

"अगर तू चाहती है कि तेरा चरित्र प्रमाण-पत्र जल्दी बन जाये तो कुछ देना-दिलाना पड़ेगा।" उसका ध्यान फिर से मंगल-सूत्र पर टिक गया।

लाडो थोड़ी देर चुप रही। फिर जैसे कुछ याद आ गया, "क्या देना होगा?" उसने बच्चे को सीने से चिपकाते हुये पूछा। उसी वक्त सिकुड़े का फोन आ गया। वह लाडो से 'जरा रुक' कह कर किनारे हो गया। सिकुड़ा क्या देने-दिलाने की बात कह रहा है, यह लाडो समझ नहीं पा रही थी। उसे घबराहट भी हो रही थी। मन में यह ख्याल भी आ रहा था कि वहाँ रुकना ठीक नहीं, घर चली जाये। पर बनवारी का जब्त हुआ जबड़ा उसकी आँखों के सामने घूम जाता था। सिकुड़े को फोन में व्यस्त देख लाडो वहीं जमीन पर निढाल होकर बैठ गयी। अपनी छातियों से आँचल हटाया तो ब्लाऊज चिपचिपाया था। सीने से ब्लाऊज हटाते ही बच्चा उसकी छाती से चिपक गया। लाडो की चीख निकल आयी। बच्चा जब चूसने लगा तो थोड़ा आराम मिला। वह बच्चे के झलरी बालों को सहलाने लगी।

ठीक दस मिनट बाद सिकुड़ा प्रकट हुआ। लाडो ने तड़प कर कहा, "साहब बहुत देर हो गई। मेरा मनसेरू बीमार है, दर्द से कराह रहा होगा। अगर आज भी मेरा चरित्र नहीं बना तो... ।" लाडो पहले गिड़गिड़ाई, फिर फफक पड़ी।

"चल।" उसने डग्गे के पीछे की ओर इशारा करते हुए कहा। बच्चा सो चुका था। लाडो ने आँचल ठीक किया और बच्चे को समेटती हुई उसके पीछे चल पड़ी। आगे लम्बे-लम्बे डग भरता सिकुड़ा, उसी के जूते के निशान पर पैर रखती लाडो। सिकुड़ा चालीस-पैंतालीस के बीच का रहा होगा। छह फुट से कम नहीं था। लेकिन कंधे से आगे की ओर झुक गया था और पेट से चिगुड़ कर गठरी बन गया था।

अँधेरा घिर आया था। भीड़ के रौंदे मैदान अब सुस्ता रहे थे। चारों ओर साँय-साँय की आवाज़ आने लगी थी। वैसे भी थाना परिसर में दिनदहाड़े ही सन्नाटा पसरा रहता है। जब भी आवाज़ होती है, वहमनहूसियत से भरी कोई कराह ही होती है।

कुछ दूर चलने के बाद सिकुड़ा एक कोने में खड़ा हो गया। लाडो ने भी कदम रोक लिए। जिस कोने में वह लाडो को ले गया वहाँ सन्नाटा था और अंधेरा कुछ अधिक गहरा। उसका डरना वाजिब था। लेकिन वह खुद को दिलासा देती रही कि अभी तो वह थाना परिसर में है। कुछ बुरा नहीं होगा। उसे क्या पता कि दुष्कर्म पवित्र और सुरक्षित समझी जाने वाली जगहों पर भी होते हैं। दुष्कर्मी तो हर जगह टोह में रहते हैं।

"साहब, कहाँ ले आए हो?"

"इतना घबराती क्यों है? मुँह बंद रख। किसी ने सुन लिया तो तेरा क्या, मेरा भी चरित्र खटाई में पड़ जाएगा।" सिकुड़ा दलाल झल्ला कर बोला। लाडो चुप हो गयी। उसे लगा की अगर सिकुड़ा तिनग गया तो हाथ आता चरित्र छटक सकता है। सिकुड़ा उसके एकदम करीब आकर बोला, "चरित्र बनवाने में लाइन लगा कर दो सौ रुपए लगते हैं। लेकिन कोई गारंटी नहीं होती कि कब तक बनेगा।"

वह उसका चेहरा देख कर उसकी दहशत का अंदाजा लगाना चाहता था, लेकिन धुँधलका इसमें उसकी ज्यादा मदद नहीं कर रहा था।

"अगर तू मुझे पाँच सौ रुपये दे तो सुबह ही तेरा चरित्र मिल जाएगा।"

"पाँच सौ?" लाडो ने पंजा दिखाते हुए पूछा। सिकुड़े ने उसके आश्चर्य में उसकी दहशत देख ली।

"मेरे पास पाँच सौ रूपये नहीं हैं। इतने पैसे कहाँ से लाऊँ?"

"पहनने को तो सोने का मंगलसूत्र पहना हैऔर पाँच सौ रुपए नहीं हैं? चल तू चार सौ दे दे।"

मंगल सूत्र का नाम सुन कर लाडो घबरा गई। उसे अनहोनी का अंदेशा होने लगा था। वह दो कदम पीछे हटना चाहती थी कि तभी सिकुड़े ने उसका मंगल-सूत्र पकड़ लिया। लाडो ने जाने कैसी-कैसी मुसीबत के दिनों में भी इस मंगलसूत्र पर कोई आँच नहीं आने दी थी। इन दिनों बार-बार यह ख्याल भी आता है कि इसे बेच कर बनवारी की दवाई करा ले। लेकिन इस ख्याल को वह झटकती रही। उसी मंगल सूत्र को सिकुड़ा पकड़े हुए था। लाडो ने उसे एक जोर का धक्का मारा और भाग खड़ी हुई। सिकुड़े की कराह से उसने अनुमान लगाया कि वह वहाँ बिखरे पड़े कबाड़ में गिरा होगा। पर उसने पलट कर नहीं देखा। इस छीना-झपटी में उसका बच्चा रोने लगा। वह बदहवासी में गेट की तरफ भागती रही।

पता नहीं सिकुड़े को सँभलने में वक़्त लगा या गेट पर खड़े पुलिस वालों से वह डर गया। उसने लाडो का पीछा नहीं किया। वह हाँफती हुई मेन गेट पर पहुँच गई थी। उस वक़्त दिमाग एकदम सुन्न था। उसने कस कर बच्चे को सीने से जकड़ रखा था। गेट पर दो सिपाही खड़े थे। उनमें से एक सुरती मल रहा था। उसने बदहवास लाडो को देखा तो डपट कर रोक लिया।

"ऐ बाई, क्या चुरा कर भाग रही है?"

दूसरे सिपाही ने पूछा, "भीड़ को गए कितना समय हो गया, तू अंदर क्या कर रही थी?"

लाडो के होंठो में बुड़बुड़ी मचली। बताना तो चाहती थी लेकिन आवाज़ की जगह थूक के दो चार बुलबुले ही फूट सके। उसने सामने खड़े डग्गे की तरफ इशारा किया।

"वहाँ क्या कर रही थी? और ये बच्चा किसका है?"

"मेरा ही है साहब।"

"पकड़े जाने पर सब ऐसा ही बोलते हैं। बच्चा चुरा कर लाई है ना?"

"नहीं साहब, कसम खाती हूँ, मेरा ही है।" वह जोर-जोर से रोने लगी।

"चल अंदर, सब पता चल जाएगा जब बड़े साहब के सामने पेशी होगी।" पुलिसवाले ने आँखें तरेरीं।

लाडो ने 'गोरेलाल-गोरेलाल' कहकर बच्चे को हिलाया तो उसने सामने की दतुली दिखा दी।

"देखा ना साहब?" लाडो ने कहा, "है न मेरा ही बच्चा?...बस रंग अपने बाप का पाया है, एकदम सफ़ेद पिसान के नाईं।"

वह सिपाही के पैरों से लिपट गयी। उसने मुश्किल से लाडो को अपने पैरों से अलग किया और घसीटता हुआ थाने के अंदर की ओर ले जाने लगा। तब तक कई वर्दीधारी आ चुके थे, जो उसे देख कर अलग-अलग राय देने लगे। किसी ने उसे बच्चा चोर, तो किसी ने धंधे वाली कहा। लाडो ने खुद को एक बेबस औरत बताया जिसका चरित्र (प्रमाण-पत्र) नहीं मिल रहा। यहाँ वह चरित्र बनवाने आई थी। उसका नंबर नहीं आया।

अब तक बड़ी-बड़ी मूछों वाला मुंशी भी आ गया था, जिसकी आँखें सुबह से लाडो की विवशता की गवाह बनी थीं। उसने पूछा, "तेरा भतार कहाँ है? क्या नाम है उसका? उसी को बुला। सच-झूठ का फैसला हो जायेगा।"

बड़ी मूछों वाले की बात सुन उसकी हिचकी बंद हो गयी। उसने झट से अपने भतार का नाम बता दिया। लेकिन यह भी बताया कि वह शख्स बीमार है। आने की हालत में नहीं है। आखिर काफी पूछताछ और चुहलबाजी के बाद ही उसका पिंड छूटा।

*

लाडो की आहट पाते ही दर्द से कराहते बनवारी ने दवाई के बारे में पूछा।

"दुकान बंद हो गई थी।" उसने इतना ही कहा और चूल्हा जलाने लगी। सरसों के तेल में हल्दी गरम कर उसने बनवारी के घाव पर लगा दिया तो दर्द में थोड़ा आराम मिला। उसकी आँख लग गई। यह भी नहीं पूछा कि काम हुआ

या नहीं। लाडो की आँखें नींद से बोझिल हो रही थीं। पलकें मोटी हो कर झूल गई थीं। भूख से पेट खपच्ची हो चुका था। खाने को कुछ था ही नहीं। बस पानी पीकर कथरी में निढाल हो गयी। लेकिन डर अभी तक दबोचे हुए था। उसने गले में पड़े मंगलसूत्र को कस कर पकड़ लिया।

सुबह उठी तो सबसे पहले पड़ोसी कल्लूराम और सुखवरिया के पास गयी। वापस लौटाने का वादा करते हुए थोड़ा पिसान माँग लाई थी। पिसान माँगते हुए उसने सुखवरिया से पूछा था, "बहिनी, ई चरित्र कहीं और से बन सकता है क्या?"

"नहीं, बनेगा तो वहीं से," कह कर सुखवरिया ने सुझाव दिया, "आज जल्दी चली जाना, लाइन में लग जायेगी तो दोपहर तक बन जायेगा।"

लाडो थाने में लगी कतार में खड़ी अपनी बारी का इंतजार करने लगी। वह जल्दी लाइन में लग गई थी इसलिए शाम होने तक खिड़की के पास पहुँच पाई। अधपके बालों वाले वर्दीधारी ने, जो सबके नाम रजिस्टर में लिख रहा था, नाक पर चश्मा चढ़ाते हुए उससे नाम पूछा।

"लाडो।"

"पति का नाम?"

"बनवारी," कह कर उसने गोदी के बच्चे को दिखाते हुए बताया, "अभी इसका नाम नहीं धराया है। वैसे, गोरेलाल...गोरेलाल कहते है।"

"ठीक है...ठीक है। ला दिखा तेरा शपथ पत्र।"—उसने खिड़की से हाथ आगे बढ़ाया।

"शपथ?" लाडो बुदबुदाई,"साहब ई कहाँ से आएगा?"

"रै मूर्ख औरत, शपथ पत्र नोटरी के पास बनेगा। तहसील चली जा और आगे से हट, दूसरों को आने दे।"

लाइन में उसके ठीक पीछे लगे एक बुढऊ ने उसे ठेलने के लिए धक्का मारा। वह गिरते-गिरते बची।

"अरे रुको बुढऊ, जाती हूँ। धक्का मती मारो। वैसे भी अब तुम्हारे पास कौन सा चरित्र बचा होगा जो इतनी जल्दी मचा रहे हो।"

लाइन में लगे कई लोग हँसने लगे। एक ने कहा कि बुढऊ सठिया गये हैं। पर लाडो को हँसी नहीं आई। आज तीसरा दिन था। अभी भी वह चरित्र प्रमाण-पत्र से बहुत दूर थी और हताश भी। उसकी आँखों के सामने बनवारी और आलू दोनों एक साथ घूम जाते। कतार से हटते हुए उसने एक नौजवान से पूछा, "बाबू ये लोटरी कहाँ मिलेगा? सपथ बनवाना है।"

वह रुआँसी हो गई थी। पहली बार उसे अपने अनपढ़ होने पर गुस्सा आ रहा था। काहे नहीं पढ़ी। अगर पढ़ी-लिखी होती तो आज यह दिन न देखना पड़ता। मन ही मन उसने कसम खाई कि चाहे कुछ भी हो जाये लेकिन वह गोरेलाल को स्कूल जरूर भेजेगी।

नौजवान को उसकी हालत पर तरस आ गया था। उसने लाडो को समझाया कि किस तरह वह तहसील जाये और किस तरह शपथ पत्र बनेगा। अगले दिन दस बजते-बजते लाडो तहसील पहुँच गयी। उसने देखा कि एक मेज के इर्द-गिर्द कई लोग झुंड लगाए हुए हैं। थोड़ा सकपकाती-सी लाडो एक ऐसी टेबल के पास रुक गयी जहाँ भीड़ कम थी। लेकिन उसे याद ही नहीं आ रहा था किबनवाना क्या है।

तभी कुर्सी पर बैठे काले कोट वाले ने किसी से कहा, "जाओ शपथ-पत्र के लिए स्टाम्प लेकर आओ।"

लाडो को याद आ गया कि उसे भी तो शपथ ही बनवाना है। उसने झट-से काले कोट वाले से कहा, "साहब, मेरा भी शपथ बना दो।"

टाइपिंग मशीन पर झुके काले कोट वाले ने सिर उठा कर देखा, "तो जा, जाके स्टाम्प ले आ।"

"सटाम कहाँ से लाना है?"

"वो वहाँ, एक टेबल पर पेटी लेकर जो आदमी दिख रहा है ना, उसी के पास चली जा।"

वह पेटी वाले के पास जाकर खड़ी हो गई। डरते-मरते कहा, "साहब शपथ बनवाना है।"

पेटी वाले ने उसका नाम, पति का नाम और पता पूछा। कुछ ही देर में स्टाम्प पेपर उसकी ओर बढ़ाता हुआ बोला, "ये लो, बीस रुपये निकालो।"

"बीस रुपये?" लाडो ने होंठों को गोल किया तो पेटी वाले ने झिड़की लगाई, "ऐसे बिदक क्यों गई? जल्दी कर।" उसने एक हाथ आगे बढ़ा रखा था। लाडो ने बीस रुपए उसके हाथ पर रख दिए। स्टाम्प लेकर वह नोटरी के पास गई। उसने पहले ही बता दिया कि सौ रुपए लगेंगे। कल उस नौजवान ने बताया था कि पचास रूपये लगेंगे। उसने नोटरी के चेहरे की तरफ़ देखा। उसका चेहरा गोल और भव्य था। लाडो की हिम्मत जवाब दे गई। उसने खुद को समझाया कि बहस करके बेइज्जत होने से क्या फायदा। ये पसीजने वाला चेहरा नहीं है। वह पैसों का इंतजाम पहले ही कर चुकी थी। घर में रखी दोजोड़ा पैरों की मुदरी बेच डाली थीं।

*

वह रात भर करवट बदलती रही। बनवारी की हालत दिन पर दिन बिगड़ती जा रही थी। काम मिलने में रोज कोई अड़ंगा लग रहा था। चिंता और उधेड़बुन में जाने कब नींद आ गई। सवेरे उठते ही सोच लिया था कि आज 'चरित्र' लेकर ही आएगी। उसके थाना पहुँचते-पहुँचते लाइन लग चुकी थी। कुछ दलाल इधर-उधर चक्कर काट रहे थे और बिना लाइन लगाये चरित्र प्रमाण-पत्र बनवाने की गारंटी दे रहे थे। लेकिन सिकुड़ा आज नदारद था।

आखिरकार लाडो की बारी आ गयी। अधपके बालों वाले वर्दीधारी ने देखते ही उसे पहचान लिया। "लाई है शपथ पत्र?" उसने चश्मे को नाक पर सरकाते हुए पूछा।

"हाँ।" लाडो ने शपथ-पत्र खिड़की से अंदर सरका दिया।

"ठीक है," कहते हुए उस वर्दीधारी ने अपना मुँह खिड़की के पास लाकर पूछा, "फीस लाई है ना?"

"फीस?" लाडो की आँखें बाहर निकल आईं। उसके पीछे खड़े आदमी ने फौरन जेब में हाथ डाल कर पैसे निकाले और एक बार उन्हें देख कर फिर से जेब में रख लिया। वर्दीधारी ने नाक पर सरक आये चश्मे को उतार कर सामने रख दिया और पेन को कान के पीछे खोंसते हुए लाडो को इशारे से अपने और करीब बुलाया, "पैसे-वैसे तो लाई है?"

"पैसे? कितने?" लाडो का कलेजा धक्क से रह गया। वर्दीधारी ने दो उँगली उठा कर दो सौ का इशारा किया। जब लाडो ने कोई प्रतिक्रिया नहीं की तो उसने स्पष्ट किया।

"दो सौ रुपये?" लाडो का मुँह खुला रह गया, "मेरे पास नहीं हैं साहब।"

वर्दीधारी का क्रोध उसकी आँखों में उतर आया, "जब इंतजाम हो जाए तो आ जाना।"

"साहब मेरे पासजहर खाने के लिए भी पैसे नहीं हैं। दो सौ रुपये कहाँ से लाऊँ?"

"तो फिरकिनारे हो जा और हवा आने दे।"

लाडो के पीछे लाइन में लगा व्यक्ति सारी बातें सुन रहा था और बार-बार अपनी जेब में हाथ डाल कर सौ-सौ के दोनों नोटों को देख लेता। शायद उसका इशारा था कि वर्दीधारी उसे आगे बुलाए और उसका काम करे।

"साहब आपके हाथ जोड़ती हूँ।"

“ऐसा नहीं होता भई। इन पैसों का भी हिसाब देना पड़ता है। फटाफट किनारे हो।”

‘साहब’ कह कर उसने खिड़की के सामने हाथ जोड़ दिए और रो पड़ी।

“ऐसा है, अभी तू किनारे हो और जाकर उस डग्गा के पास बैठ जा। एक घंटा बचा है खिड़की बंद होने में। उसके बाद देखता हूँ।...कुछ करता हूँ।”

लाडो को हटना नहीं पड़ा। पीछे वाले ने उसे ठेल दिया और वह लाइन से बाहर हो गई। समझ में नहीं आ रहा था कि रुके या चली जाए। उसे फिर बनवारी का जब्त हुआ जबड़ा याद आ गया। वो धीरे-धीरे डग्गा की तरफ बढ़ चली। वहाँ पहुँच कर पसर कर बैठ गयी। उसने ब्लाउज के हुक खोल दिए। बच्चा चुहुकने लगा तो उसकी पत्थर हुई छाती नरम होने लगी। आज वह मंगल सूत्र उतार कर आई थी। उसे बड़ी तसल्ली हुई। मन ही मन सोचा, वर्दीवाला और क्या ले लेगा?

www.ingramcontent.com/pod-product-compliance
Lightning Source LLC
LaVergne TN
LVHW010751051026
849532LV00007B/2327
* 9 7 8 9 3 9 0 4 1 0 1 2 5 *